北京師範大學圖書館藏

程乙本

紅樓夢

【四】

曹雪芹／著

無名氏／續

程偉元　高鶚／整理

人民文学出版社

紅樓夢第六十一回

投鼠忌器寶玉瞞贜　判冤决獄平兒行權

話說那柳家的聽了這小么兒一夕話笑道好猴皃崽子你親嬸子找野老兒去了你不多得一個叔叔嗎有什麽疑的別叫我把你頭上的楊子蓋揪下來還不開門讓我進去呢那小厮且不推門又拉着笑道好嬸子你這一進去好歹偷幾個杏兒出來賞我吃我這裡老等你要忘了日後半夜三更打酒買油的我不給你老人家開門也不答應你隨你乾叫去柳氏啐道發了昏的今年還比往年把這些東西都分給了衆媽媽了一個個的不像抓破了臉的人打樹底下一過兩眼就像那黧雞

是的還動他的菓子可是你舅母姨娘兩三個親戚都管着怎麼不和他們要倒和我來要這可是倉老鼠問老鴰去借糧守着的沒有飛着的倒有小廝笑道噯喲沒有罷了說上這些閒話我看你老人家從今已後就用不着我了就是姐姐有了好地方兒將來呼喚我們的日子多着呢只要我們多答應他些就有了柳氏聽了笑道你這個小猴兒精又搗鬼了你姐姐有什麼好地方兒那小廝笑道不用哄我了早已知道了單是你們有內纔難道我們就沒有內纔不成我雖在這裡聽差裡頭却也有兩個姐姐成個體統的什麼事瞞的過我正說着只聽門內又有老婆子向外叫小猴兒快傳你柳嫂子去罷再不來

可就悞了柳家的聽了不顧和那小廝說話忙推門進去笑說不必忙我來了一面來至厨房雖有幾個同伴的人他們都不敢自專单等他來調停分派一面問衆人五丫頭那裡去了衆人都說纔往茶房裡找我們姐妹去了柳家的聽了便將茯苓霜擱起且按着房頭分派菜饌忽見探春房裡小丫頭蓮花兒走來說司棋姐姐說要碗鷄蛋頓的嫩嫩的柳家的道就是這一樣兒尊貴不知怎麽今年鷄蛋短的很十個錢一個還找不出來昨日上頭給親戚家送粥米去四五個買辦出去好容易纔凑了二千個來我那裡找去你說給他改日吃罷蓮花兒道前日要吃荳腐你弄了些餿的叫他說了我一頓今日要雞蛋

又没有了什麽好東西我就不信連鷄蛋都没有了别叫我翻出來一面說一面真個走來揭起菜箱一看只見裡面果有十來個鷄蛋說道這不是你就這麽利害吃的是主子分給我們的分例你爲什麽心疼又不是你下的蛋怕人吃了柳家的忙丢了手裡的活計便上來說道你少滿嘴裡混唚你媽纔下蛋呢通共留下這幾個預備菜上的飄馬兒姑娘們不要還不肯做上去呢預備遇急兒的你們吃了倘或一聲要起來没有好的連鷄蛋都没了你們深宅大院水來伸手飯來張口只知雞蛋是平常東西那裡知道外頭買賣的行市呢别說這個有一年連草棍子還没了的日子還有呢我勸他們細米白飯每日

肥鷄大鴨子將就些兒也罷了吃膩了膓子天天又鬧起故事來了鷄蛋豆腐又是什麼麵筋醬蘿蔔炸兒敢自倒換口味只是我又不是答應你們的一處要一樣就是十來樣我倒不用伺候頭層主子只預偹你們二層主子了蓮花兒聽了便紅了臉喊道誰天天要你什麼來你說這麼兩車子話叫你來不是爲便宜是爲什麽前日春燕來說晴雯姐姐要吃蒿子桿兒你怎麽忙着還問肉炒鷄炒春燕說葷的不好另叫你炒個麵筋兒少擱油纔好你忙著就說自己發昏赶著洗手炒了狗顛屁股兒是的親自捧了去今兒反倒拿我作筏子說我給衆人聽柳家的忙道阿彌陀佛這些人眼見的別說前日一次就從舊

年以來那屋裡偶然間不論姑娘姐兒們要添一樣半樣誰不是先拿了錢來另買另添有的沒的名聲好聽算着連姑娘帶姐兒們四五十人一日也只管要兩隻雞兩隻鴨子一二十斤肉一吊錢的菜蔬你們算算彀做什麼的連本項兩頓飯還撐持不住還擱得住這個點這樣那個點那樣買來的又不吃又要別的去既這樣不如回了太太多添些分例也像大廚房裡預備老太太的飯把天下所有的菜蔬用水牌寫了天天轉着吃到一個月現算倒好連前日三姑娘和寶姑娘偶然商量了要吃個油鹽炒荳芽兒來現打發個姐兒拿着五百錢給我我倒笑起來了說二位姑娘就是大肚子彌勒佛也吃不了五百

錢的這二三十個錢的事還備得起趕著我送回錢去到底不收說賞我打酒吃又說如今廚房在裡頭保不住屋裡的人不去叨登一鹽一醬那不是錢買的你不給又不好給了你又没的賠你拿著這個錢權當還了他們素日叨登的東西窩兒這就是明白體下的姑娘我們心裡只替他念佛没的趙姨奶奶聽了又氣不忿反說太便宜了我隔不了十天也打發個小丫頭子來尋這樣尋那樣我倒好笑起來你們竟成了例不是這個就是那個我那裡有這些賠的正亂時只見司棋又打發人來催蓮花兒說他死在這裡怎麼就不回去蓮花兒賭氣回來便添了一篇話告訴了司棋司棋聽了不免心頭起火此刻伺

候迎春飯罷帶了小丫頭們走來見了許多人正吃飯見他來得勢頭不好都忙起身陪笑讓坐司棋便喝命小丫頭子動手凡箱櫃所有的菜蔬只管扔出去餵狗大家賺不成小丫頭子們巴不得一聲七手八脚搶上去一頓亂翻亂擲慌的衆人一面拉勸一面央告司棋說姑娘別悞聽了小孩子的話柳嫂子有八個腦袋也不敢得罪姑娘說鷄蛋難買是眞我們纔也說他不知好歹憑是什麽東西也少不得變法兒去他已經悟過來了連忙蒸上了姑娘不信瞧那火上司棋被衆人一頓好言語方將氣勸得漸平了小丫頭子們也沒得摔完東西便拉開了司棋連說帶罵鬧了一回方被衆人勸去柳家的只好摔碗

丟盤自巳咕嘟了一回蒸了一碗雞蛋令人送去司棋全潑了
地下那人回來也不敢說恐又生事柳家的打發他女兒喝了
一回湯吃了半碗粥又將茯苓霜一節說了五兒聽罷便心下
要分些贈芳官遂用紙另包了一半趁黃昏人稀之時自巳花
遮柳隱的來找芳官且喜無人盤問一逕到了怡紅院門首不
好進去只在一簇玫瑰花前站立遠遠的望着有一盞茶時候
可巧春燕出來忙上前叫住春燕不知是那一個到跟前方看
真切因問做什麼五兒笑道你叫出芳官來我和他說話春燕
悄笑道姐姐太性急了橫竪等十來日就來了只管找他做什
麼方纔使了他往前頭去了你且等他一等不然有什麼話告

訴我等我告訴他恐怕你等不得只怕關了園門五兒便將茯苓霜遞給春燕又說這是茯苓霜如何吃如何補益我得了些送他的勞煩你遞給他就是了說畢便走回來正走蓼溆一帶忽迎見林之孝家的帶着幾個婆子走來五兒藏躲不及只得上來問好林家的問道我聽見你病了怎麼跑到這裡來五兒陪笑說道因這兩日好些跟我媽進來散散悶纔因我媽使我到怡紅院送傢伙去林之孝家的說道這話岔了方纔我見你媽出去我纔關門既是你媽使了你去他如何不告訴我說你在這裡呢竟出去讓我關門什麼意思可是你撒謊五兒聽了沒話回答只說原是我媽一早教我去取的我忘了挨到這時

我纔想起來了只怕我媽錯認我先去了所以沒和大娘說林之孝家的聽他詞鈍意虛又因近日玉釧兒說那邊正房內失落了東西幾個丫頭對賴沒主兒心下便起了疑可巧小蟬蓮花兒和幾個媳婦子走來見了這事便說道林奶奶倒要審審他這兩日他往這裡頭跑的不像鬼鬼祟祟的不知幹些什麼事小蟬又道正是昨日玉釧兒姐姐說太太耳房裡的櫃子開了少了好些零碎東西璉二奶奶打發平姑娘和玉釧兒姐姐要些玫瑰露誰知也少了一罐子不是我還不知道呢蓮花兒笑道這我沒聽見今日我倒看見一個露瓶子林之孝家的正因這事沒主兒每日鳳姐兒使平兒催逼他一聽此言忙問在

那裡蓮花兒便說在他們廚房裡呢林之孝家的聽了忙命打了燈籠帶着衆人來尋五兒急的便說那原是寶二爺屋裡的芳官給我的林之孝家的便說不管你方官圓官現有贓証我只呈報了憑你主子前辯去一面說一面進入廚房蓮花兒帶着取出露瓶恐還偷有別物又細細搜了一遍又得了一包茯苓霜一並拿了帶了五兒來回李紈與探春那時李紈正因蘭兒病了不理事務只命去見探春探春已歸房人回進去丫鬟們都在院內納凉探春在內盥沐只有侍書回進去半日出來說姑娘知道了叫你們找平兒回二奶奶去林之孝家的只得領出來到鳳姐那邊先找着平兒進去回了鳳姐鳳姐方纔睡

下聽見此事便吩咐將他娘打四十板子攆出去永不許進二門把五兒打四十板子立刻交給庄子上或賣或配人平兒聽了出來依言吩咐了林之孝家的五兒嚇得哭哭啼啼給平兒跪著細訴芳官之事平兒道這也不難等明日問了芳官便知真假但這茯苓霜前日人送了來還等老太太太太回來看了纔敢打動這不該偷了去五兒見問忙又將他舅舅送的一節說出來平兒聽了笑道這樣說你竟是個平白無辜的人了拿你來頂缸的此時天晚奶奶纔進了藥歇下不便為這點子小事去絮叨如今且將他交給上夜的人看守一夜等明日我回了奶奶再作道理林之孝家的不敢違拗只得帶出來交給上

夜的媳婦們看守著自己便去了這裡五兒被人軟禁起來一步不敢多走又兼衆媳婦也有勸他說不該做這沒行止的事也有抱怨說正經更還坐不上來又弄個賊來給我們看守倘或眼不見尋了死或逃走了都是我們的不是又有素日一干與柳家不睦的人見了這般十分趁願都來奚落嘲戲他這五兒心內又氣又委屈竟無處可訴且本來怯弱有病這一夜思茶無茶思水無水思睡無衾枕嗚嗚咽咽直哭了一夜誰知和他母女不和的那些人巴不得一時就攆他出門去生恐次日有變大家先起了個清早都悄悄的來買轉平兒送了些東西一面又奉承他辦事簡斷一面又講述他母親素日許多不好

處平兒一一的都應着打發他們去了卻悄悄的來訪襲人問他可果真芳官給他玫瑰露了襲人便說露卻是給了芳官芳官轉給何人我卻不知襲人於是又問芳官芳官聽了唬了一跳忙應是自已送他的芳官便又告訴了寶玉寶玉也慌了說露雖有了若勾起茯苓霜來他自然也實供若聽見了是他舅舅門上得的他舅舅又有了不是豈不是人家的好意反被偺們陷害了因忙和平兒計議露的事雖完了然這霜也是有不是的好姐姐你只叫他也說是芳官給的就完了平兒笑道雖如此只是他昨晚已經同人說是他舅舅給的了如何又說你給的况且那邊所丟的霜正沒主兒如今有贓証的白放了又

去找誰誰還肯認衆人也未必心服晴雯走來笑道太太那邊的露再無別人分明是彩雲偷了給環哥兒去了你們可瞎亂說平兒笑道誰不知這個原故這會子玉釧兒急的哭悄悄問他他要應了玉釧兒也罷了大家也就混着不問了誰好意攬這事呢可恨彩雲不但不應他還擠玉釧兒說他偷了去了兩個人窩裡炮先吵的合府都知道了我們怎麽裝沒事人呢少不得要查的除不知告失盜的就是賊又沒贓証怎麽說他寶玉道也罷這件事我也應起來就說原是我要嚇他們頑悄悄的偷了太太的來了兩件事就都完了襲人道也倒是一件陰隲事保全人的賊名兒只是太太聽見了又說你小孩子氣不

卸好歹了平兒笑道也倒是小事如今就打趙姨娘屋裡起了贜來也容易我只怕又傷着一個好人的體面別人都不必管只這一個人豈不又生氣我可憐的是他不肯爲打老鼠傷了玉瓶兒說着把三個指頭一伸襲人等聽說便知他說的是探春大家都忙說可是這話竟是我們這裡應起來的爲是平兒又笑道也須得把彩雲和玉釧兒兩個孽障叫了來問准了他方好不然他們得了意不說爲這個倒像我沒有本事問不出來就是這裡完事他們已後越發偷的偷不管的不管了襲人等笑道正是也要你留個地步平兒便命一個人叫了他兩個來說道不用慌賊已有了玉釧兒先問賊在那裡平兒道現在

二奶奶屋裡呢問他什麼應什麼我心裡明白知道不是他偷的可憐他害怕都承認了這裡寶二爺不過意要替他認一半我要說出來呢但只是這做賊的素日又是和我好的一個姐妹窩主却是平常裡面又傷了一個好人的體面因此爲難少不得央求寶二爺應了大家無事如今反要問你們兩個還是怎麼樣要從此已後大家小心存體面呢就求寶二爺應了要不然我就回了二奶奶別寃屈了人彩雲聽了不覺紅了臉一時羞惡之心感發便說道姐姐放心也不用寃屈好人我說了罷傷體面偷東西原是趙姨奶奶央及我再三我拿了些給環哥兒是情真連太太在家我們還拿過各人去送人也是常有

的我原說說過兩天就完了如今旣寃屈了人我心裏也不忍姐姐竟帶了我回奶奶去一槩應了完事衆人聽了這話一個個都詫異他竟這樣有肝膽寶玉忙笑道彩雲姐姐果然是個正經人如今也不用你應我只說我悄悄的偷的嚇你們頑如今鬧出事來我原該承認我只求姐姐們已後省些事大家就好了彩雲道我幹的事爲什麼呌你應死活我該去受平兒襲人忙道不是這麼說你一應了未免又叨登出趙姨奶奶來那時三姑娘聽見豈不又生氣竟不如寶二爺應了大家沒事且除了這幾個人都不知道這麼何等的干凈但只已後千萬大家小心些就是了要拿什麼好歹等太太到家那怕連房子給

了人我們就沒干係了彩雲聽了低頭想了想只得依允於是大家商議妥貼平兒帶了他兩個並芳官來至上夜房中叫了五兒將茯苓霜一節也悄悄的教他說係芳官給的五兒感謝不盡平兒帶他們來至自已這邊已見林之孝家的帶領了幾個媳婦押解着柳家的等彀多時了林之孝家的又向平兒說今日一早押了他來怕園裡沒有人伺候早飯我暫且將秦顯的女人派了去伺候姑娘們的飯呢平兒道秦顯的女人是誰我不大相熟啊林之孝家的道他是園裡南角子上夜的白日裡沒什麼事所以姑娘不認識高高兒的孤拐大大的眼睛最干淨爽利的玉釧兒道是了姐姐你怎麼忘了他是跟三姑娘

的司棋的嬸子司棋的父親雖是大老爺那邊的人他這叔叔却是偺們這邊的平兒聽了方想起來笑道哦你早說是他我就明白了又笑道也太派急了些如今這事八下裡水落石出了連前日太太屋裡丟的也有了主兒是寶玉那日過來和這兩個孽障不知道要什麼來着偏這兩個孽障慪他頑說太太不在家不敢拿寶玉便瞅着他們不隄防自已進去拿了些個什麼出來這兩個孽障不知道就嚇慌了如今寶玉聽見帶累了別人方細細的告訴了我拿出東西來我瞧一件不差那茯苓霜也是寶玉外頭得了的也曾賞過許多人不獨園內人有連媽媽子們討了出去給親戚們吃又轉送人襲人也曾給過

芳官一流的人他們私情各自來往也是常事前日那兩簍還擺在議事廳上好好的原封沒動怎麼就混賴起人來等我回了奶奶再說說畢抽身進了臥房將此事照前言回了鳳姐兒一遍鳳姐兒道雖如此說但寶玉爲人不管青紅皂白愛兜攬事情別人再求求他去他又擱不住人兩何好話給他個炭簍子帶上什麼事他不應承偺們若信了將來若大事也如此如何治人還要細細的追求纔是依我的主意把太太屋裡的丫頭都拿來雖不便擅加拷打只叫他們墊著磁瓦子跪在太陽地下茶飯也不用給他們吃一日不說跪一日就是鐵打的一日也管招了又道蒼蠅不抱沒縫兒的雞蛋雖然這柳家的沒

偷到底有些影兒人纔說他雖不加賊刑也革出不用朝廷原有些誤的到底不算委屈了他平兒道何苦來操這心得放手時須放手什麼大不了的事樂得施恩呢依我說總在這屋裡操上一百分心終久是回那邊屋裡去的沒的結些小人的仇恨使人含恨抱怨況且自已又三灾八難的好容易懷了一個哥兒到了六七個月還掉了焉知不是素日操勞太過氣惱傷着的如今趁早兒見一半不見一半的也倒罷了一夕話說的鳳姐兒倒笑了道隨你們罷沒的慪氣平兒笑道這不是正經話說畢轉身出來一一發放要知端底下回分解

紅樓夢第六十一回終

紅樓夢第六十二回

憨湘雲醉眠芍藥裀　獃香菱情解石榴裙

話說平兒出來吩咐林之孝家的道大事化爲小事小事化爲沒事方是興旺之家要是一點子小事便揚鈴打皷亂折騰起來不成道理如今將他母女帶回照舊去當差將秦顯家的仍舊追回再不必提此事只是每日小心巡察要緊說畢起身走了柳家的母女忙向上磕頭林家的就帶回園中回了李紈探春二人都說知道了寧可無事很好司棋等人空興頭了一陣那秦顯家的好容易等了這個空子鑽了來只興頭了半天在廚房內正亂着收傢伙米糧煤炭等物又查出許多虧空來說

粳米短了兩擔長用米又多支了一個月的炭也欠着額數一面又打點送林之孝的禮悄悄的偹了一簍炭一擔粳米在外邊就遣人送到林家去了又打點送賬房兒的禮又偹幾樣菜蔬請幾位同事的人說我來了全仗你們列位扶持自今以後都是一家人了我有照顧不到的好歹大家照顧些正亂着忽有人來說你看完了這一頓早飯就出去罷柳嫂兒原無事如今還交給他管了秦顯家的聽了轟去了魂魄垂頭喪氣登時掩旗息鼓捲包而去送人之物白白去了許多自已倒要折變了賠補虧空連司棋都氣了個直眉瞪眼無計挽回只得罷了趙姨娘正因彩雲私贈了許多東西被玉釧兒吵出生恐查問

出來每日捏着一把汗偷偷的打聽信兒忽見彩雲來告訴說都是寶玉應了從此無事趙姨娘方把心放下來誰知賈環聽如此說便起了疑心將彩雲凡私贈之物都拿出來了照着彩雲臉上摔了來說你這兩面三刀的東西我不希罕你不和寶玉好他怎麽肯替你應你既有担當給了我原該不叫一個人知道如今你既然告訴了他我再要這個也沒趣兒彩雲見如此急的賭咒起誓至於哭了百般解說賈環執意不信說不看你素日我索性去告訴二嫂子就說你偷來給我我不敢要你細想去罷說畢摔手出去了急的趙姨娘駡沒造化的種子這是怎麽說氣的彩雲哭了個淚乾腸斷趙姨娘百般的安慰他

好孩子他辜負了你的心我橫竪看的真我收起來過兩日他自然回轉過來了說著便要收東西彩雲賭氣一頓捲包起來趁人不見來至園中都撒在河內順水沉的沉漂的漂了自已氣的夜裡在被內暗哭了一夜當下又值寶玉生日已到原來寶琴也是這日二人相同王夫人不在家也不曾像往年熱鬧只有張道士送了四樣禮換的寄名符兒還有幾處僧尼廟的和尚姑子送了供尖兒並壽星紙馬疏頭並本宮星官值年太歲週歲換的鎖家中常走的男女先一日來上壽王子勝那邊仍是一套衣服一雙鞋襪一百壽桃一百束上用銀絲掛麵薛姨媽處減一半其餘家中尤氏仍是一雙鞋襪鳳姐兒是一個

宮製四面扣合堆繡荷包裝一個金壽星一件波斯國的玩器各廟中遣人去放堂捨錢又另有寶琴之禮不能備述姐妹中皆隨便或有一扇的或有一字的或有一畫的或有一詩的聊為應景而已這日寶玉清晨起來梳洗已畢便冠帶了來至前廳院中已有李貴等四個人在那裡設下天地香燭寶玉炷了香行了禮奠茶燒紙後便至寧府中宗祠祖先堂兩處行畢了禮出至月臺上又朝上遙拜過賈母賈政王夫人等一順到尤氏上房行過禮坐了一回方回榮府先至薛姨媽處再三拉著然後又見過薛蝌讓一回方進園來晴雯麝月二人跟隨小丫頭夾着氈子從李氏起一一挨着比自己長的房中到過復出

二門至四個奶媽家讓了一回方進來雖衆人要行禮也不曾受出至房中襲人等只都來說一聲就是了王夫人有言不令年輕人受禮恐折了福壽故此皆不磕頭一時賈環賈蘭來了襲人連忙拉住坐了一坐便去了寶玉笑道走乏了便歪在床上方吃了半盞茶只聽外頭咭咭呱呱一羣丫頭笑着進來原來是翠墨小螺翠縷入畫邢岫烟的丫頭篆兒並奶子抱着巧姐兒彩鸞繡鸞八九個人都抱著紅毡子來了笑說道拜壽的擠破了門了快拿麵來我們吃剛進來時探春湘雲寶琴岫烟惜春也都來了寶玉忙迎出來笑說不敢起動快預備好茶進入房中不免推讓一回大家歸坐襲人等捧過茶來纔吃了一

口平兒也打扮的花枝招展的来了寶玉忙迎出来笑說我方纔到鳳姐姐門上回進去說不能見我我又打發進去讓姐姐來着平兒笑道我正打發你姐姐梳頭不得出來回你後來聽見又說讓我我那裡禁當的起所以特給二爺來磕頭寶玉笑道我也禁當不起襲人早在門傍安了坐讓他坐平兒便拜下去寶玉作揖不迭平兒又跪下去寶玉也忙還跪下襲人連忙攙起來又拜了一拜寶玉又還了一揖襲人笑推寶玉你再作揖寶玉道已經完了怎麽又作揖襲人笑道這是他來給你拜壽今日也是他的生日你也該給他拜壽寶玉喜的忙作揖笑道原來今日也是姐姐的好日子平兒赶着也還了禮湘雲拉

寳琴岫烟說你們四個人對拜壽直拜一天纔是探春忙問原來邢妹妹也是今日我怎麽就忘了忙命丫頭去告訴二奶奶赶着補了一分禮和琴姑娘的一樣送到二姑娘屋裡去丫頭答應著去了岫烟見湘雲直口說出來少不得要到各房去讓讓探春笑道倒有些意思一年十二個月月月有幾個生日人多了就這樣巧也有三個一日的兩個一日的大年初一也不白過大姐姐占了去怨不得他福大生日比別人都占先又是太祖太爺的生日冥壽過了燈節就是大太太和寳姐姐他們娘兒兩個遇的巧三月初一是太太的初九是璉二哥哥二月沒人襲人道二月十二是林姑娘怎麽沒人只不是偺們家的

探春笑道你看我這個記性兒寶玉笑指襲人道他和林妹妹是一日他所以記得探春笑道原來你兩個倒是一日每年連頭也不給我們磕一個平兒的生日我們也不知道這也是纔知道的平兒笑道我們是那牌兒名上的人生日也沒拜壽的福又沒受禮的職分可吵嚷什麽可不悄悄兒的就過去了嗎今日他又偏吵出來了等姑娘們回房我再行禮去罷探春笑道也不敢驚動只是今日倒要替你作個生日我心裏纔過的去寶玉湘雲等一齊都說很是探春便吩咐了丫頭去告訴他奶奶說我們大家說了今日一天不放平兒出去我們也大家凑了分子過生日呢丫頭笑着去了半日回來說二奶奶說了多

謝姑娘們給他臉不知過生日給他些什麼吃只別忘了二奶奶就不來絮聒他了衆人都笑了探春因說道可巧今日裏頭厨房不預備飯一應下麪弄菜都是外頭收拾偺們就凑了錢叫柳家的來領了去只在偺們裡頭收拾倒好衆人都說狠好探春一面遣人去請李紈寶釵黛玉一面遣人去傳柳家的進來吩咐他内厨房中快收拾兩桌酒席柳家的不知何意因說外厨房都預備了探春笑道你原來不知道今日是平姑娘的好日子外頭預備的是上頭的這如今我們私下又湊了分子單爲平姑娘預備兩桌請他你只管揀新巧的菜蔬預備了來開了賬我那裡領錢柳家的笑道今日又是平姑娘的千秋我

們竟不知道說著便給平兒磕頭慌得平兒拉起他來柳家的忙去預備酒席這裡探春又邀了寶玉同到廳上去吃麵等到李紈寶釵一齊來全又遣人去請薛姨媽和黛玉因天氣和暖黛玉之疾漸愈故也來了花團錦簇擠了一廳的人誰知薛蝌又送了巾扇香帛四色壽禮給寶玉寶玉於是過去陪他吃麵兩家皆辦了壽酒互相酧送彼此同領至午間寶玉又陪薛蝌吃了兩杯酒寶釵帶了寶琴過來給薛蝌行禮把盞畢寶釵因囑咐薛蝌家裡的酒也不用送過那邊去這虛套竟收了你只請夥計們吃罷我們和寶兒弟進去還要待人去呢也不能陪你了薛蝌忙說姐姐兄弟只管請只怕夥計們也就好來了寶

玉忙又告過罪方同他姊妹回來一進角門寶釵便命婆子將門鎖上把鑰匙要了自己拿著寶玉忙說這一道門何必關又沒多的人走況且姨娘姐姐妹妹都在裡頭倘或要家去取件麽豈不費事寶釵笑道小心沒過逾的你們那邊這幾日七事八事竟沒有我們那邊的人可知是這門關的有功效了要是開着保不住那起人圖順脚走近路從這裡走攔誰的是不如鎖了連媽媽和我也禁著些大家別走總有了事也就賴不着這邊的人了寶玉笑道原來姐姐也知道我們那邊近日丟了東西寶釵笑道你只知道玫瑰露和茯苓霜兩件乃因人而及物要不是裡頭有人你連這兩件還不知道呢殊不知還有幾

件比這兩件大的呢若以後叨登不出來是大家的造化若叨登出來了不知裡頭連累多少人呢你也是不管事的人我纔告訴你平兒是個明白人我前日也告訴了他皆因他奶奶不在外頭所以使他明白了若不犯出來大家落得丟開手若犯出來他心裡已有了稿兒自有頭緒就寃屈不着平人了你只聽我說已後留神小心就是了這話也不可告訴第一個人說着來到沁芳亭邊只見襲人香菱侍書晴雯麝月芳官蕊官藕官十來個人都在那裡看魚頑呢見他們來了都說芍藥欄裡預備下了快去上席寶釵等隨攜了他們同到芍藥欄中紅香圃三間小敞廳內連尤氏已請過來了諸人都在那裡只沒

平兒原來平兒出去有賴林諸家送了禮來連三接四上中下三等家人拜壽送禮的不少平兒忙着打發賞錢道謝一面又色色的回明了鳳姐兒不過留下幾樣也有不受的也有受下即刻賞給人的忙了一回又直等鳳姐兒吃過麪方換了衣裳往園裡來剛進了園就有幾個丫鬟來找他一同到了紅香圃中只見筵開玳瑁褥設芙蓉衆人都笑說壽星全了上面四坐定要讓他們四個人坐四人皆不肯薛姨媽說我老天拔地不合你們的羣兒我倒拘的慌不如我到廳上隨便躺躺去倒好我又吃不下什麽去又不大吃酒這裡讓他們倒便宜尤氏等執意不從寶釵道這也罷了倒是讓媽媽在廳上歪着自如些

有愛吃的送些過去倒還自在且前頭没人在那裡又可照看了探春笑道旣這樣恭敬不如從命因大家送到議事廳上眼看着命小丫頭們鋪了一個錦褥並靠背引枕之類又囑咐好生給姨太太搥腿要茶要水別推三拉四的回來送了東西來姨太太吃了賞你們吃只別離了這裡小丫頭子們都答應了探春等方回來終久讓寶琴岫烟二人在上平兒面西坐寶玉面東坐探春又接了鴛鴦來二人並肩對面相陪西邊一桌寶釵黛玉湘雲迎春惜春依序一面又拉了香菱玉釧兒二人打横三桌上尤氏李紈又拉了襲人彩雲陪坐四桌上便是紫鵑鶯兒晴雯小螺司棋等人團坐當下探春等還要把盞寶琴等

四人都說這一鬧一日也坐不成了方纔罷了兩個女先兒要彈詞上壽衆人都說我們這裡沒人聽那些野話你廳上去說給姨太太解悶兒去罷一面又將各色吃食揀了命人送給薛姨媽去寶玉便說雅坐無趣須要行令纔好衆人中有說行這個令好的又有說行那個令纔好的黛玉道依我說拿了筆硯將各色令都寫了拈成鬮兒偺們抓出那個來就是那個衆人都道妙極即命拿了一副筆硯花箋香菱近日學了詩又天天學寫字見了筆硯便巴不得連忙起來說我寫衆人想了一回共得十來個念著香菱一一寫了搓成鬮兒擲在一個瓶中探春便命平兒揀平兒向內攪了一攪用筯夾了一個出來打開

一看上寫着射覆二字寶釵笑道把個令祖宗拈出來了射覆從古有的如今失了傳這是後纂的比一切的令都難這裡頭倒有一半是不會的不如毀了另拈一個雅俗共賞的探春笑道旣拈了出來如何再毀如今再拈一個若是雅俗共賞的便叫他們行去偺們行這一個說着又叫襲人拈了一個却是拇戰湘雲先笑著說道這個簡斷爽利合了我的脾氣我不行這個射覆沒的垂頭喪氣悶人我只猜拳去了探春道惟有他亂令寶姐姐快罰他一鍾寶釵不容分說灌了湘雲一杯探春道我吃一杯我是令官也不用宣只聽我分派取了骰子令盆來從琴妹妹擲起挨着擲下去對了點的二人射覆寶琴一擲是

個三岫烟寶玉等皆擲的不對直到香菱方擲了個三寶琴笑道只好室內生春若說到外頭去可太沒頭緒了探春道自然三次不中者罰一杯你覆他射寶琴想了一想說了個老字香菱原生於這令一時想不到滿室滿席都不見有與老字相連的成語湘雲先聽了便也亂看忽見門斗上貼着紅香圃三個字便知寶琴覆的是吾不如老圃的圃字見香菱射不着衆人擊鼓又催便悄悄的拉香菱教他說藥字黛玉偏看見了說快罰他又在那裏傳遞呢鬧得衆人都知道了忙又罰了一杯恨的湘雲拿快子敲黛玉的手於是罰了香菱一杯下則寶釵和探春對了點子探春便射了一人字寶釵笑道這個人字泛得

狠探春笑道添一個字兩覆一射也不泛了說着便又說了一個窻字寶釵一想因見席上有雞便猜着他是用雞窻雞人二典了因射了一個塒字探春知他射着用了雞栖於塒的典二人一笑各飲一口門杯湘雲等不得早和寶玉三五亂叫猜起拳來那邊尤氏和鴛鴦隔着席也七八亂叫搳起拳來平兒襲人也作了一對叮叮噹噹只聽得腕上鐲子響一時湘雲贏了寶玉襲人贏了平兒二人限酒底酒面湘雲便說酒面要一句古文一句舊詩一句骨牌名一句曲牌名還要一句時憲書上有的話共總成一句話酒底要關人事的菓菜名衆人聽了都說惟有他的令比人嘮叨倒也有些意思便催寶玉快說寶玉

笑道誰說過這個也等想一想兒黛玉便道你多喝一鍾我替
你說寶玉真個喝了酒聽黛玉說道
　落霞與孤鶩齊飛風急江天過雁哀那是一枝折脚雁叫
　得人九廻腸這是鴻雁來賓
說得大家笑了衆人說這一串子倒有些意思黛玉又拈了一
個榛瓤說酒底道
　榛子非關隔院砧　何來萬戸擣衣聲
令完鴛鴦襲人等皆說的是一句俗語都帶一個壽字不須多
贅大家輪流亂了一陣這上面湘雲又和寶琴對了手李紈和
岫烟對了點子李紈便覆了一個瓢字岫烟便射了一個綠字

二人會意各飲一口湘雲的拳却輸了請酒面酒底寶琴笑道請君入甕大家笑起來說這個典用得當湘雲便說道

奔騰澎湃江間波浪兼天湧須要鐵索纜孤舟旣遇著一江風不宜出行

說的眾人都笑了說好個謅斷了腸子的怪道他出這個令故意惹人笑又催他快說酒底兒湘雲吃了酒夾了一塊鴨肉呷了口酒忽見碗內有半個鴨頭遂夾出來吃腦子眾人催他別只顧吃你到底快說呀湘雲便用筯子舉着說道

這鴨頭不是那丫頭　頭上那些桂花油

眾人越發笑起來引得晴雯小螺等一干人都走過來說雲姑

娘會開心兒拿着我們取笑兒快罰一杯纔罷怎麼見得我們就該擦桂花油呢倒得每人給瓶子桂花油擦擦黛玉笑道他倒有心給你們一瓶子油又怕罣誤着打竊盜官司衆人不理論寶玉却明白忙低了頭彩雲心裏有病不覺的紅了臉寶釵忙暗暗的瞅了黛玉一眼黛玉自悔失言原是打趣寶玉的就忘了村了彩雲了自悔不及忙一頓的行令猜拳岔開了底下寶玉可巧和寶釵對了點子寶釵便覆了一個寶字寶玉想了一想便知是寶釵作戲指着自已的通靈玉說的便笑道姐姐拿我作雅謔我却射著了說出來姐姐別惱就是姐姐的諱釵字就是了衆人道怎麼解寶玉道他說寶底下自然是玉字了

我射釵字舊詩曾有敲斷玉釵紅燭冷豈不射著了湘雲說道這用時事却使不得兩個人都該罰香菱道不止時事這也是有出處的湘雲道寶玉二字並無出處不過是春聯上或有之詩書紀載並無算不得香菱道前日我讀岑嘉州五言律現有一句說此鄉多寶玉怎麽你倒忘了後來又讀李義山七言絕句又有一句寶釵無日不生塵我還笑說他兩個名字都原來在唐詩上呢衆人笑說這可問住了快罰一盃湘雲無話只得飲了大家又該對點搭拳這些人因賈母王夫人不在家没了管束便任意取樂呼三喝四喊七叫八滿廳中紅飛翠舞玉動珠搖真是十分熱鬧頑了一回大家方起席散了却忽然不見

了湘雲只當他外頭自便就來誰知越等越沒了影兒使人各處去找那裡找的着接着林之孝家的同着幾個老婆子來一則恐有正事呼喚二則恐丫鬟們年輕趁王夫人不在家不服探春等約束恣意痛飲失了體統故來請問有事無事探春見他們來了便知其意忙笑道你們又不放心來查我們來了我們並沒有多吃酒不過是大家頑笑將酒作引子媽媽們別耽心李紈尤氏也都笑說你們歇着去罷我們也不敢叫他們多吃了林之孝家的等人笑說我們知道連老太太讓姑娘們吃酒姑娘們還不肯吃呢何況太太們不在家自然頑罷了我們怕有事來打聽打聽二則天長了姑娘們頑一會子還該點補

些小食兒素日又不大吃雜項東西如今吃一兩盃酒若不多吃些東西怕受傷探春笑道媽媽說的是我們也正要吃呢回頭命取點心來兩傍丫鬟們齊聲答應了忙去傳點心探春又笑讓你們歇著去或是姨媽那裡說話兒去我們即刻打發人送酒你們吃去林之孝家的等人笑回不敢領了又站了一回方退出去了平兒摸着臉笑道我的臉都熱了也不好意思見他們依我說竟收了罷別惹他們再來倒没意思了探春笑道不相干横竪偺們不謅真喝酒就罷了正說着只見一個小丫頭笑嘻嘻的走來說姑娘們快瞧雲姑娘吃醉了圖凉快在山子後頭一塊青石板磴上睡着了衆人聽說都笑道快別吵嚷

說着都走來看時果見湘雲卧于山石僻處一個石磴子上業經香夢沉酣四面芍藥花飛了一身滿頭臉衣襟上皆是紅香散亂手中的扇子在地下也半被落花埋了一羣蜜蜂蝴蝶鬧嚷嚷的圍着又用鮫帕包了一包芍藥花瓣枕着衆人看了又是愛又是笑忙上來推喚攙扶湘雲口內猶作睡語說酒令嘟嘟囔囔說泉香酒洌醉扶歸宜會親友衆人笑推他說道快醒醒兒吃飯去這潮磴上還睡出病來呢湘雲慢啟秋波見了衆人又低頭看了一看自己方知是醉了原是納涼避靜的不覺因多罰了兩盃酒姣娜不勝便睡着了心中反覺自悔早有小丫頭端了一盆洗臉水兩個捧着鏡奩衆人等着他便在石磴

上重新勾了臉攏了鬢連忙起身同著來至紅香圃中又吃了兩盃濃茶探春忙命將醒酒石拿來給他啣在口內一時又命他吃了些酸湯方纔覺得好了些當下又選了幾樣菓菜給鳳姐兒送去鳳姐兒也送了幾樣來寶釵等吃過點心大家也有坐的也有立的也有在外觀花的也有倚欄看魚的各自取便說笑不一探春便和寶琴下棊寶釵岫烟觀局黛玉和寶玉在一簇花下唧唧噥噥不知說些什麽只見林之孝家的和一群女人帶了一個媳婦進來那媳婦愁眉淚眼也不敢進廳來到堦下便朝上跪下磕頭探春因一塊棊受了敵算來算去總得了兩個眼便折了官着兒兩眼只瞅着棊盤一隻手伸在盒內

只管抓碁子作想林之孝家的站了半天因回頭要茶時纔看見問什麽事林之孝家的便指那媳婦說這是四姑娘屋裡小丫頭彩兒的娘現是園內伺候的人嘴很不好纔是我聽見了問著他他說的話也不敢回姑娘竟要攆出去纔是探春道怎麽不回大奶奶林之孝家的道方纔大奶奶往廳上姨太太處去頂頭看見我已回明白了叫回姑娘來探春道怎麽不回二奶奶平兒道不回去也罷我想回說一聲就是了既這麽着就攆他出去等太太回來再回請姑娘定奪探春點頭仍又下碁這裡林之孝家的帶了那人出去不提黛玉和寶玉二人站在花下遥遥盼望黛玉便說道你家三丫頭倒是個乖人雖然叫

他管些事也倒一步不肯多走差不多的人就早作起威福來了寶玉道你不知道呢你病着時他幹了幾件事這園子也分了人管如今多掐一根草也不能了又蠲了幾件事单拿我和鳳姐姐做筏子最是心裡有算計的人豈止乖呢黛玉道要這樣纔好偺們也太費了我雖不管事心裡每常閒了替他們一筭出的多進的少如今若不省儉必致後手不接寶玉笑道憑他怎麽後手不接也不短了偺們四個人的黛玉聽了轉身就往廳上尋寶釵說笑去了寶玉正欲走時只見襲人走來手內捧着一個小連環洋漆茶盤裡面可式放着兩鍾新茶因問他往那裡去呢我見你兩個半日沒吃茶巴巴的倒了兩鍾來他

又走了寶玉道那不是他你給他送去說着自拿了一鍾襲人便送了那鍾去偏和寶釵在一處只得一鍾茶便說那位渴時那位先接了我再倒去寶釵笑道我倒不喝只要一口漱漱就是了說著先拿起來喝了一口剩了半盃遞在黛玉手內襲人笑說我再倒去黛玉笑道你知道我這病大夫不許多吃茶這半鍾儘彀了難爲你想的到說畢飲乾將盃放下襲人又來接寶玉的寶玉因問道半日不見芳官他在那裡呢襲人四顧一瞧說纔在這裡的幾個人鬥草頑這會子不見了寶玉聽說便忙回房中果見芳官面向裡睡在床上寶玉推他說道快別睡覺偺們外頭頑去一會子好吃飯芳官道你們吃酒不理我叫

我悶了半天可不來睡覺罷了寶玉拉了他起來笑道偺們曉上家裡再吃回來我叫襲人姐姐帶了你桌上吃飯何如芳官道藕官蕊官都不上去单我在那裡也不好我也吃不慣那個麵條子早起也沒好生吃纔剛餓了我巳告訴了柳嫂子先給我做一碗湯盛半碗粳米飯送道我這裡吃了就完事若是晚上吃酒不許叫人管着我我要盡力吃彀了纔罷我先在家裡吃二三觔好惠泉酒呢如今學了這勞什子他們說怕壞嗓子這幾年也沒聞見趁今兒我可是要開齋了寶玉道這個容易說著只見柳家的果遣人送了一個盒子來春燕接着揭開看時裡面是一碗蝦丸鷄皮湯又是一碗酒釀清蒸鴨子一碟醃

的胭脂鵝脯還有一碟四個奶油松瓤捲酥並一大碗熱騰騰碧瑩瑩綠畦香稻粳米飯春燕放在案上走來安小菜碗筯過來撥了一碗飯芳官便說油膩膩的誰吃這些東西只將湯泡飯吃了一碗揀了兩塊醃鵝就不吃了寶玉問着倒覺比往常之味又勝些似的遂吃了一個捲酥又命春燕也撥了半碗飯泡湯一吃十分香甜可口春燕和芳官都笑了吃畢春燕便將剩的要交回寶玉道你吃了罷若不彀再要些來春燕道不用要這就彀了方纔麝月姐姐拿了兩盤子點心給我們吃了我再吃了這個儘彀了不用再吃了說着便站在桌傍一頓吃了又留下兩個捲酥說這個留下給我媽吃晚上要吃酒給我兩

碗吃酒就是了寶玉笑道你也愛吃酒等着偺們晚上痛喝一回你襲人姐姐和晴雯姐姐的量也好也要喝只是每日不好意思的趁今兒大家開齋還有件事想着囑咐你竟忘了此刻纔想起來巳後芳官全要你照看他他或有不到處你提他襲人照顧不過這些人來春燕道我都知道不用你操心但只五兒的事怎麽樣寶玉道你和柳家的說去明兒真叫他進來罷等我告訴他們一聲就完了芳官聽了笑道這倒是正經事春燕又叫兩個小丫頭進來伏侍洗手倒茶自巳收了傢伙交給婆子也洗手便去找柳家的不在話下寶玉便出來仍往紅香圃尋衆姐妹芳官在後拿着巾扇剛出了院門只見襲人晴雯

二人攜手回來寶玉問你們做什麽呢襲人道擺下飯了等你吃飯呢寶玉笑着將方纔吃飯的一節告訴了他兩個襲人笑道我說你是猫兒食雖然如此也該上去陪他們多少應個景兒晴雯用手指戳在芳官額上說道你就是狐媚子什麽空兒跑了去吃飯兩個怎麽約下了也不告訴我們一聲兒襲人笑道不過是悞打悞撞的遇見說約下可是沒有的事晴雯道既這麽着要我們無用明兒我們都走了讓芳官一個人就彀使了襲人笑道我們都去了使得你却去不得晴雯道惟有我是第一個要去又懶又夯性子又不好又沒用襲人笑道倘或那孔雀褂子襟再燒了窟窿你去了誰能以補呢你倒别和我拿

三撒四的我煩你做個什麼把你懶的橫針不拈豎線不動一般也不是我的私活煩你橫豎都是他的你就都不肯做什麼我去了幾天你病的七死八活一夜連命也不顧給他做了出來這又是什麼原故你到底說話呀怎麼粧憨兒和我笑那也當不了什麼晴雯笑着啐了一口大家說着來至廳上薛姨媽也來了依序坐下吃飯寶玉只用茶泡了半碗飯應景而已一時吃畢大家吃茶閑話又隨便頑笑外面小螺和香菱芳官蕊官藕官荳官等四五個人滿園頑了一回大家採了些花草來兜着坐在花草堆裡鬥草這一個說我有觀音柳那一個說我有羅漢松那一個又說我有君子竹這一個又說我有美人蕉

道個又說我有星星翠那個又說我有月月紅這個又說我有牡丹亭上的牡丹花那個又說我有琵琶記裡的枇杷菓荳官便說我有姐妹花衆人沒了香菱便說我有夫妻蕙荳官說從沒聽見有個夫妻蕙香菱道一個剪兒一個花兒叫做蘭一個剪兒幾個花兒叫做蕙上下結花的爲兄弟蕙並頭結花的爲夫妻蕙我這枝並頭的怎麼不是夫妻蕙荳官沒的說了便起身笑道依你說要是這兩枝一大一小就是老子兒子蕙了若是兩枝背面開的就是仇人蕙了你漢子去了大半年你想他了便扯拉着蕙上也有了夫妻了好不害臊香菱聽了紅了臉忙要起身擰他笑罵道我把你這個爛了嘴的小蹄子滿口裡

放屁胡說荳官見他要站起來怎肯容他就連忙伏身將他壓住回頭笑着央告蕊官等來幫着我擰他這張嘴兩個人滾在地下衆人拍手笑說了不得了那是一窪子水可惜弄了他的新裙子荳官回頭看了一看果見傍邊有一汪積雨香菱的半条裙子都污濕了自已不好意思忙奪手跑了衆人笑個不住怕香菱拿他們出氣也都笑著一哄而散香菱起身低頭一瞧見那裙上猶滴滴點點流下綠水來正恨罵不絕可巧寶玉見他們鬥草也尋了些草花來湊戲忽見衆人跑了只剩了香菱一個低頭弄裙因問怎麼散了香菱便說我有一枝夫妻蕙他們不知道反說我謅因此鬧起來把我的新裙子也遭塌了寶

玉笑道你有夫妻蕙我這裡倒有一枝並蒂菱口內說着手裡真個拈着一枝並蒂菱花又拈了那枝夫妻蕙在手內香菱道什麼夫妻不夫妻並蒂不並蒂你瞧瞧這裙子寶玉便低頭一瞧噯呀了一聲說怎麼就拖在泥裡了可惜這石榴紅綾最不禁染香菱道這是前兒琴姑娘帶了來的姑娘做了一條我做了一條今兒纔上身寶玉跌脚嘆道若你們家一日遭塌這麼一件也不值什麼只是頭一件既係琴姑娘帶來的你和寶姐姐每人纔一件他的尚好你的先弄壞了豈不辜負他的心二則姨媽老人家的嘴碎饒這麼着我還聽見常說你們不知過日子只會遭塌東西不知惜福這叫姨媽看見了又說個不淸

香菱聽了這話都碰在心坎兒上反到喜歡起來因笑道就是這話我雖有幾條新裙子都不合這一樣若有一樣的赶著換了也就好了過後再說寶玉道你快休動只站著方好不然連小衣膝褲鞋面都要弄上泥水了我有主意襲人上月做了一條和這個一模二樣的他因有孝如今也不穿竟送了你換下這個來何如香菱笑着搖頭說不好倘或他們聽見了倒不好寶玉道這怕什麼等他孝滿了他愛什麼難道不許你送他別的不成你若這樣不是你素日為人了況且不是瞞人的事只管告訴寶姐姐也可只不過怕姨媽老人家生氣罷咧香菱想了一想有理點頭笑道就是這樣罷了别辜負了你的心等着

你千萬叫他親自送來纔好寶玉聽了喜歡非常答應了忙忙的回來一壁低頭心下暗想可惜這麽一個人沒父母連自已本姓都忘了被人拐出來偏又賣給這個覇王因又想起往日平兒也是意外想不到的今兒更是意外之意外的事了一面胡思亂想來至房中拉了襲人細細告訴了他緣故香菱之爲人無人不憐愛的襲人又本是個手中撒漫的况與香菱相好一聞此信忙就開箱取了出來摺好隨了寶玉來尋香菱見他還站在那裡等呢襲人笑道我說你太淘氣了總要淘出個故事來纔罷香菱紅了臉笑說多謝姐姐了誰知那起促俠鬼使的黑心說着接了裙子展開一看果然合自已的一樣又命寶

玉背過臉去自己向內解下來將這條繫上襲人道把這腌臢了的交給我拿回去收拾了給你送來你要拿回去看見了又是要問的香菱道好姐姐你拿去不拘給那個妹妹罷我有了這個不要他了襲人道你倒大方的狠香菱忙又拜了兩拜道謝襲人一面襲人拿了那條泥污了的裙子就走香菱見寶玉蹲在地下將方纔夫妻蕙與並蒂菱用樹枝兒挖了一個坑先抓些落花來鋪墊了將這菱蕙安放上又些將落花來掩了方撮土掩埋平伏香菱拉他的手笑道這又叫做什麼怪道人人說你慣會鬼鬼祟祟使人肉麻呢你瞧瞧你這手弄得泥污苔滑的還不快洗去寶玉看笑方起身走了去洗手香菱也自走

開二人走巳了數步香菱復轉身回來叫住寶玉寶玉不知有何說話扎煞着兩隻泥手笑嘻嘻的轉來作問什麼香菱紅了臉只管笑嘴裡要却說什麼又說不出口來因那邊他的小丫頭臻兒走來說二姑娘等你說話呢香菱臉又一紅方向寶玉道裙子的事可別和你哥哥說就完了說畢即轉身走了寶玉笑道可不是我瘋了往虎口裡探頭兒去呢說着也回去了不知端詳下回分解

紅樓夢第六十二回終

紅樓夢第六十三回

壽怡紅羣芳開夜宴　死金丹獨艷理親喪

話說寶玉回至房中洗手因和襲人商議晚間吃酒大家取樂不可拘泥如今吃什麽好早說給他們備辦去襲人笑道你放心我和晴雯麝月秋紋四個人每人五錢銀子共是二兩芳官碧痕春燕四兒四個人每人三錢銀子他們告假的不算共是三兩二錢銀子早已交給了柳嫂子預備四十碟菓子我和平兒說了已經抬了一罈好紹興酒藏在那邊了我們八個人单替你做生日寶玉聽了喜的忙說他們是那裡的錢不該叫他們出纔是晴雯道他們没錢難道我們是有錢的這原是各人

的心那怕他偷的呢只管領他的情就是了寶玉聽了笑說你說的是襲人笑道你這個人一天不捱他兩句硬話村你你再過不去晴雯笑道你如今也學壞了專會調三窩四說着大家都笑了寶玉說關了院門罷襲人笑道怪不得人說你是無事忙這會子關了門人倒疑惑起來索性再等一等寶玉點頭因說我出去走走四兒舀水去春燕一個跟我來罷說着走至外邊因見無人便問五兒之事春燕道我纔告訴了柳嫂子他倒很喜歡只是五兒那一夜受了委屈煩惱出去又氣病了那裡來得只等好了罷寶玉聽了未免後悔長嘆因又問這事襲人知道不知道春燕道我沒告訴不知芳官可說了沒有寶玉道

我倒沒告訴過他也罷等我告訴他就是了說畢復走進來故意洗手已是掌燈時分聽得院門前有一羣人進來大家隔窗悄視果見林之孝家的和幾個管事的女人走來前頭一人提著大燈籠晴雯悄笑道他們查上夜的人來了這一出去偺們就好關門了只見怡紅院凡上夜的人都迎出去了林之孝家的看了不少又吩咐别要錢吃酒放倒頭睡到大天亮我聽見是不依的眾人都笑說那裡有這麼大胆子的人林之孝家的又問寶二爺睡下了沒有眾人都回不知道襲人忙推寶玉寶玉靸了鞋便迎出來笑道我還沒睡呢媽媽進來歇歇又叫襲人倒茶來林之孝家的忙進來笑說還沒睡呢如今天長夜短

該早些睡了明日方起的早不然到了明日起遲了人家笑話不是個讀書上學的公子了倒像那起挑脚漢了說畢又笑寶玉忙笑道媽媽說的是我每日都睡的早媽媽每日進來可都是我不知道的已經睡了今日因吃了麪怕停食所以多頑一回林之孝家的又向襲人等笑說該淪些普洱茶喝襲人晴雯二人忙說淪了一茶缸子女兒茶已經喝過兩碗了大娘也嚐一碗都是現成的說着晴雯便倒了來林家的站起接了又笑道這些時我聽見二爺嘴裡都換了字眼赶着這幾位大姑娘們竟叫起名字來雖然在這屋裡到底是老太太太太的人還該嘴裡尊重些纔是若一時半刻偶然叫一聲使得若只管順

口叫起來怕已後兄弟侄兒照樣就惹人笑話這家子的人眼裡沒有長輩了寶玉笑道媽媽說的是我不過是一時半刻偶然叫一句是有的襲人晴雯都笑說這可別委屈了他直到如今他可姐姐沒離了嘴不過頑的時候叫一聲半聲名字若當着人却是和先一樣林之孝家的笑道這纔好呢這纔是讀書知禮的越自已謙遜越尊重別說是三五代的陳人現從老太太太太屋裡撥過來的就是老太太太太屋裡的猫兒狗兒輕易也傷不得他這纔是受過調教的公子行事說畢吃了茶便說請安歇罷我們走了寶玉還說再歇歇那林之孝家的已帶了衆人又查別處去了這裡晴雯等忙命關了門進來笑說道

位奶奶那裡吃了一杯來了嘮三叨四的又排場了我們一頓去了麝月笑道他也不是好意的少不得也要常提著些兒也隄防着怕走了大摺兒的意思說着一面擺上酒菓襲人道不用高桌偺們把那張花梨圓炕桌子放在炕上坐又寬綽又便宜說着大家果然抬來麝月和四兒那邊去搬菓子用兩個大茶盤做四五次方搬運了來兩個老婆子蹲在外面火盆上篩酒寶玉說天熱偺們都脫了大衣裳纔好衆人笑道你要脫你脫我們還要輪流安席呢寶玉笑道這一安席就要到五更天了知道我最怕這些俗套在外人跟前不得已的這會子還慪我就不好了衆人聽了都說依你于是先不上坐且忙著卸粧

寛衣一時將正粧卸去頭上只隨便挽著鬢兒身上皆是緊身袄兒寶玉只穿着大紅綿紗小袄兒下面緑綾弾墨夾褲散着褲脚繫着一条汗巾靠着一個各色玫瑰芍藥花瓣装的玉色夾紗新枕頭和芳官兩個先搳拳當時芳官滿口嚷熱只穿着一件玉色紅青駝絨三色緞子拼的水田小夾袄束着一条柳緑汗巾底下是水紅灑花夾褲也散著褲腿頭上齊額編着一圈小辮總歸至頂心結一根粗辮拖在腦後右耳根内只塞着米粒大小的一個小玉塞子左耳上單一個白菓大小的硬紅鑲金大墜子越顯得面如滿月猶白眼似秋水還清引得衆人笑說他兩個倒像一對雙生的弟兄襲人等一一斟上酒來說

且等一等再猜拳雖不安席在我們每人手裡吃一口罷了于是襲人爲先端在唇上吃了一口其餘依次下去一一吃過大家方團圓坐了春燕四兒因炕沿坐不下便端了兩個絨套繡墩近炕沿放下那四十個碟子皆是一色白彩定窰的不過小茶碟大裡面自是山南海北乾鮮水陸的酒饌菓菜寶玉因說偺們也該行個令纔好襲人道斯文些纔好別大呼小叫叫人聽見二則我們不識字可不要那些文的麝月笑道拿骰子偺們搶紅罷寶玉道没趣不好偺們占花名兒好晴雯笑道正是早已想弄這個頑意兒襲人道這個頑意雖好人少了沒趣春燕笑道依我說偺們竟悄悄的把寶姑娘雲姑娘林姑娘請了

來頑一會子到二更天再睡不遲襲人道又開門闔戶的鬧倘或遇見巡夜的問寳玉道怕什麽偺們三姑娘也吃酒再請他一聲纔好還有琴姑娘衆人都道琴姑娘罷了他在大奶奶屋裡叨登的大發了寳玉道怕什麽你們就快請去春燕四兒都巴不得一聲二人忙命開門各帶小丫頭分頭去請晴雯麝月襲人三人又說他兩個去請只怕不肯來須得我們去請死活拉了來于是襲人晴雯忙又命老婆子打個燈籠二人又去果然寳釵說夜深了黛玉說身上不好他二人再三央求好歹給我們一點體面略坐坐再來衆人聽了卻也歡喜因想不請李紈倘或被他知道了倒不好便命翠墨同春燕也再三的請了

李紈和寶琴二人會齊先後都到了怡紅院中襲人又死活拉了香菱來炕上又併了一張桌子方坐開了寶玉忙說林妹妹怕冷過這邊靠板壁坐又拿了個靠背墊著些襲人等都端了椅子在炕沿下陪着黛玉却離桌遠遠的靠着靠背因笑向寶釵李紈探春等道你們日日說人家夜飲聚賭今日我們自已也如此以後怎麼說人李紈笑道有何妨碍一年之中不過生日節間如此並沒夜夜如此這倒也不怕說着晴雯拿了一個竹雕的簽筒來裡面裝着象牙花名簽子搖了一搖放在當中又取過骰子來盛在盒内搖了一搖揭開一看裡面是六點數至寶釵寶釵便笑道我先抓不知抓出個什麽來說着將筒搖

了一揺伸手掣出一簽大家一看只見簽上畫着一枝牡丹題
着艷冠羣芳四字下面又有鎸的小字一句唐詩道是
　　任是無情也動人
又注着在席共賀一杯此爲羣芳之冠隨意命人不拘詩詞雅
謔或新曲一支爲賀衆人都笑説巧得狠你也原配牡丹花説
着大家共賀了一杯寶釵吃過便笑説芳官唱一隻我們聽罷
芳官道既這樣大家吃了門杯好聽於是大家吃酒芳官便唱
壽筵開處風光好衆人都道快打回去這會子狠不用你來上
壽揀你極好的唱來芳官只得細細的唱了一隻賞花時翠鳳
翎毛紮帚叉閑踏天門掃落花纔罷寶玉却只管拿着那簽口

內顛來倒去念任是無情也動人聽了這曲子眼看着芳官不語湘雲忙一手奪了擲與寶釵寶釵又擲了一個十六點數到探春探春笑道還不知得個什麼伸手掣了一根出來自己一瞧便擲在桌上紅了臉笑道狠不該行這個令這原是外頭男人們行的令許多混賬話在上頭衆人不解襲人等忙拾起來衆人看時上面一枝杏花那紅字寫着瑤池仙品四字詩云

日邊紅杏倚雲栽

註云得此簽者必得貴婿大家恭賀一杯再同飲一杯衆人笑說道我們說是什麼呢這簽原是閨閣中取笑的除了這兩三根有這話的並無雜話這有何妨我們家已有了王妃難道你

也是王妃不成大喜大喜說著大家來敬探春探春那裡肯飲却被湘雲香菱李紈等三四個人強死強活灌了一鍾纔罷探春只叫蠲了這個再行別的衆人斷不肯依湘雲拿着他的手強擲了個十九點出來便該李氏掣李氏搖了一搖掣出一根來一看笑道好極你們瞧瞧這行子竟有些意思衆人瞧那簽上畫着一枝老梅寫着霜曉寒姿四字那一面舊詩是

竹籬茅舍自甘心

註云自飲一杯下家擲骰李紈笑道真有趣你們擲去罷我只自吃一杯不問你們的廢與說着便吃酒將骰過給黛玉黛玉一擲是十八點便該湘雲掣湘雲笑著揎拳擄袖的伸手掣了

一根出來大家看時一面畫着一枝海棠題着香夢沉酣四字那面詩道是

只恐夜深花睡去

黛玉笑道夜深二字改石凉兩個字倒好衆人知他打趣白日間湘雲醉眠的事都笑了湘雲笑指那自行船給黛玉看又說快坐上那船家去罷別多說了衆人都笑了因看注云既云香夢沉酣掣此籤者不便飲酒只令上下兩家各飲一盃湘雲拍手笑道阿彌陀佛真真好籤恰好黛玉是上家寶玉是下家二人斟了兩盃只得要飲寶玉先飲了半盃瞅人不見遞與芳官芳官卽便端起來一仰脖喝了黛玉只管和人說話將酒全折在

漱盃內了湘雲便抓起骰子來一擲個九點數去該麝月麝月便掣了一根出來大家看時上面是一枝荼蘼花題着韶華勝極四字那邊寫着一句舊詩道是

開到荼蘼花事了

註云在席各飲三盃送春麝月問怎麽講寶玉皺皺眉兒忙將籤藏了說偺們且喝酒罷說着大家吃了三口以充三盃之數麝月一擲個十點該香菱香菱便掣了一根並蒂花題着聯春繞瑞四字那面寫着一句舊詩道是

連理枝頭花正開

註云共賀掣者三盃大家陪飲一盃香菱便又擲了個六點該

黛玉黛玉默默的想道不知還有什麽好的被我掣著方好一面伸手取了一根只見上面畫着一枝芙蓉花題着風露淸愁四字那面一句舊詩道是

莫怨東風當自嗟

註云自飲一盃牡丹陪飲一盃衆人笑說這個好極除了他別人不配做芙蓉黛玉也自笑了于是飲了酒便擲了個二十點該著襲人襲人便伸手取了一枝出來却是一枝桃花題著武陵別景四字那一面寫着舊詩道是

桃紅又見一年春

註云杏花陪一盞坐中同庚者陪一盞同姓者陪一盞衆人笑

道這一回熱鬧有趣大家算來香菱晴雯寶釵三人皆與他同庚黛玉與他同辰只無同姓者芳官忙道我也姓花我也陪他一鍾于是大家斟了酒黛玉因向探春笑道命中該招貴婿的你是杏花快喝了我們好喝探春笑道這是什麽話大嫂子順手給他一巴掌李紈笑道人家不得貴壻反挨打我也不忍得衆人都笑了襲人纔要擲只聽有人叫門老婆子忙出去問時原來是薛姨媽打發人來了接黛玉的衆人因問幾更了人回二更已後了鐘打過十一下了寶玉猶不信要過表來瞧了一瞧已是子初一刻十分了黛玉便起身說我可掌不住了回去還要吃藥呢衆人說也都該散了襲人寶玉等還要留着衆人

李紈探春等都說夜太深了不像這已是破格了襲人道既如此每位再吃一盃再走說著晴雯等已都斟滿了酒每人吃了都命點燈襲人等齊送過沁芳亭河那邊方回來關了門大家復又行起令來襲人等又用大鍾斟了幾鍾用盤子攢了各樣果菜與地下的老媽媽們吃彼此有了三分酒便猜拳贏唱小曲兒那天已四更時分老媽媽們一面明吃一面暗偷酒缸已罄眾人聽了方收拾盥漱睡覺芳官吃得兩腮胭脂一般眉梢眼角添了許多丰韻身子圖不得便睡在襲人身上說姐姐我心跳的狠襲人笑道誰叫你儘力灌呢春燕四兒也圖不得早睡了晴雯還只管叫寶玉道不用叫了偺們且胡亂歇一歇自

巳便枕了那紅香枕身子一歪就睡着了襲人見芳官醉的狠恐鬧他吐酒只得輕輕起來就將芳官扶在寶玉之側由他睡了自巳却在對面榻上倒下大家黑甜一覺不知所之及至天明襲人睜眼一看只見天色晶明忙說可遲了向對面床上瞧了一瞧只見芳官頭枕著炕沿上睡猶未醒連忙起來叫他寶玉已翻身醒了笑道可遲了因又推芳官起身那芳官坐起來猶發怔揉眼睛襲人笑道不害羞你喝醉了怎麽也不揀地方兒亂挺下了芳官聽了瞧了瞧方知是和寶玉同榻忙羞的笑著下地說我怎麽却說不出下半句來寶玉笑道我竟也不知道了若知道給你臉上抹些墨說著丫頭進來伺候梳洗寶玉

笑道昨日有擾今日晚上我還席襲人笑道罷罷今日可別鬧了再鬧就有人說話了寶玉道怕什麼不過纔兩次罷了偺們也算會吃酒了一罈子酒怎麼就吃光了正在有趣兒偏又沒了襲人笑道原要這麼着纔有趣兒必盡了興反無味昨日都好上來了晴雯連臊也忘了我記得他還唱了一個曲兒四兒笑道姐姐忘了連姐姐還唱了一個呢在席的誰沒唱過衆人聽了俱紅了臉用兩手握着笑個不住忽見平兒笑嘻嘻的走來說我親自來請昨日在席的人今日我還東短一個也使不得衆人忙讓坐吃茶晴雯笑道可惜昨夜沒他平兒忙問你們夜裏做什麼來襲人便說告訴不得你昨日夜裏熱鬧非常連

往日老太太太太帶着衆人頑也不及昨兒這一頑一罈酒我們都鼓搗光了一個個喝的把臊都丟了又都唱起來四更多天纔横三豎四的打了一個盹兒平兒笑道好白和我要了酒來也不請我還說着給我聽氣我晴雯道今兒他還席必自來請你你等著罷平兒笑問道他是誰誰是他晴雯聽了把臉飛紅了趕着打笑說道偏你這耳朶尖聽的真平兒笑道呸不害臊的丫頭這會子有事不和你說我有事去了回來再打發人來請一個不到我是打上門來的寶玉等忙留他已經去了這裡寶玉梳洗了正喝茶忽然一眼看見硯台底下壓着一張紙因說道你們這麽隨便混壓東西也不好襲人晴雯等忙問又

怎麽了誰又有了不是了寶玉指道硯台下是什麽一定又是那位的樣子忘記收的晴雯忙啟硯拿了出來却是一張字帖兒遞給寶玉看時原來是一張粉紅箋紙上面寫着檻外人妙玉恭肅遙叩芳辰寶玉看畢直跳了起來忙問是誰接了來的也不告訴襲人晴雯等見了這般不知當是那來要緊的人來的帖子忙一齊問昨兒是誰接下了一個帖子四兒忙跑進來笑說昨兒妙玉並沒親來只打發個媽媽送來我就擱在這裡誰知一頓酒喝的就忘了衆人聽了道我當是誰大驚小怪這也不值的寶玉忙命快拿紙來當下拿了紙研了墨看他下着檻外人三字自己竟不知回上帖回個什麽字樣纔相敵只管

提筆出神半天仍没主意因有想要問寶釵去他必又批評怪誕不如問黛玉去想罷袖了帖兒逕來尋黛玉剛過了沁芳亭忽見岫烟顫顫巍巍的迎面走來寶玉忙問姐姐那裡去岫烟笑道我找妙玉說話寶玉聽了咤異說道他為人孤癖不合時宜萬人不入他的目原來他推重姐姐竟知姐姐不是我們一流俗人岫烟笑道他也未必真心重我但我和他做過十年的隣居只一墻之隔他在蟠香寺修煉我家原來寒素賃房居就賃了他廟裡的房子住了十年無事到他廟裡去作伴我所認得的字都是承他所授我和他又是貧賤之交又有半師之分因我們投親去了聞得他因不合時宜權勢不容竟投到這裡

來如今又兩緣湊合我們得遇舊情竟未改易承他青目更勝當日寶玉聽了恍如聽了焦雷一般喜得笑道怪道姐姐舉止言談超然如野鶴閒雲原本有來歷我正因他的一件事為難要請教別人去如今遇見姐姐真是天緣湊合求姐姐指教說著便將拜帖取給岫烟看岫烟笑道他這脾氣竟不能改竟是生成這等放誕詭僻了從來沒見拜帖上下別號的這可是俗語說的僧不僧俗不俗女不女男不男成個什麼理數寶玉聽說忙笑道姐姐不知道他原不在這些人中他原是世人意外之人因取了我是個些微有知識的方給我這帖子我因不知回什麼字樣纔好竟沒了主意正要去問林妹妹可巧遇見

了姐姐岫烟聽了寶玉這話且只管用眼上下細細打量了半日方笑道怪道俗語說的聞名不如見面又怪不的妙玉竟下這帖子給你又怪不的上年竟給你那些梅花既連他這樣少不得我告訴你原故他常說古人中自漢晉五代唐宋以來皆無好詩只有兩句好說道縱有千年鐵門檻終須一個土饅頭所以他自稱檻外之人又常讚文是莊子的好故又或稱爲畸人他若帖子上是自稱畸人的你就還他個世人畸人者他自稱是畸零之人你謙自己乃世人擾擾之人他便喜了如今他自稱檻外之人是自謂蹈于鐵檻之外了故你如今只下檻內人便合了他的心了寶玉聽了如醍醐灌頂噯喲了一聲方笑

道怪道我們家廟說是鐵檻寺呢原來有這一說姐姐就請讓我去寫回帖岫烟聽了便自往櫳翠菴來寶玉回房寫了帖子上面只寫檻內人寶玉薰沐謹拜幾字親自拿了到櫳翠菴只隔門縫兒投進去便回來了因飯後平兒還席說紅香圃太熱便在榆蔭堂中擺了幾席新酒佳餚可喜尤氏又帶了佩鳳偕鴛二妾過來遊玩這二妾亦是青年姣憨女子不常過來的今既入了這園再遇見湘雲香菱芳蕊一干女子所謂方以類聚物以羣分二語不錯只見他們說笑不了也不管尤氏在那裡只凴丫嬛們去服役且同眾人一一的遊玩閑言少述且說當下眾人都在榆蔭堂中以酒爲名大家頑笑命女先兒擊鼓平

見採了一枝芍藥大家約二十來人傳花爲令熱鬧了一回因
人回說甄家有兩個女人送東西來了探春和李紈尤氏三人
出去議事廳相見這裡衆人且出來散一散佩鳳偕鸞兩個去
打鞦韆頑耍寶玉便說你兩個上去讓我送慌的佩鳳說罷了
別替我們鬧亂子忽見東府裡幾個人慌慌張張跑來說老爺
殯天了衆人聽了唬了一大跳忙都說好好的並無疾病怎麽
就沒了家人說老爺天天修煉定是功成圓滿昇仙去了尤氏
一聞此言又見賈珍父子並賈璉等皆不在家一時竟沒個着
已的男子來未免忙了只得忙卸了粧飾命人先到元真觀將
所有的道士都鎖了起來等大爺來家審問一面忙忙坐車帶

了賴昇一干老人媳婦出城又請大夫看視到底係何病症大夫們見人已死何處胗脈來素知賈敬導氣之術總屬虛誕更至參星禮斗守庚申服靈砂等妄作虛為過于勞神費力反因此傷了性命的如今雖死腹中堅硬似鐵面皮嘴唇燒的紫絳皺裂便向媳婦回說係道教中吞金服砂燒脹而沒衆道士慌的回道原是秘製的丹砂吃壞了事小道們也曾勸說功夫未到且服不得不成望老爺于今夜守庚申時悄悄的服了下去便昇仙去了這是虔心得道已出苦海脫去皮囊了尤氏也不便聽只命鎖着等賈珍來發放且命人飛馬報信一面看視裡面窄狹不能停放橫竪也不能進城的忙裝裹好了用軟轎擡

至鐵檻寺來停放掐指算來至早也得半月的工夫賈珍方能來到目今天氣炎熱實不能相待遂自行主持命天文生擇了日期入殮壽木早年已經備下寄在此廟的甚是便宜三日後便破孝開弔一面且做起道場來因那邊榮府裡鳳姐兒出不來李紈又照顧姐妹寶玉不識事體只得將外頭事務暫托了幾個家裡二等管事的賈㻞賈珖賈珩賈瓔賈菖賈菱等各有執事尤氏不能回家便將他繼母接來在寧府看家這繼母只得將兩個未出嫁的孫女兒帶來一並住着纔放心且說賈珍聞了此信急忙告假並賈蓉是有職人員禮部見當今隆敦孝弟不敢自專具本請旨原來天子極是仁孝過天的且更隆重

功臣之裔一見此本便詔問賈敬何職禮部代奏係進士出身祖職已廕其子賈珍賈敬因年邁多疾常養靜於都城之外元真觀今因疾歿于觀中其子珍其孫蓉現因國喪隨駕在此故乞假歸殮天子聽了忙下額外恩旨曰賈敬雖無功于國念彼祖父之忠追賜五品之職令其子孫扶柩由北下門入都恩賜私第殯殮任子孫盡喪禮畢扶柩回籍外著光祿寺按上例賜祭朝中由王公以下准其祭弔欽此此旨一下不但賈府裏人謝恩連朝中所有大臣皆嵩呼稱頌不絕賈珍父子星夜馳回半路中又見賈瑞賈珖二人領家丁飛騎而來看見賈珍一齊滾鞍下馬請安賈珍忙問做什麼賈瑞回說嫂子恐哥哥任們

兒來了老太太路上無人叫我們兩個來護送老太太的賈珍聽了贊聲不晚又問家中如何料理賈瑞等便將如何拿了道士如何挪至家廟怕家內無人接了親家母和兩個姨奶奶在上房住著賈蓉當下也下了馬聽見兩個姨娘來了喜的笑容滿面賈珍忙說了幾聲妥當加鞭便走店也不投連夜換馬飛馳一日到了都門先奔入鐵檻寺那天已是四更天氣坐更的聞知忙喝起衆人來賈珍下了馬和賈蓉放聲大哭從大門外便跪爬起來至棺前稽顙泣血直哭到天亮喉嚨都哭啞了方住尤氏等都一齊見過賈珍父子忙按禮換了凶服在棺前俯伏無奈自要理事竟不能目不視物耳不聞聲少不得減了些

悲戚好指揮衆人因將恩旨備述給衆親友聽了一面先打發賈蓉回家來料理停靈之事賈蓉巴不得一聲兒便先騎馬跑來到家忙命前廳收桌椅下槅扇掛孝幔子門前起鼓手棚牌樓等事又忙著進來看外祖母兩個姨娘原來尤老安人年高喜睡常常歪着他二姨娘三姨娘都和丫頭們做活計見他來了都道煩惱賈蓉且嘻嘻的望他二姨娘笑說二姨娘你又來了我父親正想你呢二姨娘紅了臉罵道好蓉小子我過兩日不罵你幾句你就過不得了越發連個體統都沒了還虧你是大家公子哥兒每日念書學禮的越發連那小家子的也跟不上說着順手拿起一個熨斗來兜頭就打唬得賈蓉抱著頭滾

到懷裡告饒尤三姐便轉過臉去說道等姐姐來家再告訴他賈蓉忙笑着跪在炕上求饒因又和他二姨娘搶砂仁吃那二姐兒嚼了一嘴渣子吐了他一臉賈蓉用舌頭都舔着吃了衆丫頭看不過都笑說熱孝在身上老娘纔睡了覺他兩個雖小到底是姨娘家你太眼裡沒有奶奶了回來告訴爺你吃不了兜着走賈蓉撇下他姨娘便抱着那丫頭親嘴說我的心肝你說得是咱們饞他們兩個丫頭們忙推他恨的罵短命鬼你一般有老婆丫頭只和我們鬧知道的說是頑不知道的人再遇見那樣髒心爛肺的愛多管閒事嚼舌頭的人吵嚷到那府裡背地嚼舌說咱們這邊混賬賈蓉笑道各門另戶誰管誰的事

都彀使的了從古至今連漢朝和唐朝人還說髒唐臭漢何況偺們這宗人家誰家沒風流事別叫我說出來連那邊大老爺這麽利害璉二叔還和那小姨娘不乾淨呢鳳嬸子那樣剛强瑞大叔還想他的賬那一件瞞了我賈蓉只管信口開河胡言亂道三姐兒沉了臉早下炕進裡間屋裡叫醒尤老娘這裡賈蓉見他老娘醒了忙去請安問好又說老祖宗勞心又難爲兩位姨娘受委屈我們爺兒們感激不盡惟有等事完了我們合家大小登門磕頭去尤老安人點頭道我的兒倒是你會說話親戚們原是該的又問你父親好幾時得了信趕到的賈蓉笑道剛纔趕到的先打發我瞧你老人家來了好歹求你老人家

事完了再去說着又和他二姨娘擠眼兒二姐便悄悄咬牙罵道狠會嚼舌根的猴兒崽子留下我們給你爹做媽不成賈蓉又和尤老娘道放心罷我父親每日爲兩位姨娘操心要尋兩個有根基的富貴人家又年輕又俏皮兩位姨娘父親好聘嫁這二位姨娘這幾年總沒揀着可巧前兒路上纔相准了一個尤老娘只當是眞話忙問是誰家的二姐丟了活計一頭笑一頭趕着打說媽媽別信這混賬孩子的話三姐兒道蓉兒你說是說別只管嘴裡這麼不清不渾的說着人來回話說事已完了請哥兒出去看了回爺的話去呢那賈蓉方笑嘻嘻的出來不知如何下回分解

紅樓夢第六十三回終

紅樓夢第六十四回

幽淑女悲題五美吟　浪蕩子情遺九龍珮

話說賈蓉見家中諸事已妥連忙趕至寺中回明賈珍于是連夜分派各項執事人役並預備一切應用旛杠等物擇於初四日卯時請靈柩進城一面使人知會諸位親友是日喪儀焜燿賓客如雲自鐵檻寺至寧府夾路看的何止數萬人內中有嗟嘆的也有羨慕的又有一等半瓶醋的讀書人說是喪禮與其奢易莫若儉戚的一路紛紛議論不一至未申時方到將靈柩停放正堂之內供奠舉哀已畢親友漸次散回只剩族中人分理迎賓送客等事近親只有邢舅太爺相伴未去賈珍賈蓉此

時為禮法所拘不免在靈傍藉草枕塊恨苦居喪人散後仍乘空在內親女眷中廝混寶玉亦每日在寧府穿孝至晚人散方回園裡鳳姐身體未愈雖不能時常在此或遇著開壇誦經親友上祭之日亦扎掙過來相幫尤氏料理一日供畢早飯因天氣尚長賈珍等連日勞倦不免在靈傍假寐寶玉見無客至遂欲回家看視黛玉因先回至怡紅院中進入門來只見院中寂靜無人有幾個老婆子和那小丫頭們在迴廊下取便乘涼也有睡臥的也有坐着打盹的寶玉也不去驚動只有四兒看見連忙上前來打簾子將掀起時只見芳官自內帶笑跑出幾乎和寶玉撞個滿懷一見寶玉方含笑站着說道你怎麼來了你

快給我攔住晴雯他要打我呢一語未了只聽見屋裡唏嚠嘩喇的亂响不知是何物撒了一地隨後晴雯赶來罵道我看你這小蹄子兒往那裡去輸了不叫打寶玉不在家我看有誰來救你寶玉連忙帶笑攔住道你妹子小不知怎麼得罪了你有我的分上饒他罷晴雯也不想寶玉此時回來乍一見不覺好笑遂笑說道芳官竟是個狐狸精變的就是會拘神遣將的符咒也沒有這麼快又笑道就是你真請了神來我也不怕遂奪手仍要捉拿芳官早已藏在身後摟著寶玉不放寶玉遂一手拉了晴雯一手攜了芳官進來看時只見西邊炕上麝月秋紋碧痕春燕等正在那裡抓子兒贏瓜子兒呢却是芳官輸給晴

雯芳官不肯叫射跑出去了晴雯因赶芳官將懷內的子兒撒了一地寶玉笑道如此長天我不在家裡正怕你們寂寞吃了飯睡覺睡出病來大家尋件事頑笑消遣甚好因不見襲人又問道你襲人姐姐呢晴雯道襲人麼越發道學了獨自個在屋裡面壁呢這好一會我們沒進去不知他做什麼呢一點聲兒也聽不見你快瞧瞧去罷或者此時參悟了也不可知寶玉聽說一面笑一面走至裡間只見襲人坐在近窗床上手中拿着一根灰色絛子正在那裡打結子呢見寶玉進來連忙站起笑道晴雯這東西編派我什麼呢我因要赶着打完了這結子沒工夫和他們瞎鬧因哄他說你們頑去罷趁着二爺不在家我

要在這裡靜坐一坐養一養神他就編派了我這些個話什麽面壁了叅禪了的等一會我不撕他那嘴寶玉笑着挨近襲人坐下瞧他打結子問道這麽長天你也該歇息歇息或和他們頑笑要不瞧瞧林妹妹去也好怪熱的打這個那裡使襲人道我見你帶的扇套還是那年東府裡蓉大奶奶的事情上做的那個青東西除族中或親友家夏天有白事纔帶的着一年遇着帶一兩遭平常又不犯做如今那府裡有事這是要過去天天帶的所以我赶着另作一個等打完了結子給你換下那舊的來你雖然不講究這個要叫老太太回來看見又該說我們躲懶連你穿帶的東西都不經心了寶玉笑道這真難為你想

的到只是也不可過于赶熱著了倒是大事說著芳官早托了一杯凉水內新湃的茶來因寶玉素昔秉賦柔脆雖暑月不敢用氷只以新汲井水將茶連壺浸在盆內不時更換取其凉意而已寶玉就芳官手內吃了半盞遂向襲人道我來時已吩咐了焙茗要珍大爺那邊有要緊的客來時叫他即刻送信要沒要緊的事我就不過去了說畢遂出了房門又回頭向碧痕等道要有事到林姑娘那裡找我於是一逕往瀟湘館來看黛玉將過了沁芳橋只見雪雁領著兩個老婆子手中都拿著菱藕瓜菓之類寶玉忙問雪雁道你們姑娘從來不吃這些凉東西拿這些瓜菓作什麼不是要請那位姑娘奶奶麼雪雁笑道我

告訴你可不許你對姑娘說去寶玉點頭應允雪雁便命兩個婆子先將瓜菓送去交與紫鵑姐姐他要問我你就說我做什麽呢就來那婆子荅應着去了雪雁方說道我們姑娘這兩日方覺身上好些了今日飯後三姑娘來會着要瞧二奶奶去姑娘也沒去又不知想起什麽來了自已哭了一回提筆寫了好些不知是詩是詞叫我傳瓜菓去時又聽叫紫鵑將屋內擺著的小琴桌上的陳設搬下來將棹子挪在外間當地又叫將那龍文鼎放在棹上等瓜菓來時聽用要說是請人呢不犯先忙着把個爐擺出來要說點香呢我們姑娘素日屋內除擺新鮮花菓木瓜之類又不大喜燻衣服就是點香也當點在常坐臥

的地方兒難道是老婆子們把屋子燻臭了要拿香熏熏不成究竟連我也不知爲什麽二爺自瞧瞧去寶玉聽了不由的低頭心內細想道據雪雁說必有原故要是同那一位姐妹們閒坐亦不必如此先設饌具或者是姑爺姑媽的忌辰但我記得每年到此日期老太太都吩咐另外整理餚饌送去林妹妹私祭此時已過大約必是七月因爲瓜菓之節家家都上秋季的墳林妹妹有感於心所以在私室自已奠祭取禮記春秋薦其時食之意也未可定但我此刻走去見他傷感必極力勸解又怕他煩惱鬱結於心若竟不去又恐他過於傷感無人勸止兩件皆足致疾莫若先到鳳姐姐處一看到彼稍坐即回如若見

林妹妹傷感再設法開解既不至使其過悲哀痛稍申亦不至抑鬱致病想畢遂別了雪雁出了園門一逕到鳳姐處來正有許多婆子們囘事畢紛紛散出鳳姐倚着門和平兒說話呢一見了寶玉笑道你囘來了麽我纔吩咐了林之孝家的叫他使人告訴跟你的小厮若没什麽事趂便請你囘來歇息歇息再者那裡人多你那裡禁的住那些氣味不想恰好你倒來了寶玉笑道多謝姐姐惦記我也因今日没事又見姐姐這兩日没往那府裡去不知身上可大愈了所以囘來看看鳳姐道左右也不過是這麽着三日好兩日不好的老太太太太不在家這些大娘們嗳那一個是安分的每日不是打架就是拌嘴連賭

博偷盜的事情都鬧出来了兩三件了雖說有三姑娘帮着辦理他又是個没出閣的姑娘也有叫他知道得的也有往他說不得的事也只好强扎掙着罷了總不得心靜一會兒別說想病好求其不添也就罷了寶玉道姐姐雖如此說姐姐還要保重身體少操些心纔是說畢又說了些閒話別了鳳姐回身往園中走来進了瀟湘館院門看時只見爐裊殘烟奠餘玉醴紫鵑正看着人往裏收桌子搬陳設呢寶玉便知已經奠祭完了走入屋內只見黛玉面向裏歪着病體懨懨大有不勝之態紫鵑連忙說道寶二爺来了黛玉方慢慢的起来含笑讓坐寶玉道妹妹這兩天可大好些了氣色倒覺靜些只是為何又傷心

了黛玉道可是你沒的說了好好的我多早晚又傷心了寶玉笑道妹妹臉上現有淚痕如何還哄我呢只是我想妹妹素日本來多病凡事當各自寬解不可過作無益之悲若作踐壞了身子使我剛說到這裡覺得以下的話有些難說連忙嚥住只因他雖和黛玉一處長大情投意合又願同生同死却只心中領會從來未曾當面說出況兼黛玉心多每每說話造次得罪了他今日原爲的是來勸解不想把話又說造次了接不下去心中一急又怕黛玉惱他又想一想自己的心實在的是爲好因而轉念爲悲反倒掉下淚來黛玉起先原惱寶玉說話不論輕重如今見此光景心有所感本來素昔愛哭此時亦不免無

言對泣却說紫鵑端了茶來打諒二人又爲何事角口因說道姑娘身上纔好些寶二爺又來慪氣了到底是怎麽樣寶玉一面拭淚笑道誰敢慪妹妹了一面搭訕着起來閑步只見硯臺底下微露一紙角不禁伸手拿起黛玉忙要起身來奪已被寶玉揣在懷内笑央道好妹妹賞我看看罷黛玉道不管什麽來了就混翻一語未了只見寶釵走來笑道寶兄弟要看什麽寶玉因未見上面是何言詞又不知黛玉心中如何未敢造次再答却望着黛玉笑黛玉一面讓寶釵坐一面笑道我曾見古史中有才色的女子終身遭際令人可欣可羨可悲可嘆者甚多今日飯後無事因欲擇出數人胡亂凑幾首詩以寄感慨可巧

探了頭來會我瞧鳳姐姐去我也身上懶懶的沒同他去將纔做了五首一時困倦起來撂在那裡不想二爺來了就瞧見了其實給他看也沒有什麽但只我嫌他是不是的寫給人看去寶玉忙道我多晚給人看來昨日那把扇子原是我愛那幾首白海棠詩所以我自已用小楷寫了不過爲的是拿在手中看着便易我豈不知閨閣中詩詞字跡是輕易往外傳誦不得的自從你說了我總沒拿出園子去寶釵道林妹妹這慮的也是你旣寫在扇子上偶然忘記了拿在書房裡去被相公們看見了豈有不問是誰做的呢倘或傳揚開了反爲不美自古道女子無才便是德總以貞靜爲主女工還是第二件其餘詩詞不

過是閨中游戲原可以會可以不會偺們這樣人家的姑娘倒不要這些才華的名譽因又笑向黛玉道拿出來給我看看無妨只不叫寶兄弟拿出去就是了黛玉笑道既如此說連你也可以不必看了又指着寶玉笑道他早已搶了去了寶玉聽了方自懷內取出湊至寶釵身傍一同細看只見寫道

西施

一代傾城逐浪花　吳宮空自憶兒家

效顰莫笑東村女　頭白溪邊尚浣沙

虞姬

腸斷烏啼夜嘯風　虞兮幽恨對重瞳

黥彭甘受他年醢　飲劍何如楚帳中

明妃

絶艷驚人出漢宮　紅顏命薄古今同
君王縱使輕顏色　予奪權何畀畫工

綠珠

瓦礫明珠一例拋　何曾石尉重嬌嬈
都緣頑福前生造　更有同歸慰寂寥

紅拂

長劍雄談態自殊　美人巨眼識窮途
屍居餘氣楊公幕　豈得羈縻女丈夫

寶玉聽了讚不絕口又說道妹妹這詩恰好只做了五首何不就命曰五美吟於是不容分說便提筆寫在後面寶釵亦說道做詩不論何題只要善翻古人之意若要隨人腳踪走去縱使字句精工已落第二義究竟算不得好詩即如前人所咏昭君之詩甚多有悲輓昭君的有怨恨延壽的又有譏漢帝不能使畫工圖貌賢臣而畫美人的紛紛不一後來王荊公復有意態由來畫不成當時枉殺毛延壽永叔有耳目所見尚如此萬里安能制夷狄二詩俱能各出已見不與人同今日林妹妹這五首詩亦可謂命意新奇別開生面了仍欲往下說時只見有人回道璉二爺回來了適纔外頭傳說往東府裏去了好一會了

想必就回來的寶玉聽了連忙起身迎至大門以內等待恰好賈璉自外下馬進來于是寶玉先迎着賈璉打千兒口中給賈母王夫人等請了安又給賈璉請了安二人携手走進來只見李紈鳳姐寶釵黛玉迎探惜等早在中堂等候一一相見已畢因聽賈璉說道老太太明日一早到家一路身體甚好今日先打發了我來回家看視明日五更仍要出城迎接說畢衆人又問了些路途的景况因賈璉是遠歸遂大家别過讓賈璉回房歇息一宿晚景不必細述至次日飯時前後果見賈母王夫人等到來衆人接見已畢略坐了一坐吃了一盃茶便領了王夫人等人過寧府中來只聽見裡面哭聲震天都是賈赦賈璉送

賈母到家即過這邊來了當下賈母進入裏面早有賈赦賈璉率領族中人哭着迎出來了他父子一邊一個挽了賈母走至靈前又有賈珍賈蓉跪着撲入賈母懷中痛哭賈母暮年人見此光景亦摟了珍蓉等痛哭不已賈赦賈璉在傍苦勸方畧畧止住又轉至靈右見了尤氏婆媳不免又相持大痛一塲哭畢衆人方上前一一請安問好賈璉因賈母纔回家來未得歇息坐在此間看着未免要傷心遂再三的勸賈母不得已方回來了果然年邁的人禁不住風霜傷感至夜間便覺頭悶心酸鼻塞聲重連忙請了醫生來診脉下藥足足的忙亂了半夜一日幸而發散的快未曾傳經至三更天些須發了點汗脉靜身凉

大家方放了心至次日仍服藥調理又過了數日乃賈敬送殯之期賈母猶未大愈遂留寶玉在家侍奉鳳姐因未曾甚好亦未去其餘賈赦賈璉邢夫人王夫人等率領家人僕婦都送至鐵檻寺至晚方回賈珍尤氏並賈蓉仍在寺中守靈等過百日後方扶柩回籍家中仍托尤老娘並二姐兒三姐兒照管郤說賈璉素日既聞尤氏姐妹之名恨無緣得見近因賈敬停靈在家每日與二姐兒三姐兒相認已熟不禁動了垂涎之意況知與賈珍賈蓉素日有聚麀之誚因而乘機百般撩撥眉目傳情那三姐兒郤只是淡淡相對只有二姐兒也十分有意但只是眼目衆多無從下手賈璉又怕賈珍吃醋不敢輕動只好二人

心領神會而已此時出殯以後賈珍家下人少除尤老娘帶領二姐兒三姐兒並幾個粗使的丫鬟老婆子在正室居住外其餘婢妾都隨在寺中外面僕婦不過晚間巡更日間看守門戶白日無事亦不進裡面去所以賈璉便欲趁此時下手遂托相伴賈珍爲名亦在寺中住宿又時常借着替賈珍料理家務不時至寧府中來勾搭二姐兒一日有小管家俞祿來回賈珍道前者所用棚杠孝布並請杠人青衣共使銀一千一百十兩除給銀五百兩外仍欠六百零十兩昨日兩處買賣人俱來催討奴才特來討爺的示下賈珍道你先往庫上領去就是了這又何必來問我俞祿道昨日已曾上庫上去領但只是老爺殯天

以後各處支領甚多所剩還要預備百日道場及廟中用度此時竟不能發給所以奴才今日特來回爺或者爺內庫裡暫且發給或者挪借何項吩咐了奴才好辦賈珍笑道你還當是先呢有銀子放着不使你無論那裡借了給他罷俞祿笑回道若說一二百奴才還可巴結這五六百奴才一時那裡辦得來賈珍想了一回向賈蓉道你問你娘去昨日出殯以後有江南甄家送來弔祭銀五百兩未曾交到庫上去家裡再找找湊齊了給他去罷賈蓉答應了連忙過這邊來回了尤氏復轉來回他父親道昨日那項銀子已使了二百兩下剩的三百兩令人送至家中交給老娘收了賈珍道既然如此你就帶了他去合你

老娘要出來交給他再者也瞧瞧家中有事無事問你兩個姨娘好下剩的俞祿先借了添上罷賈蓉和俞祿答應了方欲退出只見賈璉走進來了俞祿忙上前請了安賈璉便問何事賈珍一一告訴了賈璉心中想道趁此機會正可至寧府尋二姐兒一面遂說道這有多大事何必向人借去昨日我方得了一項銀子還沒有使呢莫若給他添上豈不省事賈珍道如此甚好你就吩咐蓉兒一並叫他取去賈璉忙道這個必得我親身取去再我這幾日沒回家了還要給老太太老爺太太們請請安去到大哥那邊查查家人們有無生事再也給親家太太請請安賈珍笑道只是又勞動你我心裡倒不安賈璉也笑道自

家兄弟這有何妨呢賈珍又吩咐賈蓉道你跟了你叔叔去也到那邊給老太太老爺太太們請安說我和你娘都請安打聽打聽老太太身上可大安了還服藥呢沒有賈蓉一一答應了跟隨賈璉出來帶了幾個小廝騎上馬一同進城在路叔姪閑話賈璉有心便提到尤二姐因誇說如何標緻如何做人好舉止大方言語溫柔無一處不令人可敬可愛人人都說你嬸子好據我看那裡及你二姨兒一零兒呢賈蓉揣知其意便笑道叔叔既這麼愛他我給叔叔作媒說了做二房何如賈璉笑道你這是頑話還是正經話賈蓉道我說的是當真的話賈璉又笑道敢自好只是怕你嬸子不依再也怕你老娘不願意況且

我聽見說你二姨兒已有了人家了賈蓉道這都無妨我二姨兒二姨兒都不是我老爺養的原是我老娘帶了來的聽見說我老娘在那一家時就把我二姨兒許給皇糧庄頭張家指腹爲婚後來張家遭了官司敗落了我老娘又自那家嫁了出來如今這十數年兩家音信不通我老娘時常報怨要給他家退婚我父親也要將姨兒轉聘只等有了好人家不過令人找着張家給他十幾兩銀子寫上一張退婚的字兒想張家窮極了的人見了銀子有什麼不依的再他也知道偺們這樣的人家也不怕他不依又是叔叔這樣人說了做二房我管保我老娘和我父親都願意倒只是嬸子那裡却難賈璉聽到這裡心花

都開了那裡還有什麽話說只是一味呆笑而已賈蓉又想了一想笑道叔叔要有膽量依我的主意管保無妨不過多花幾個錢賈璉忙道好孩子你有什麽主意只管說給我聽聽賈蓉道叔叔回家一點聲色也别露等我商明了我父親向我老娘說妥然後在偺們府後方近左右買上一所房子及應用傢伙再撥兩撥子家人過去服侍擇了日子人不知鬼不覺娶了過去囑咐家人不許走漏風聲嬸子在裡面住着深宅大院那裡就得知道了叔叔兩下裡住着過個一年半載即或鬧出来不過挨上老爺一頓罵叔叔只說嬸子總不生育原是爲子嗣起見所以私自在外面作成此事就是嬸子見生米做成熟飯也

只得罷了再求一求老太太沒有不完的事自古道慾令智昏賈璉只顧貪圖二姐美色聽了賈蓉一篇話遂爲計出萬全將現今身上有服並停妻再娶嚴父妒妻種種不妥之處皆置之度外了却不知賈蓉亦非好意素日因同他姨娘有情只因賈珍在內不能暢意如今要是賈璉娶了少不得在外居住趁賈璉不在時好去鬼混之意賈璉那裡思想及此遂向賈蓉致謝道好姪兒你果然能彀說成了我買兩個絕色的丫頭謝你說着已至寧府門首賈蓉說道叔叔進去向我老娘要出銀子來就交給俞祿罷我先給老太太請安去賈璉含笑點頭道老太太跟前別說我和你一同來的賈蓉說知道又附耳向賈璉道

令兒要遇見二姨兒可別性急了鬧出事來往後倒難辦了賈璉笑道少胡說你快去罷我在這裏等你要是賈蓉自去給賈母請安賈璉進入寧府早有家人頭兒率領家人等請安一路圍隨至廳上賈璉一一的問了些話不過塞責而已便命家人散去獨自往裏面走來原來賈璉賈珍素日親密又是兄弟本無可避忌之人自來是不等通報的於是走至上屋早有廊下伺候的老婆子打起簾子讓賈璉進去賈璉進入房中一看只見南邊炕上只有尤二姐帶着兩個丫鬟一處做活却不見尤老娘與三姐兒賈璉忙上前問好相見尤二姐含笑讓坐便靠東邊排插兒坐下賈璉仍將上首讓與二姐兒說了幾句見面

情兒便笑問道親家太太合三妹妹那裡去了怎麽不見二姐笑道纔有事往後頭去了也就來的此時伺候的丫鬟因倒茶去無人在跟前賈璉不住的拿眼瞟看二姐兒二姐兒低了頭只含笑不理賈璉又不敢造次動手動脚的因見二姐兒手裡拿着一條拴着荷包的絹子擺弄便搭訕著往腰裡摸了摸說道檳榔荷包也忘記帶了來妹妹有檳榔賞我一口吃二姐道檳榔倒有就只是我的檳榔從來不給人吃賈璉便笑著欲近身來拿二姐兒的怕有人來看見不雅便連忙一笑撂了過來賈璉接在手裡都倒了出來揀了半塊吃剩下的撂在口裡吃了又將剩下的都揣了起來剛要把荷包親身送過去只見兩

過丫鬟倒了茶來賈璉一面接了茶吃茶一面暗將自己帶的一個漢玉九龍佩解了下來拴在手絹上趁丫鬟回頭時仍撂了過去二姐也亦不去拿只粧看不見坐着吃茶只聽後面一陣簾子响却是尤老娘三姐兒帶着兩個小丫鬟自後面走來賈璉送目與二姐兒令其拾取這二姐亦只是不理賈璉不知二姐兒何意思甚實着急只得迎上來與尤老娘三姐兒相見一面又回頭看二姐兒時只見二姐兒笑着沒事人似的再又看一看絹子已不知那裡去了賈璉方放了心仍是大家歸坐後叙了些閑話賈璉說道大嫂子說前兒有了包銀子交給親家太太收起來了今兒因要還人大哥令我來取再也看看家

裡有事無事尤老娘聽了連忙使二姐兒拿鑰匙去取銀子這裡賈璉又說道我也要給親家太太請請安瞧瞧二位妹妹親家太太臉面倒好只是二位妹妹在我們家裡受委屈尤老娘笑道偺們都是至親骨肉說那裡的話在家裡也是住着在這裡也是住着不瞞二爺說我們家裡自從先夫去世家計也著實艱難了全虧了這裡姑爺幫助着如今姑爺家裡有了這樣大事我們不能別的出力白看一看家還有什麽委屈了的呢正說着二姐兒已取了銀子來交給尤老娘老娘便遞給賈璉賈璉叫一個小丫頭叫了一個老婆子來吩咐他道你把這個交給俞祿叫他拿過那邊去等我老婆子答應了出去只聽得

院內是賈蓉的聲音說話須臾進來給他老娘姨娘請了安又向賈璉笑道纔剛老爺還問叔叔呢說是有什麼事情要使喚原要使人到廟裡去叫我回老爺說叔叔就來老爺還吩咐我路上遇著叔叔叫快去呢賈璉聽了忙要起身又聽賈蓉和他老娘說道那一次我和老太太說的我父親要給二姨兒說的姨父就和我這叔叔的面貌身量差不多兒老太太說好不好一面說著又悄悄的用手指着賈璉和他二姨兒努嘴二姐兒倒不好意思說什麼只見三姐兒似笑非笑似惱非惱的罵道壞透了的小猴兒崽子沒了你娘的說了多早晚我纔撕他那嘴呢賈蓉早笑着跑了出去賈璉也笑着辭了出來走至廳上

又吩咐了家人們不可耍錢吃酒等話又悄悄的央賈蓉回去急速和他父親說一面便帶了俞禄過來將銀子添足交給他令去一面給賈赦請安又給賈母去請安不提却說賈蓉見俞禄跟了賈璉去取銀子自已無事便仍回至裡面和他兩個姨娘嘲戲一回方起身至晚到寺見了賈珍回道銀子已竟交給俞禄了老太太已大愈了如今已經不服藥了說畢又趁便將路上賈璉要娶尤二姐做二房之意說了又說如何在外面置房子住不給鳳姐知道此時總不過為的是子嗣艱難起見為的是二姨兒是見過的親上做親比別處不知道的人家說了來的好所以二叔再三央我對父親說只不說是他自已的主

意賈珍想了一想笑道其實倒也罷了只不知你二姨娘心中願意不願意明日你先去和你老娘商量叫你老娘問准了你二姨娘再作定奪於是又教了賈蓉一篇話便走過來將此事告訴了尤氏尤氏却知此事不妥因而極力勸止無奈賈珍主意已定素日又是順從慣了的况且他與二姐本非一母不便深管因而也只得由他們鬧去了至次日一早果然賈蓉復進城來見他老娘將他父親之意說了又添上許多話說賈璉做人如何好目今鳳姐身子有病已是不能好的了暫且買了房子在外面住着過個一年半載只等鳳姐一死便接了二姨兒進去做正室又說他父親此時如何聘賈璉那邊如何娶如何

接了你老人家養老往後三姨兒也是那邊應了替聘說得天花亂墜不由得尤老娘不肯況且素日全虧賈珍週濟此時又是賈珍作主替聘而且粧奩不用自己置買賈璉又是青年公子强勝張家遂忙過來與二姐兒商議二姐兒又是水性人兒在先已和姐夫不妥又常怨恨當時錯許張華致使後來終身失所今見賈璉有情況是姊夫將他聘嫁有何不肯也便點頭依允當下回復了賈蓉回了他父親次日命人請了賈璉到寺中來賈珍當面告訴了他尤老娘應允之事賈璉自是喜出望外感謝賈珍賈蓉父子不盡於是二人商量着使人看房子打首飾給二姐兒置買粧奩及新房中應用床帳等物不過幾日

早將諸事辦妥已於寧榮街後二里遠近小花枝巷內買定一所房子共二十餘間又買了兩個小丫鬟只是府裡家人不敢擅動外頭買人又怕不知心腹走漏了風聲忽然想起家人鮑二來當初因和他女人偷情被鳳姐兒打鬧了一陣含羞吊死了賈璉給了一百銀子叫他另娶一個那鮑二向來却就合廚子多渾虫的媳婦多姑娘有一手兒後來多渾虫酒癆死了這多姑娘兒見鮑二手裡從容了便嫁了鮑二況且這多姑娘兒原也和賈璉好的此時都搬出外頭住着賈璉一時想起來便叫了他兩口兒到新房子裡來預備二姐兒過來時伏侍那鮑二兩口子聽見這個巧宗兒如何不來呢再說張華之祖原當

皇糧庄頭後來死去至張華父親時仍充此役因與尤老娘前夫相好所以將張華與尤二姐指腹爲婚後來不料遭了官司敗落了家產弄得衣食不週那裡還娶的起媳婦呢尤老娘又自那家嫁了出來兩家有十數年音信不通今被賈府家人喚至逼他與二姐兒退婚心中雖不願意無奈懼怕賈珍等勢燄不敢不依只得寫了一張退婚文約尤老娘給了二十兩銀子兩家退親不提這裡賈璉等見諸事已妥遂擇了初三黃道吉日以便迎娶二姐兒過門下回分解

紅樓夢第六十四回終

紅樓夢第六十五回

賈二舍偷娶尤二姨　尤三姐思嫁柳二郎

話說賈璉賈珍賈蓉等三人商議事事妥貼至初二日先將尤老娘和三姐兒送入新房尤老娘看了一看雖不似賈蓉口內之言倒也十分齊備母女二人已算稱了心愿鮑二兩口子見了如一盆火兒趕着尤老娘一口一聲叫老娘又或是老太太趕著三姐兒叫三姨兒或是姨娘至次日五更天一乘素轎將二姐兒抬來各色香燭紙馬並鋪蓋以及酒飯早已預備得十分妥當一時賈璉素服坐了小轎來了拜過了天地焚了紙馬那尤老娘見了二姐兒身上頭上煥然一新不似在家模樣十

分得意攙入洞房是夜賈璉和他顛鸞倒鳳百般恩愛不消細說那賈璉越看越愛越瞧越喜不知要怎麽奉承這二姐兒纔過得去乃命鮑二等人不許提三說二直以奶奶稱之自巳也稱奶奶竟將鳳姐一筆勾倒有時回家只說在東府有事鳳姐因知他和賈珍好有事相商也不疑心家下人雖多都也不管這些事便有那游手好閒專打聽小事的人也都去奉承賈璉乘機討些便宜誰肯去露風於是賈璉深感賈珍不盡賈璉一月出十五兩銀子做天天的供給若不來時他母女三人一處吃飯若賈璉來他夫妻二人一處吃他母女就回房自吃賈璉又將自巳積年所有的體巳一併搬來給二姐兒收着又將鳳

姐兒素日是爲人行事枕邊衾裡盡情告訴了他只等一死便接他進去二姐兒聽了自然是愿意的了當下十來個人倒也過起日子來十分豐足眼見已是兩月光景這日賈珍在鐵檻寺做完佛事晚間回家時與他姊妹久別竟要去探望探望先命小廝去打聽賈璉在與不在小廝回來說不在那裡賈珍喜歡將家人一槩先遣回去只留兩個心腹小童牽馬一時到了新房子裡已是掌燈時候悄悄進去兩個小廝將馬拴在園內自往下房去聽候賈珍進來屋裡纔點燈先看過尤氏母女然後二姐兒出來相見賈珍見了二姐兒滿臉的笑容一面吃茶一面笑說我做的保山如何要錯過了打着燈籠還沒處尋過

日你姐姐還備禮來瞧你們呢說話之間二姐兒已命人預備
下酒饌關起門來都是一家人原無避諱鮑二來請安賈珍
便說你還是個有良心的所以二爺叫你來伏侍日後自有大
用你之處不可在外頭吃酒生事我自然賞你倘或這裏短了
什麼你二爺事多那裏人雜你只管去回我我們弟兄不比別
人鮑二答應道小的知道若小的不盡心除非不要這腦袋了
賈珍笑着點頭道要你知道就好當下四人一處吃酒二姐兒
此時恐怕賈璉一時走來彼此不雅吃了兩鍾酒便推故往那
邊去了賈珍此時也無可奈何只得看着二姐兒自去剩下尤
老娘和三姐兒相陪那三姐兒雖向來也和賈珍偶有戲言但

不似他姐姐那樣隨和兒所以賈珍雖有垂涎之意却也不肯造次了致討没趣况且尤老娘在傍邊陪著賈珍也不好意思太露輕薄却說跟的兩個小厮都在厨下和鮑二飲酒那鮑二的女人多姑娘兒上竈忽見兩個丫頭也走了來嘲笑要吃酒鮑二因說姐兒們不在上頭伏侍也偷着來了一時叫起來没人又是事他女人罵道糊塗渾嗆了的忘八你撞喪那黄湯罷撞喪醉了夾着你的腦袋挺你的尸去叫不叫與你什麽相干一應有我承當呢風啊雨的横豎淋不到你頭上來這鮑二原因妻子之力在賈璉前十分有體今日他女人越發和二姐兒跟前殷勤服侍他便自已除賺錢吃酒之外一槪不管一聽他

女人吩咐白依百隨當下又吃了些便去睡覺這裡他女人隨着這些丫鬟小厮吃酒又和那小厮們打牙撂嘴兒的頑笑討他們的喜歡準備在賈珍前討好兒正在吃的高興忽聽見扣門的聲兒鮑二的女人忙出來開門看時見是賈璉下馬問有事無事鮑二女人便悄悄的告訴他說大爺在這裡西院裡呢賈璉聽了便至卧房見尤二姐和兩個小丫頭在房中呢見他來了臉上却有些赸赸的賈璉反推不知只命快拿酒來偺們吃兩盃好睡覺我今日乏了二姐兒忙忙陪笑接衣捧茶問長問短賈璉喜的心癢難受一時鮑二的女人端上酒來二人對飲兩個小丫頭在地下伏侍賈璉的心腹小童隆兒拴馬去瞧

見有了一匹馬細瞧一瞧知是賈珍的心下會意也來厨下只見喜兒壽兒兩個正在那裡坐着吃酒見他來了也都會意笑道你這會子來的巧我們因赶不上爺的馬恐怕犯夜往這裡來借個地方兒睡一夜隆兒便笑道我是二爺使我送月銀的交給了奶奶我也不回去了鮑二的女人便道偺們這裡有的是炕爲什麽大家不睡呢喜兒便說我們吃多了你來吃一鍾隆兒纔坐下端起酒來忽聽馬棚內鬧將起來原來二馬同槽不能相容互蹄蹶起來隆兒等慌的忙放下酒盃出來喝住另拴好了進來鮑二的女人笑說好兒子們就睡罷我可去了三個攔着不肯叫走又親嘴摸乳口裡亂嘈了一回纔放他出去

這裡喜兒喝了幾盃已是楞子眼了隆兒壽兒關了門回頭見喜兒直挺挺的躺在炕上二人便推他說好兄弟起來好生睡只顧你一個人舒服我們就苦了那喜兒便說道偺們今兒可要公公道道貼一爐子燒餅了隆兒壽兒見他醉了也不理他吹了燈將就卧下二姐聽見馬鬧心下着實不安只會用言語混亂賈璉那賈璉吃了幾盃春興發作便命收了酒菓掩門寬衣二姐只穿着大紅小襖散挽烏雲滿臉春色比白日更增了俏麗賈璉摟着他笑道人人都說我們那夜叉婆俊如今我看來給你拾鞋也不要二姐兒道我雖標緻却没品行看來倒是不標緻的好賈璉忙說怎麼說這個話我不懂二姐滴淚說道

你們拿我作糊塗人待什麽事我不知道我如今和你作了兩個月的夫妻日子雖淺我也知你不是糊塗人我生是你的人死是你的鬼如今既做了夫妻終身我靠你豈敢瞞藏一個字我算是有倚有靠了將來我妹子怎麽是個結果據我看來這個形景兒也不是常策要想長久的法兒纔好賈璉聽了笑道你放心我不是那拈酸吃醋的人你前頭的事我也知道你倒不用含糊着如今你跟了我來大哥跟前自然倒要拘起形跡來了依我的主意不如叫三姨兒也合大哥成了好事彼此兩無碍索性大家吃個雜會湯你想怎麽樣二姐一面拭淚一面說道雖然你有這個好意頭一件三妹妹脾氣不好第二件也

怕大爺臉上下不來賈璉道這個無妨我這會子就過去索性破了倒就完了說着乘着酒興便往西院中來只見窗內燈燭輝煌賈璉便推門進去說大爺在這裡呢兄弟來請安賈珍聽是賈璉的聲音唬了一跳見賈璉進來不覺羞慚滿面尤老娘也覺不好意思賈璉笑道這有什麼呢咱們弟兄從前是怎麼樣來大哥爲我操心我粉身碎骨感激不盡大哥要多心我倒不安了從此還求大哥照常纔好不然兄弟寧可絕後再不敢到此處來了說著便要跪下慌的賈珍連忙攙起來只說兄弟怎麼說我無不領命賈璉忙命人看酒來我和大哥吃兩盃因又笑嘻嘻向二姐兒道三妹妹爲什麼不合大哥吃個雙鍾兒

我也敬一盃給大哥合三妹妹道喜三姐兒聽了這話就跳起來站在炕上指着賈璉冷笑道你不用和我花馬掉嘴的偺們清水下雜麵你吃我看提着影戲人子上場兒好歹別戳破這層紙兒你别糊塗油蒙了心打諒我們不知道你府上的事呢這會子花了幾個臭錢你們哥兒兩個拿着我們姊妹兩個權當粉頭來取樂兒你們就打錯了算盤了我也知道你那老婆太難纏如今把我姐姐拐了來做了二房偷來的鑼鼓兒打不得我也要會會這鳳奶奶去看他是幾個腦袋幾隻手若大家好取和兒便罷倘若有一點叫人過不去我有本事先把你兩個的牛黃狗寶掏出來再和那潑婦拚了這條命喝酒怕什麼偺

們就喝說着自巳拿起壺來斟了一盃自已先喝了半盞揪過賈璉來就灌說我倒没有和你哥哥喝過今兒倒要和你喝一喝咱們也親近親近嚇的賈璉酒都醒了賈珍也不承望三姐兒這等拉的下臉來兄弟兩個本是風流場中耍慣的不想今日反被這個女孩兒一席話說的不能搭言三姐看了這樣越發一叠聲又叫將姐姐請來要樂偺們四個人家一處樂俗語說的便宜不過當家你們是哥哥兄弟我們是姐姐妹妹又不是外人只管上來尤老娘方不好意思起來賈珍得便就要溜三姐兒那裡肯放賈珍此時反後悔不承望他是這種人與賈璉反不好輕薄了只見這三姐索性卸了粧飾脫了大衣服鬆

鬆的挽個䯼兒身上穿着大紅小襖半掩半開的故意露出葱綠抹胸一痕雪脯底下綠褲紅鞋鮮艷奪目忽起忽坐忽喜忽嗔沒半刻斯文兩個墜子就和打鞦韆一般燈光之下越顯得柳眉籠翠檀口含丹本是一雙秋水眼再吃了几杯酒越發橫波入鬢轉盼流光真把那賈珍二人弄的欲近不敢欲遠不捨迷離恍惚落魄垂涎再加方纔一席話直將二人禁住弟兄兩個竟全然無一點兒能爲別說調情鬭口齒竟連一句響亮話都沒了三姐自己高談濶論任意揮霍村俗流言灑落一陣由着性兒拿他弟兄二人嘲笑取樂一時他的酒足興盡更不容他弟兄多坐竟攆出去了自己關門睡去了自此後或略有丫

嬛婆子不到之處便將賈珍賈璉賈蓉三個厲言痛罵說他爺兒三個誆騙他寡婦孤女賈珍回去之後也不敢輕易再來那三姐兒有時高興又命小廝來找及至到了這裏也只好隨他的便乾瞅著罷了看官聽說這尤三姐天生脾氣和人異樣詭僻只因他的模樣兒風流標緻他又偏愛打扮的出色另式另樣做出許多萬人不及的風情體態來那些男子們別說賈珍賈璉這樣風流公子便是一班老到人鐵石心腸看見了這般光景也要動心的及至到他跟前他那一種輕狂豪爽目中無人的光景早又把人的一團高興逼住不敢動手動腳所以賈珍向來和二姐兒無所不至漸漸的俗了却一心注定在三姐

兒身上便把二姐兒樂得讓給賈璉自己却和三姐兒揑合偏那三姐一般令他頑笑別有一種令人不敢招惹的光景他母親和二姐兒也曾十分相勸他反說姐姐糊塗偺們金玉一般的人白叫這兩個現世寶沾污了去也算無能而且他家現放着個極利害的女人如今瞞著自然是好的倘或一日他知道了豈肯干休勢必有一場大鬧你二人不知誰生誰死這如何便當作安身樂業的去處他母女聽他這話料著難勸也只得罷了那三姐兒天天挑揀穿吃打了銀的又要金的有了珠子又要寶石吃着肥鵝又宰肥鴨或不趁心連棹一推衣裳不如意不論綾緞新整便用剪子鉸碎撕一條罵一句究謝賈珍等

何曾隨意了一日反花了許多昧心錢賈璉來了只在二姐屋裡心中也漸漸的悔上來了無奈二姐兒倒是個多情的人以爲賈璉是終身之主了凡事倒還知疼着熱要論温柔和順却較着鳳姐還有些體度就論起那標緻來及言談行事也不減於鳳姐但已經失了脚有了一個淫字憑他什麼好處也不算了偏這賈璉又說誰人無錯知過必改就好故不提已往之淫只取現今之善便如膠似漆一心一計誓同生死那裡還有鳳平二人在意了二姐在枕邊衾內也常勸賈璉說你和珍大爺商議商議揀個相熟的把三丫頭聘了罷留着他不是常法兒終久要生事的賈璉道前日我也曾回大哥的他只是捨不的

我還說就是塊肥羊肉無奈燙的慌玫瑰花兒可愛刺多扎手偺們未必降的住正經揀個人聘了罷他只意意思思的就撂過手了你叫我有什麽法兒二姐兒道你放心偺們明兒先勸三丫頭問准了讓他自已鬧去鬧的無法少不得聘他賈璉聽了說這話極是至次日二姐兒另備了酒賈璉也不出門至午間特請他妹妹過来和他母親上坐三姐兒便知其意剛斟上酒也不用他姐姐開口便先滴淚說道姐姐今兒請我自然有一番大道理要說但只我也不是糊塗人也不用絮絮叨叨的從前的事我已盡知了說也無益既如今姐姐也得了好處安身媽媽也有了安身之處我也要自尋歸結去纔是正禮但終

身大事一生至一死非同兒戲向來人家看着咱們娘兒們微息不知都安着什麽心我所以破着沒臉人家纔不敢欺負這如今要辦正事不是我女孩兒家沒羞耻必得我揀個素日可心如意的人纔跟他要憑你們揀擇雖是有錢有勢的我心裡進不去白過了這一世了賈璉笑道這也容易憑你說是誰就是誰一應彩禮都有我們置辦母親也不用操心三姐兒道姐姐横竪知道不用我說賈璉笑問二姐兒是誰二姐兒一時想不起來賈璉料定必是此人無疑了便拍手笑道我知道這人了果然好眼力二姐兒笑道是誰賈璉笑道别人他如何進得去一定是寶玉二姐兒與尤老娘聽了也以爲必然是寶玉了

三姐兒便啐了一口說我們有姐妹十個也嫁你弟兄十個不成難道除了你家天下就没有好男人了不成衆人聽了都咤異除了他還有那一個三姐兒道别只在眼前想姐姐只在五年前想就是了正說着忽見賈璉的心腹小廝興兒走來請賈璉說老爺那邊緊等着叫爺呢小的答應往舅老爺那邊去了小的連忙來請賈璉又忙問昨日家裏問我來着麼興兒說小的回奶奶爺在家廟裏和珍大爺商議做百日的事只怕不能來賈璉忙命拉馬隆兒跟隨去了留下興兒答應尤二姐便要了兩碟菜來命拿大杯斟了酒就命興兒在炕沿下站著喝一長一短向他說話兒問道家裏奶奶多大年紀怎麼個利害

的樣子老太太多大年紀姑娘幾個各樣家常等話與兒笑嘻
嘻的在炕沿下一頭喝一頭將榮府之事備細告訴他母女又
說我是二門上該班的人我們共是兩班一班四個共是八個
人有幾個是奶奶的心腹有幾個是爺的心腹奶奶的心腹我
們不敢惹爺的心腹奶奶敢惹提起來我們奶奶的事告訴不
得奶奶他心裡歹毒口裡尖快我們二爺也算是個好的那裡
見的他倒是跟前有個平姑娘為人很好雖然和奶奶一氣他
倒背着奶奶常作些好事我們有了不是奶奶是容不過的只
求求他去就完了如今合家大小除了老太太太太兩個沒有
不恨他的只不過面子情兒怕他皆因他一時看得人都不及

他只一味哄著老太太太太兩個人喜歡他說一是一說二是二沒人敢攔他又恨不的把銀子錢省下來了堆成山好叫老太太太太說他會過日子除不知苦了下人他討好兒或有好事他就不等別人去說他先抓尖兒或有不好的事或他自已錯了他就一縮頭推到別人身上去他還在傍邊撥火兒如今連他正經婆婆都嫌他說他雀兒揀著旺處飛黑母鷄一窩兒自家的事不管倒替人家去瞎張羅要不是老太太在頭裡早叫過他去了尤二姐笑道你背着他這麼說他將來背着我還不知怎麼說我呢我又差他一層兒了越發有的說了興兒忙跪下說道奶奶要這麼說小的不怕雷劈嗎但凡小的要有造

化起先娶奶奶時要得了這樣的人小的們也少挨些打罵也少提心弔胆的如今跟爺的幾個人誰不是背前背後稱揚奶奶盛德憐下我們商量着叫二爺要出來情愿來伺候奶奶呢尤二姐笑道你這小猾賊兒還不起來說句頑話兒就嚇的這個樣兒你們做什麼往這裡來我還要找了你奶奶去呢興兒連忙搖手說奶奶千萬別去我告訴奶奶一輩子不見他纔好呢嘴甜心苦兩面三刀上頭笑著脚底下就使絆子明是一盆火暗是一把刀他都占全了只怕三姨兒這張嘴還說不過他呢奶奶這麼斯文良善人那裡是他的對手二姐笑道我只以禮待他他敢怎麼着我興兒道不是小的喝了酒放肆胡說奶

奶就是讓著他他看見奶奶比他標緻又比他得人心兒他就肯善罷干休了人家是醋礶子他是醋缸醋甕凡丫頭們跟前二爺多看一眼他有本事當着爺打個爛羊頭是的雖然平姑娘在屋裡大約一年裡頭兩個有一次在一處他還要嘴裡掂十來個過兒呢氣的平姑娘性子上來哭鬧一陣說又不是我自巳尋來的你逼著我我不愿意又說我反了這會子又這麽着他一般也罷了倒央及平姑娘二姐笑道可是撒謊這麼一個夜叉怎麽反怕屋裡的人呢興兒道就是俗語說的三人抬不過個理字去了這平姑娘原是他自幼兒的丫頭陪過來一共四個死的死嫁的嫁只剩下這個心愛的收在房裡一則顯

他賢良二則又拴爺的心那平姑娘又是個正經人從不會調三窩四的到一味忠心赤膽伏侍他所以纔容下了二姐笑道原來如此但只我聽見你們還有一位寡婦奶奶和幾位姑娘他這麽利害這些人肯依他嗎興兒拍手笑道原來奶奶不知道我們家這位寡婦奶奶第一個善德人從不管事只教姑娘們看書寫字針線道理這是他的事情前兒因爲他病了這大奶奶暫管了幾天事總是按着老例兒行不像他那麽多事逞才的我們大姑娘不用說是好的了二姑娘混名兒呌二木頭三姑娘的混名兒呌玫瑰花兒又紅又香無人不愛只是有刺扎手可惜不是太太養的老鴰窩裡出鳳凰四姑娘小正經是

珍大爺的親妹子太太抱過來的養了這麼大也是一位不管事的奶奶不知道我們家的姑娘們不算外還有兩位姑娘真是天下少有一位是我們姑太太的女兒姓林一位是姨太太的女兒姓薛這兩位姑娘都是美人一般的呢又都知書識字的或出門上車或在園子裡遇見我們連氣兒也不敢出尤二姐笑道你們家規矩大小孩子進的去遇見姑娘們原該遠遠的藏躲着敢出什麼氣兒呢興兒搖手道不是那麼不敢出氣兒是怕這氣兒大了吹倒了林姑娘氣兒煖了又吹化了薛姑娘說得滿屋裡都笑了要知尤三姐要嫁何人下回分解

紅樓夢第六十五回終

紅樓夢第六十六回

情小妹恥情歸地府　冷二郎一冷入空門

話說興兒說怕吹倒了林姑娘吹化了薛姑娘大家都笑了那鮑二家的打他一下子笑道原有些真到了你嘴裡越發沒了綑兒了你倒不像跟二爺的人這些話倒像是寶玉的人尤二姐纔要又問忽見尤三姐笑問道可是你們家那寶玉除了上學他做些什麼興兒笑道三姨兒別問他說起來三姨兒也未必信他長了這麼大獨他沒有上過正經學我們家從祖宗直到二爺誰不是學裡的師老爺嚴嚴的管着念書偏他不愛念書是老太太的寶貝老爺先還管如今也不敢管了成天家瘋

紅樓夢　第六十五回

瘋瘋顛顛的說話人也不懂幹的事人也不知外頭人人看著好清俊模樣兒心裡自然是聰明的誰知裡頭更糊塗見了人一句話也沒有所有的好處雖沒上過學倒難爲他認得幾個字每日又不習文又不學武又怕見人只愛在丫頭羣兒裡鬧再者也沒個剛氣兒有一遭見了我們喜歡時沒上沒下大家亂頑一陣不喜歡各自走了他也不理人我們坐着卧着見了他也不理他他也不責備因此沒人怕他只管隨便都過的去尤三姐笑道主子寬了你們又這樣嚴了又抱怨可知你們難纏尤二姐道我們看他倒好原來這樣可惜了兒的一個好胎子尤三姐道姐姐信他胡說偺們也不是見過一面兩面的行事

言談吃喝原有些女兒氣的自然是天天只在裡頭慣了的要說糊塗那些兒糊塗姐姐記得穿孝時咱們同在一處那日正是和尚們進來遶棺咱們都在那裡站着他只站在頭裡攔着人人說他不知禮又沒眼色過後他沒悄悄的告訴咱們說姐姐們不知道我並不是沒眼色想和尚們的那樣腌臢只恐怕氣味薰了姐姐們接着他吃茶姐姐又要茶那個老婆子就拿了他的碗去倒他趕忙說那碗是腌臢的另洗了再拿來這兩件上我冷眼看去原來他在女孩兒跟前不管什麼都過的去只不大合外人的式所以他們不知道尤二姐聽說笑道依你說你兩個已是情投意合了竟把你許了他豈不好三姐兒有

興兒不便說話只低了頭嗑瓜子兒興兒笑道若論模樣兒行爲倒是一對兒好人只是他已經有了人了只是没有露形兒將來准是林姑娘定了的因林姑娘多病二則都還小所以還没辦呢再過三二年老太太便一開言那是再無不准的了大家正說話只見隆兒又來了說老爺有事是件機密大事要遣二爺往平安州去不過三五日就起身來回得十五六天的工夫今兒不能來了請老奶奶早和二姨兒定了那件事明日爺來好做定奪說着帶了興兒也回去了這裡尤二姐命掩了門早睡下了盤問他妹子一夜至次日午後賈璉方來了尤二姐因勸他說既有正事何必忙忙又來千萬别爲我悮事賈璉道

也沒什麽事只是偏偏的又出來了一件遠差出了月兒就起身得半月工夫纔來尤二姐道既如此你只管放心前去這裡一應不用你惦記三妹妹他從不會朝更暮改的他已擇定了人你只要依他就是了賈璉忙問是誰二姐笑道這人此刻不在這裡不知多早晚纔來呢也難爲他的眼力他自己說了這人一年不來他等一年十年不來等十年若這人死了再不來了他情愿剃了頭當姑子去吃常齋念佛再不嫁人賈璉問到底是誰這樣動他的心二姐兒笑道說來話長五年前我們老娘家做生日媽媽和我們到那裡給老娘拜壽他家請了一起頑戲的人也都是好人家子弟裡頭有個粧小生的叫做柳湘

蓮如今要是他纔嫁舊年聞得這人惹了禍逃走了不知回來了不曾賈璉聽了道怪道呢我說是個什麼人原來是他果然眼力不錯你不知道那柳老二那樣一個標緻人最是冷面冷心的差不多的人他都無情無義他最和寶玉合的來去年因打了薛獃子他不好意思見我們的不知那裡去了一向沒來聽見有人說來了不知是真是假一問寶玉的小廝們就知道了倘或不來時他是萍蹤浪跡知道幾年纔來豈不白躭擱了大事二姐道我們這三丫頭說的出來幹的出來他怎樣說只依他便了二人正說之間只見三姐走來說道姐夫你也不知道我們是什麼人今日和你說罷你只放心我們不是那心口

兩樣的人說什麽是什麽若有了姓柳的來我便嫁他從今兒起我吃常齋念佛伏侍母親等來了嫁了他去若一百年不來我自己修行去了說着將頭上一根玉簪拔下來磕作兩段說一句不真就合這簪子一樣說著回房去了真個竟非禮不動非禮不言起來賈璉無了法只得和二姐商議了一回家務復回家和鳳姐商議起身之事一面着人問焙茗焙茗說竟不知道大約沒來若來了必是我知道的一面又問他的街房也說沒來賈璉只得回復了二姐兒至起身之日已近前兩天便說起身却先往二姐兒這邊來住兩夜從這裡再悄悄的長行果見三姐兒竟像又換了一個人的是的又見二姐兒持家勤慎

自是不消惦記是日一早出城竟奔平安州大道曉行夜住渴飲饑飡方走了三日那日正走之間頂頭來了一羣馱子內中一夥主僕十來匹馬走的近了一看時不是別人就是薛蟠和柳湘蓮來了賈璉深爲奇怪忙伸馬迎了上來大家一齊相見說些別後寒温便入一酒店歇下共叙談叙談賈璉因笑道鬧過之後我們忙着請你兩個和解誰知柳二弟踪跡全無怎麼你們兩個今日倒在一處了薛蟠笑道天下竟有這樣奇事我同夥計販了貨物自春天起身往回裡走一路平安誰知前兒到了平安州地面遇見一夥強盜已將東西刼去不想柳二弟從那邊來了方打賊人趕散奪回貨物還救了我們的性命我

謝他又不受所以我們結拜了生死兄弟如今一路進京從此後我們是親弟兄一般到前面岔口上分路他就分路往南二百里有他一個姑媽家他去望候望候我先進京去安頓了我的事然後給他尋一所房子尋一門好親事大家過起來賈璉聽了道原來如此倒好只是我們白懸了幾日心因又說道方纔說給柳二弟提親我正有一門好親事堪配二弟說着便將自己娶尤氏如今又要發嫁小姨子一節說了出來只不說尤三姐自擇之語又囑薛蟠且不可告訴家裏等生了兒子自然是知道的薛蟠聽了大喜說早該如此這都是舍表妹之過湘蓮忙笑說你又忘情了還不住口薛蟠忙止住不語便說既是

這等這門親事定要做的湘蓮道我本有愿定要一個絕色的女子如今既是貴昆仲高誼顧不得許多了任憑定奪我無不從命賈璉笑道如今口說無憑等柳二弟一見便知我這內娣的品貌是古今有一無二的了湘蓮聽了大喜說既如此說等弟探過姑母不過一月內就進京的那時再定如何賈璉笑道你我一言為定只是我信不過二弟你是萍踪浪跡倘然去了不來豈不悞了人家一輩子的大事須得留一個定禮湘蓮道大丈夫豈有失信之禮小弟素係寒貧況且在客中那裡能有定禮薛蟠道我這裡現成就備一分二哥帶去賈璉道也不用金銀珠寶須是二弟親身自有的東西不論貴賤不過帶去取

信耳湘蓮道既如此說弟無別物囊中還有一把鴛鴦劍乃弟家中傳代之寶弟也不敢擅用只是隨身收藏著二哥就請拿去為定弟縱係水流花落之性亦斷不捨此劍說畢大家又飲了幾盃方各自上馬作別起程去了且說賈璉一日到了平安州見了節度完了公事因又囑咐他十月前後務要還來一次賈璉領命次日連忙取路回家先到尤二姐那邊且說二姐兒操持家務十分謹肅每日關門閉戶一點外事不聞那三姐兒果是個斬丁截鐵之人每日侍奉母親之餘只和姐姐一處做些活計雖賈珍趁賈璉不在家也來鬼混了兩次無奈二姐兒只不兜攬推故不見那三姐兒的脚氣賈珍早已領過教的那

裡還敢招惹他去所以踪跡一發疎濶了却說這日賈璉進門看見二姐兒三姐兒這般景况喜之不盡深念二姐兒之德大家叙些寒溫賈璉便將路遇柳湘蓮一事說了一回又將鴛鴦劍取出遞給三姐兒三姐兒看時上面龍吞虁護珠寶晶熒及至拿出來看時裡面却是兩把合體的一把上面鏨一鴛字一把上面鏨一鴦字冷颼颼明亮亮如兩痕秋水一般三姐兒喜出望外連忙收了掛在自已繡房床上每日望着劍自喜終身有靠賈璉住了兩天囘去復了父命囘家合宅相見那時鳳姐已大愈出來理事行走了賈璉又將此事告訴了賈珍賈珍因近日又搭上了新相知二則正惱他姐妹們無情把這事丢過

了全不在心上任憑賈璉裁奪只怕賈璉獨力不能少不得又給他幾十兩銀子賈璉拿來交給二姐兒預備粧奩誰知八月內湘蓮方進了京先來拜見薛姨媽又遇見薛蟠方知薛蟠不慣風霜不服水土一進京時便病倒在家請醫調治聽見湘蓮來了請入卧室相見薛姨媽也不念舊事只感救命之恩母子們十分稱謝又說起親事一節凡一應東西皆置辦妥當只等擇日湘蓮也感激不盡次日又來見寶玉二人相會如魚得水湘蓮因問賈璉偷娶二房之事寶玉笑道我聽見焙茗說我卻未見我也不敢多管我又聽見焙茗說璉二哥哥着實問你不知有何話說湘蓮就將路上所有之事一概告訴了寶玉寶玉

笑道大喜大喜難得這個標緻人果然是個古今絕色堪配你之爲人湘蓮道既是這樣他那少了人物如何只想到我况且我又素日不甚和他相厚也關切不至於此路上忙忙的就那樣再三要求定下難道女家反赶着男家不成我自己疑惑起來後悔不該留下這劒作定所以後來想起你來可以細細問了底裡纔好寶玉道你原是個精細人如何既許了定禮又疑惑起來你原說只要一個絕色的如今既得了個絕色的便罷了何必再疑湘蓮道你既不知他來歷如何又知是絕色寶玉道他是珍大嫂子的繼母帶來的兩位妹子我在那裡和他們混了一個月怎麽不知真真一對尤物他又姓尤湘蓮聽了跌

脚道這事不好斷乎做不得你們東府裡除了那兩個石頭獅子干淨罷了寶玉聽說紅了臉湘蓮自慚失言連忙作揖說我該死胡說你好歹告訴我他品行如何寶玉笑道你既深知又來問我做甚麼連我也未必干淨了湘蓮笑道原是我自己一時忘情好歹別多心寶玉笑道何必再提這倒似有心了湘蓮作揖告辭出來心中想著要找薛蟠一則他病著二則他又浮躁不如去要回定禮主意已定便一逕來找賈璉賈璉正在新房中聞湘蓮來了喜之不盡忙迎出來讓到內堂和尤老娘相見湘蓮只作揖稱老伯母自稱晚生賈璉聽了詫異吃茶之間湘蓮便說客中偶然忙促誰知家姑母於四月訂了弟婦使弟

無言可回要從了二哥背了姑母似不合理若係金帛之定弟不敢索取但此劍係祖父所遺請仍賜回爲幸賈璉聽了心中自是不自在便道二弟這話你說錯了定者定也原怕返悔所以爲定豈有婚姻之事出入隨意的這個斷乎使不得湘蓮笑說如此說弟愿領責備罰然此事斷不敢從命賈璉還要饒舌湘蓮便起身說請兄外坐一叙此處不便那尤三姐在房明明聽見好容易等了他來今忽見返悔便知他在賈府中聽了什麼話來把自己也當做淫奔無恥之流不屑爲妻今若容他出去和賈璉說退親料那賈璉不但無法可處就是爭辯起來自己也無趣味一聽賈璉要同他出去連忙摘下劍來將一股雌

鋒隱在肘後出來便說你們也不必出去再議還你的定禮一面淚如雨下左手將劍並鞘送給湘蓮右手回肘只往項上一橫可憐

揉碎桃花紅滿地　玉山傾倒再難扶

當下唬的衆人急救不迭尤老娘一面嚎哭一面大罵湘蓮賈璉揪住湘蓮命人綑了送官二姐兒忙止淚反勸賈璉人家並沒威逼他是他自尋短見你便送他到官又有何益反覺生事出醜不如放他去罷賈璉此時也沒了主意便放了手命湘蓮快去湘蓮反不動身拉下手絹拭淚道我並不知是這等剛烈人真真可敬是我沒福消受大哭一塲等買了棺木眼看著入

殮又撫棺大哭一場方告辭而去出門正無所之昏昏默默自想方纔之事原來這樣標緻人才又這等剛烈自悔不及信步行來也不自知了正走之間只聽得隱隱一陣環佩之聲三姐從那邊來了一手捧着鴛鴦劍一手捧着一卷冊子向湘蓮哭道妾癡情待君五年不期君果冷心冷面妾以死報此癡情妾今奉警幻仙姑之命前往太虛幻境修注案中所有一干情鬼妾不忍相別故來一會從此再不能相見矣說畢又向湘蓮灑了幾點眼淚便要告辭而行湘蓮不捨連忙欲上來拉住問時那三姐一摔手便自去了這裡柳湘蓮放聲大哭不覺處夢中哭醒似夢非夢睜眼看時竟是一座破廟傍邊坐着一個瘸腿

道士捕虱湘蓮便起身稽首相問此係何方仙師何號道士笑道連我也不知道此係何方我係何人不過暫來歇腳而已湘蓮聽了冷然如寒氷侵骨掣出那股雄劍來將萬根煩惱絲一揮而盡便隨那道士不知往那裡去了要知端底下回分解

紅樓夢第六十六回終

紅樓夢第六十七回

見土儀顰卿思故里　聞秘事鳳姐訊家童

話說尤三姐自盡之後尤老娘合二姐兒賈珍賈璉等俱不勝悲慟自不必說忙令人盛殮送往城外埋葬柳湘蓮見三姐身亡痴情眷戀却被道人數句冷言打破迷關竟自截髮出家跟隨這瘋道人飄然而去不知何往暫且不表且說薛姨媽聞知湘蓮已說定了尤三姐爲妻心中甚喜正是高高興興要打算替他買房子治傢伙擇吉迎娶以報他救命之恩忽有家中小厮吵嚷三姐兒自盡了被小丫頭們聽見告知薛姨媽薛姨媽不知爲何心甚嘆息正在猜疑寶釵從園裡過來薛姨媽便對

寶釵說道我的兒你聽見了沒有你珍大嫂子的妹妹三姑娘他不是已經許定給我哥哥的義弟柳湘蓮了麼不知為什麼自刎了那湘蓮也不知往那裡去了真正奇怪的事叫人意想不到的寶釵聽了並不在意便說道俗語說的好天有不測風雲人有旦夕禍福這也是他們前生命定前兒媽媽為他救了哥哥商量着替他料理如今已經死的死了走的走了依我說也只好由他罷了媽媽也不必為他們傷感了倒是自從哥哥打江南回來了一二十日販了來的貨物想來也該發完了那同伴去的夥計們辛辛苦苦的回來幾個月了媽媽合哥哥商議商議也該請一請酬謝酬謝纔是別叫人家看着無理似的

母女正說話間見薛蟠自外而入眼中尚有淚痕一進門來便向他母親拍手說道媽媽可知道柳二哥尤三姐的事麼薛姨媽說我纔聽見說正在這裡合你妹妹說這件公案呢薛蟠道媽媽可聽見說湘蓮跟着一個道士出了家了麽薛姨媽道這越發奇了怎麼柳相公那樣一個年輕的總明人一時糊塗了就跟着道士去了呢我想你們好了一場他又無父母兄弟單身一人在此你該各處找找他纔是靠那道士能往那裡遠去左不過是在這方近左右的廟裡寺裡罷了薛蟠說何嘗不是呢我一聽見這個信兒就連忙帶了小廝們在各處尋找連一個影兒也沒有又去問人都說沒看見薛姨媽說你既找尋過

没有也算把你做朋友的心盡了爲却他這一出家不是得了好處去呢只是你如今也該張羅張羅買賣二則把你自巳娶媳婦應辦的事情倒早些料理料理偺們家没人俗語說的夯雀兒先飛省的臨時丟三落四的不齊全令人笑話再者你妹妹纔說你也回家半個多月了想貨物也該發完了同你去的夥計們也該擺桌酒給他們道道乏纔是人家陪着你走了二三千里的路程受了四五個月的辛苦而且在路上又替你擔了多少的驚怕沉重薛蟠聽說便道媽媽說的很是倒是妹妹想的週到我也這樣想著只因這些日子爲各處發貨鬧的腦袋都大了又爲柳二哥的事忙了這幾日反倒落了一個空白

張羅了一會子到把正經事都悮了要不然定了明兒後兒下帖兒請罷薛姨媽道由你辦去罷話猶未了外面小厮進來回說管總的張大爺差人送了兩箱子東西來說這是爺各自買的不在貨賬裏面本要早送來因貨物箱子壓著沒得拿昨兒貨物發完了所以今日纔送來了一面說一面又見兩個小厮搬進了兩個夾板夾的大棕箱薛蟠一見說噯喲可是我怎麼就糊塗到這步田地了特特的給媽合妹妹帶來的東西都忘了沒拿了家裏來還是夥計送了來了寶釵說虧你說還是特特的帶來的纔放了一二十天要不是特特的帶來大約要放到年底下纔送來呢我看你也諸事太不留心了薛蟠笑道想

是在路上叫人把魂打吊了還没歸竅呢說着大家笑了一回便向小丫頭說出去告訴小厮們東西收下叫他們回去罷薛姨媽和寳釵因問到底是什麽東西這樣細着綁着的薛蟠便命叫兩個小厮進來解了繩子去了夾板開了鎖看時這一箱都是綢緞綾錦洋貨等家常應用之物薛蟠笑着道那一箱是給妹妹帶的親自來開母女二人看時却是些筆墨紙硯各色箋紙香袋香珠扇子扇墜花粉胭脂等物外有虎邱帶來的自行人酒令兒水銀灌的打金斗小小子沙子燈一齣一齣的泥人兒的戲用青紗罩的匣子裝着又有在虎邱山上泥揑的薛蟠的小像與薛蟠毫無相差寳釵見了别的都不理論倒是薛

蟠的小像拿着細細看了一看又看看他哥哥不禁笑起來了因叫鶯兒帶着幾個老婆子將這些東西連箱子送到園子裡去又和母親哥哥說了一回閒話纔回園子裡去這裡薛姨媽將箱子裡的東西取出一分一分的打點清楚叫同喜送給賈母並王夫人等處不提且說寶釵到了自己房中將那些頑意兒一件一件的過了目除了自己留用之外一分一分配合妥當也有送筆墨紙硯的也有送香袋扇子香墜的也有送脂粉頭油的有单送頑意兒的只有黛玉的比別人不同且又加厚一倍一一打點完畢使鶯兒同着一個老婆子跟着送往各處這邊姐妹諸人都收了東西賞賜來使說見面再謝惟有黛玉

看見他家鄉之物反自觸物傷情想起父母雙亡又無兄弟寄居親戚家中那裡有人也給我帶些土物來想到這裡不覺的又傷起心來了紫鵑深知黛玉心腸但也不敢說破只在一旁勸道姑娘的身子多病早晚服藥這兩日看着比那些日子畧好些雖說精神長了一點兒還筭不得十分大好今兒寶姑娘送來的這些東西可見寶姑娘素日看著姑娘很重姑娘看著該喜歡纔是爲什麼反倒傷起心來這不是寶姑娘送東西來倒叫姑娘煩惱了不成就是寶姑娘聽見反覺臉上不好看再者這裡老太太們爲姑娘的病體千萬百計請好大夫配藥胗治也爲是姑娘的病好這如今纔好些又這樣哭哭啼啼豈不

是自已遭塌了自已身子叫老太太看着添了愁煩了麼況且姑娘這病原是素日憂慮過度傷了血氣姑娘的千金貴體也别自已看輕了紫鵑正在這裡勸解只聽見小丫頭子在院內說寶二爺來了紫鵑忙說請二爺進來罷只見寶玉進房來了黛玉讓坐畢寶玉見黛玉淚痕滿面便問妹妹又是誰氣着你了黛玉勉强笑道誰生什麽氣旁邊紫鵑將嘴向床後棹上一努寶玉會意往那裡一瞧見堆着許多東西就知道是寶釵送來的便取笑說道那裡這些東西不是妹妹要開雜貨舖啊黛玉也不答言紫鵑笑着道二爺還提東西呢因寶姑娘送了些東西來姑娘一看就傷起心來了我正再在這裡勸解恰好二爺

來的狠巧替我們勸勸寶玉明知黛玉是這個緣故那也不敢
提頭兒只得笑說道你們姑娘的緣故想來不為別的必是寶
姑娘送來的東西少所以生氣傷心妹妹你放心等我明年叫
人往江南去給你多多的帶兩船來省得你淌眼抹淚的黛玉
聽了這些話也知寶玉是為自已開心也不好推也不好任因
說道我任憑怎麼沒見過世面也到不了這步田地因送的東
西少就生氣傷心我又不是兩三歲的孩子你也忒把人看得
小氣了我有我的緣故你那裏知道說着眼淚又流下來了寶
玉忙走到床前挨着黛玉坐下將那些東西一件一件拿起來
擺弄着細瞧故意問這是什麼叫什麼名字那是什麼做的這

様齊整這是什麼要他做什麼使用又說這一件可以擺在面前又說那一件可以放在条桌上當古董兒倒好呢一味的將些沒要緊的話來厮混黛玉見寶玉如此自己心裡倒過不去便說你不用在這裡混攪了咱們到寶姐姐那邊去罷寶玉巴不的黛玉出去散散悶解了悲痛便道寶姐姐送咱們東西咱們原該謝謝去黛玉道自家姐妹這倒不必只是到他那邊薛大哥回來了必然告訴他些南邊的古蹟兒我去聽聽只當回了家鄉一趟的說着眼圈兒又紅了寶玉便站着等他黛玉只得和他出來往寶釵那裡去了且說薛蟠聽了母親之言急下了請帖辦了酒席次日請了四位夥計俱已到齊不免說些販

賣賬目發貨之事不一時上席讓坐薛蟠挨次斟了酒薛姨媽又使人出來致意大家喝著酒說閒話兒內中一個道今兒這席上短兩個好朋友衆人齊問是誰那人道還有誰就是賈府上的璉二爺和大爺的盟弟柳二爺大家果然都想起來問着薛蟠道怎麼不請璉二爺合柳二爺來薛蟠聞言把眉一皺嘆口氣道璉二爺又往平安州去了頭兩天就起了身了那柳二爺竟別提起真是天下頭一件奇事什麼是柳二爺如今不知那裡作柳道爺去了衆人都詫異道這是怎麼說薛蟠便把湘蓮前後事體說了一遍衆人聽了越發駭異因說道怪不的前兒我們在店裡髣髣髴髴也聽見人吵嚷說有一個道士三言

兩語把一個人度了去了又說一陣風刮了去了只不知是誰我們正發貨那裡有閒工夫打聽這個事去到如今還是似信不信的誰知就是柳二爺呢早知是他我們大家也該勸勸他纔是任他怎麽着也不叫他去內中一個道別是這麽着罷衆人問怎麽樣那人道柳二爺那樣個伶俐人未必是真跟了道士去罷他原會些武藝又有力量或看破那道士的妖術邪法特意跟他去在背地擺佈他也未可知薛蟠道果然如此倒也罷了世上這些妖言惑衆的人怎麽沒人治他一下子衆人道那時難道你知道了也沒找尋他去薛蟠說城裡城外那裡沒有找到不怕你們笑話我找不着他還哭了一塲呢言畢只是

長吁短歎無精打彩的不像往日高興衆夥計見他這樣光景自然不便久坐不過隨便喝了几盃酒吃了飯大家散了且說寶玉和着黛玉到寶釵處來寶玉見了寶釵便說道大哥哥辛辛苦苦的帶了東西來姐姐留着使罷又送我們寶釵笑原道不是什麽好東西不過是遠路帶來的土物兒大家看着新鮮些就是了黛玉道這些東西我們小時候倒不理會如今看見真是新鮮物兒了寶玉因笑道妹妹知道這就是俗語說的物離鄉貴其實可算什麽呢寶玉聽了這說正對了黛玉方纔的心事連忙拿話岔道明年好歹大哥哥再去時替我們多帶些來黛玉瞅了他一眼便道你要你只管說不必拉扯上人姐姐

你瞧寶哥哥不是給姐姐來道謝竟又要定下明年的東西來了說的寶釵寶玉都笑了三個人又閒話了一回因提起黛玉的病來寶釵勸了一回因說道妹妹若覺着身上不爽快倒要自己勉强扎挣着出來各處走走逛逛散散心比在屋裡悶坐着到底好些我那兩日不是覺着發懶渾身發熱只是要歪着也因爲時氣不好怕病因此尋些事情自己混着這兩日纔覺着好些了黛玉道姐姐說的何嘗不是我也是這麼想着呢大家又坐了一會子方散寶玉仍把黛玉送至瀟湘館門首纔各自回去了且說趙姨娘因見寶釵送了賈環些東西心中甚是喜歡想道怨不得別人都說那寶丫頭好會做人很大方如今

看起來果然不錯他哥哥能帶了多少東西來他挨門兒送到並不遺漏一處也不露出誰薄誰厚連我們這樣沒時運的他都想到了要是那林丫頭他把我們娘兒們正眼也不瞧那裡還肯送我們東西一面想一面把那些東西翻來覆去的擺弄睄看一回忽然想到寶釵和王夫人的親戚為何不到王夫人跟前賣個好兒呢自己便蠍蠍螫螫的拿著東西走至王夫人房中站在旁邊陪笑說道這是寶姑娘纔剛給環哥兒的難為寶姑娘這麼年輕的人想的這麼週到真是大戶人家的姑娘又展樣又大方怎麼叫人不敬服呢怪不的老太太和太太成日家都誇他疼他我也不敢自專就收起來特拿來給太太瞧

熙太太也喜歡喜歡王夫人聽了早知道來意了又見他說的不倫不類也不便不理他說道你只管收了去給環哥頑罷趙姨娘來時興興頭頭誰知抹了一鼻子灰滿心生氣又不敢露出來只得訕訕的出來了到了自己房中將東西丟在一邊嘴裡咕咕噥噥自言自語道這個又算了個什麼兒呢一面坐著各自生了一回悶氣却說鶯兒帶着老婆子們送東西回來回覆了寶釵將眾人道謝的話並賞賜的銀錢都回完了那老婆子便出去了鶯兒走近前來一步挨著寶釵悄悄的說道剛纔我那璉二奶奶那邊看見二奶奶一臉的怒氣我送下東西出來時悄悄的問小紅說剛纔二奶奶從老太太屋裡回來不似

件自歡天喜地的叫了平兒去唧唧咕咕的不知說了些什麼看那個光景倒像有什麼大事的是的姑娘沒聽見那邊老太太有什麼事寶釵聽了也自已納悶想不出鳳姐是為什麼有氣便道各人家有各人的事偺們那裡管得你去倒茶去來鶯兒於是出來自已倒茶不提且說寶玉送了黛玉回來想著黛玉的孤苦不免也替他傷感起來因要將這話告訴襲人進來時却只有麝月秋紋在屋裡因問你襲人姐姐那裡去了麝月道左不過在這幾個院裡那裡就丟了他一時不見就這樣找寶玉笑著道不是怕丟了他因我方纔到林姑娘那邊見林姑娘又正傷心呢問起來却是為寶姐姐送了他東西他看見是

他家鄉的土物不免對景傷情我要告訴你襲人姐姐叫他過去勸勸正說著晴雯進來了因問寶玉道你回來了你又要叫勸誰寶玉將方纔的話說了一遍晴雯道襲人姐姐纔出去聽見他說要到璉二奶奶那邊去保不住還到林姑娘那裡去呢寶玉聽了便不言語秋紋倒了茶來寶玉漱了一口遞給小丫頭子心中着實不自在就隨便歪在床上却說襲人因寶玉出門自已作了回活計忽想起鳳姐身上不好這幾天也沒有過去看看况聞賈璉出門正好大家說說話兒便告訴晴雯好生在屋裡別都出去了叫二爺回來抓不着人晴雯道噯喲這屋裡单你一個人惦記着他我們都是白閑着混飯吃的襲人笑

着也不答言就走了剛來到沁芳橋畔那時正是夏末秋初池中蓮藕新殘相間紅綠離披襲人走着沿堤看玩了一回猛擡頭看見那邊葡萄架底下有人拿着撣子在那裡撣什麽呢走到跟前却是老祝媽那老婆子見了襲人便笑嘻嘻的迎上來說道姑娘怎麽今兒得工夫出來逛逛襲人道可不是麽我要到璉二奶奶那裡瞧瞧去你這裡做什麽呢那婆子道我在這裡赶蜜蜂兒今年三伏裡雨水少這菓子樹上都有虫子把菓子吃的疤瘌流星的弔了好些了姑娘還不知道呢這馬蜂最可惡的一嘟嚕上只咬破兩三個兒那破的水滴到好的上頭連這一嘟嚕都是要爛的姑娘你瞧偺們說話的空兒沒赶就

落上許多了襲人道你就是不住手的趕也趕不了多少你倒是告訴買辦叫他多多做些小冷布口袋兒一嘟嚕套上一個又透風又不遭塌婆子笑道倒是姑娘說的是我今年纔管上那裡知道這個巧法兒呢因又笑着說道今年菓子雖遭塌了些味兒倒好不信摘一個姑娘嚐嚐襲人正色道這那裡使得不但沒熟吃不得就是熟了上頭還沒有供鮮偺們倒先吃了你是府裡使老了的難道連這個規矩都不懂了老祝忙笑道姑娘說的是我見姑娘很喜歡我纔敢這麽說可就把規矩錯了我可是老糊塗了襲人道這也沒有什麽只是你們有年紀的老奶奶們別先領著頭兒這麽着就好了說着遂一逕出了

園門來到鳳姐這邊一到院裡只聽鳳姐說道天理良心我在這屋裡熬的越發成了賊了襲人聽見這話知道有原故了又不好回來又不好進去遂把脚步放重些隔着窗子問道平姐姐在家裡呢麼平兒忙答應著迎出來襲人便問二奶奶也在家裡呢麼身上可大安了說着已走進來鳳姐粧著在床上歪著呢見襲人進來也笑着站起來說好些了呌你惦著怎麼這幾日不過我們這邊坐坐襲人道奶奶身上欠安本該天天過來請安纔是但只怕奶奶身上不爽快倒要靜靜兒的歇歇兒我們來了倒吵的奶奶煩鳳姐笑道煩是沒的話倒是寶兄弟屋裡雖然人多也就靠著你一個照看他也實在的離不開我

常聽見平兒告訴我說你背地裡還惦著我常常問我這就是你盡心了一面說着叫平兒挪了張杌子放在床傍邊讓襲人坐下豐兒端進茶來襲人欠身道妹妹坐着罷一面說閑話兒只見一個小丫頭子在外間屋裡悄悄的和平兒說旺兒來了在二門上伺候著呢又聽見平兒也悄悄的道知道了叫他先去回來再來別在門口兒站着襲人知他們有事又說了兩何話便起身要走鳳姐道閑來坐坐說說話兒我倒開心因命平兒送送你妹妹平兒答應着送出來只見兩三個小丫頭子都在那裡屏聲息氣齊齊的伺候着襲人不知何事便自去了却說平兒送出襲人進來回道旺兒纔來了因襲人在這裡我叫

他先到外頭等等兒這會子還是立刻叫他呢還是等着請奶奶的示下鳳姐道叫他來平兒忙叫小丫頭去傳旺兒進來這裡鳳姐又問平兒你到底是怎麽聽見說的平兒道就是頭裡那小丫頭子的話他說他在二門裡頭聽見外頭兩個小厮說這個新二奶奶比偺們舊二奶奶還俊呢脾氣兒也好不知是旺兒是誰吆喝了兩個一頓說什麽新奶奶舊奶奶的還不快悄悄兒的呢叫裡頭知道了把你的舌頭還割了呢平兒正說着只見一個小丫頭進來回說旺兒在外頭伺候着呢鳳姐聽了冷笑了一聲說叫他進來那小丫頭出來說奶奶叫呢旺兒連忙答應着進來旺兒請了安在外間門口垂手侍立鳳姐兒

道你過來我問你話旺兒纔走到裡間門傍站著鳳姐兒道你二爺在外頭弄了人你知道不知道旺兒又打着千兒回道奴才天天在二門上聽差事如何能知道二爺外頭的事呢鳳姐冷笑道你自然不知道你要知道你怎麽攔人呢旺兒見這話知道剛纔的話已經走了風了料着瞞不過便又跪回道奴才實在不知就是頭裡興兒和喜兒兩個人在那裡混說奴才吆喝了他們兩句內中深情底裡奴才不知道不敢妄回求奶奶問興兒他是長跟二爺出門的鳳姐兒聽了下死勁啐了一口罵道你們這一起沒良心的混賬忘八崽子都是一條藤兒打量我不知道呢先去給我把興兒那個忘八崽子叫了來你也

不許走問明白了他回來再問你好好好這纔是我使出来的好八呢那旺兒只得連聲答應幾個是磕了個頭爬起來出去叫興兒却說興兒正在賬房兒裡和小厮們頑呢聽見說二奶奶叫先唬了一跳却也想不到是這件事發作了連忙跟着旺兒進來旺兒先進去回說興兒来了鳳姐兒厲聲道叫他那興兒聽見這個聲音兒早巳没了主意了只得乍着胆子進来鳳姐兒一見便說好小子啊你和你爺辦的好事啊你只實說罷興兒一聞此言又看見鳳姐兒氣色及兩邊了頭們的光景早唬軟了不覺跪下只是磕頭鳳姐兒道論起這事來我也聽見說不與你相干但只你不早来回我知道這就是你的不是

了你要實説了我還饒你再有一句虚言你先摸摸你腔子上幾個腦袋瓜子興兒戰兢兢的朝上磕頭道奶奶問的是什麽事奴才和爺辦壞了鳳姐聽了一腔火都發作起來喝命打嘴巴旺兒過來纔要打時鳳姐兒罵道什麽糊塗忘八崽子叫他自已打用你打嗎一會子你再各人打你的嘴巴子還不遲呢那興兒真個自已左右開弓打了自已十幾個嘴巴鳳姐兒喝聲站住問道你二爺外頭娶了什麽新奶奶舊奶奶的事你大槪不知道啊興兒見説出這件事來越發着了慌連忙把帽子抓下來在磚地上咕咚咕咚碰的頭山響口裏説道只求奶奶超生奴才再不敢撒一個字兒的謊鳳姐道快説興兒直蹶蹶

的跪起來回道這事頭裡奴才也不知道就是這一天東府裡大老爺送了殯俞祿往珍大爺廟裡去領銀子二爺同着蓉哥兒到了東府裡道兒上爺兒兩個說起珍大奶奶那邊的二位姨奶奶來二爺誇他好蓉哥兒哄着二爺說把二姨奶奶說給二爺鳳姐聽到這裡使勁啐道呸沒臉的忘八蛋他是你那一門子的姨奶奶興兒忙又磕頭說奴才該死往上瞅着不敢言語鳳姐兒道完了嗎怎麽不說了興兒方纔又回道奶奶恕奴才奴才纔敢回鳳姐啐道放你媽的屁這還什麽恕不恕了你好生給我往下說好多着呢興兒又回道二爺聽見這個話就喜歡了後來奴才也不知道怎麽就弄眞了鳳姐微微冷笑道

這個自然麽你可那裡知道呢你知道的只怕都煩了呢是了說底下的罷興兒囘道後來就是蓉哥兒給二爺找了房子鳳姐忙問道如今房子在那裡興兒道就在府後頭鳳姐兒道哦囘頭瞅着平兒道偺們都是死人哪你聽聽平兒也不敢作聲興兒又囘道珍大爺那邊給了張家不知多少銀子那張家就不問了鳳姐道這裡頭怎麽又扯拉上什麽張家李家咧呢興兒囘道奶奶不知道這二奶奶剛說到這裡又自己打了個嘴巴把鳳姐兒倒慪笑了兩邊的丫頭也都抿嘴兒笑興兒想了想說道那珍大奶奶的妹子鳳姐兒接着道怎麽樣快說呀興兒道那珍大奶奶的妹子原來從小兒有人家的姓張叫什麽

張華如今窮的待好討飯珍大爺許了他銀子他就退了親了鳳姐兒聽到這裡點了點頭兒回頭便望丫頭們說道你們都聽見了小忘八崽子頭裡他還說他不知道呢興兒又回道後來二爺纔叫人裱糊了房子娶過來了鳳姐道打那裡娶過來的興兒回道就在他老娘家抬過來的鳳姐道好罷咧又問沒人送親麼興兒道就是蓉哥兒還有幾個丫頭老婆子們沒別人鳳姐道你大奶奶沒來嗎興兒道過了兩天大奶奶纔拿了些東西來瞧的鳳姐兒笑了一笑回頭向平兒道怪道那兩天二爺稱讚大奶奶不離嘴呢掉過臉來又問興兒誰伏侍呢自然是你了興兒趕着碰頭不言語鳳姐又問前頭那些日子說

給那府裡辦事想來辦的就是這個了興兒回道也有辦事的時候也有往新房子裡去的時候鳳姐又問道誰和他住着呢興兒道他母親和他妹子昨兒他妹子自已抹了脖子了鳳姐道這又爲什麼興兒隨將柳湘蓮的事說了一遍鳳姐道這個人還算造化高省了當那出名兒的忘八因又問道沒了別的事了麼興兒道別的事奴才不知道奴才剛纔說的字字是實話一字虛假奶奶問出來只管打死奴才奴才也無怨的鳳姐低了一回頭便又指着興兒說道你這個猴兒崽子就該打死這有什麼瞞着我的你想着瞞了我就在你那糊塗爺跟前討了好兒了你新奶奶好疼你我不看你剛纔還有點怕懼兒不

敢撒謊我把你的腿不給你砸折了呢說着喝聲起去興兒磕了個頭纔爬起來退到後間門口不敢就走鳳姐道過來我還有話呢興兒赶忙垂手敬聽鳳姐道你忙什麽新奶奶等着賞你什麽呢興兒也不敢抬頭鳳姐道你從今日不許過去我什麽時候叫你你什麽時候到遲一步兒你試試出去罷興兒忙答應幾個是退出門來鳳姐又叫道興兒興兒赶忙答應回來鳳姐道快出去告訴你二爺去是不是啊興兒回道奴才不敢鳳姐道你出去提一個字兒隄防你的皮興兒連忙答應着纔出去了鳳姐又叫旺兒呢旺兒連忙答應着過來鳳姐把眼直瞪瞪的瞅了兩三句話的工夫纔說道好旺兒很好去罷外頭

有人提一個字兒全在你身上旺兒答應着也慢慢的退出去了鳳姐便叫倒茶小丫頭子們會意都出去了這裡鳳姐纔和平兒說你都聽見了這纔好呢平兒也不敢答言只好陪笑兒鳳姐越想越氣歪在枕上只是出神忽然眉頭一皺計上心來便叫平兒來平兒連忙答應過來鳳姐道我想這件事竟該這麼着纔好也不必等你二爺回來再商量了未知鳳姐如何辦理下回分解

紅樓夢第六十七回終

紅樓夢第六十八回

苦尤娘賺入大觀園　酸鳳姐大鬧寧國府

話說賈璉起身去後偏值平安節度巡邊在外約一個月方回賈璉未得確信只得住在下處等候及至回來相見將事辦妥回程已是將近兩個月的限了誰知鳳姐早已心下算定只得賈璉前脚走了回來便傳各色匠役收什東廂房三間照依自已正室一樣粧飾陳設至十四日便回明賈母王夫人說十五日一早要到姑子廟進香去只帶了平兒豐兒周瑞媳婦旺兒媳婦四人未曾上車便將原故告訴了衆人又吩咐衆男人素衣素蓋一逕前來興兒引路一直到了門前扣門鮑二家的開

了興兒笑道快回二奶奶去大奶奶來了鮑二家的聽了這句
頂梁骨走了真魂忙飛跑進去報與尤二姐尤二姐雖也一驚
但已來了只得以禮相見於是忙整衣裳迎了出來至門前
鳳姐方下了車進來二姐一看只見頭上都是素白銀器身上
月白緞子襖青緞子掐銀線的褂子白綾素裙眉灣柳葉高吊
兩梢目横丹鳳神凝三角俏麗若三春之桃清素若九秋之菊
周瑞旺兒的二女人攙進院來二姐陪笑忙迎上來拜見張口
便叫姐姐說今兒實在不知姐姐下降不曾遠接求姐姐寬恕
說着便拜下去鳳姐忙陪笑還禮不迭赶着拉了二姐兒的手
同入房中鳳姐在上坐二姐忙命丫頭拿褥子便行禮說妹子

年輕一從到了這裡諸事都是家母和家姐商議主張今兒有幸相會若姐姐不棄寒微凡事求姐姐的指教情故傾心吐膽只伏侍姐姐說着便行下禮去鳳姐忙下坐還禮口内忙說皆因我也年輕向來總是婦人的見識一味的只勸二爺保重別在外邊眠花宿柳恐怕叫太爺太太躭心這都是你我的痴心誰知二爺倒錯會了我的意若是外頭包占人家姐妹瞞着家裡也罷了如今娶了妹妹作二房這樣正經大事也是人家大禮都不曾合我說我也勸過二爺早辦這件事果然生個一男半女連我後來都有靠不想二爺反以我爲那等妬忌不堪的人私自辦了眞眞叫我有寃沒處訴我的這個心惟有天地可

表頭十天頭裡我就風聞着知道了只怕二爺又錯想了遂不敢先說目今可巧二爺走了所以我親自過來拜見還求妹妹體諒我的苦心起動大駕挪到家中你我姐妹同居同處彼此合心合意的諫勸二爺謹慎世務保養身子這纔是大禮呢要是妹妹在外頭我在裡頭妹妹白想想我心裡怎麼過的去呢再者叫外人聽着不但我的名聲不好聽就是妹妹的名兒也不雅況且二爺的名聲更是要緊的倒是談論偺們姐兒們還是小事至於那起下人小人之言未免見我素昔持家太嚴背地裡加些減話也是常情妹妹想自古說的當家人惡水缸我要真有不容人的地方兒上頭三層公婆當中有好幾位姐姐

姊妹妯娌們怎麽容的我到今兒就是今兒二爺私娶妹妹在外頭住着我自然不願意見妹妹我如何還肯來呢拿著我們平兒說起我還勸着二爺收他呢這都是天地神佛不忍的叫這些小人們遭塌我所以纔叫我知道了我如今來求妹妹進去和我一塊兒住的使的穿的帶的總是一樣兒的妹妹這樣伶透人要肯真心帮我我也得個膀臂不但那起小人堵了他們的嘴就是二爺回來一見他也從今後悔我並不是那種吃醋調歪的人你我三人更加和氣所以妹妹還是我的大恩人呢要是妹妹不合我去我也愿意搬出來陪着妹妹住只求妹妹在二爺跟前替我好言方便方便留我個站脚的地方兒就

叫我伏侍妹妹梳頭洗臉我也是願意的說著便嗚嗚咽咽哭將起來了二姐見了這般也不免滴下淚来二人對見了禮分序坐下平兒忙也上來要見禮二姐見他打扮不凡舉止品貌不俗料定必是平兒連忙親身攙住只叫妹子快别這麽着你我是一樣的人鳳姐忙也起身笑說折死了他妹妹只管受禮他原是偺們的丫頭已後快别這麽著說著又命周瑞家的從包袱裡取出四疋上色尺頭四對金珠簪環爲拜見的禮二姐忙拜受了二人吃茶對訴已往之事鳳姐口内全是自怨自錯怨不得别人如今只求妹妹疼我二姐是個實心人便認做他是個好人想道小人不遂心誹謗主子也是常理故傾心吐胆

叙了一回竟把鳳姐認爲知已又見周瑞家等媳婦在傍邊稱揚鳳姐素日許多善政只是吃虧心太痴了反惹人怨又說已經預備了房屋奶奶進去一看便知尤氏心中早已要進去同住方好今又見如此豈有不允之禮便說原該跟了姐姐去只是這裡怎麽着呢鳳姐道這有何難妹妹的箱籠細軟只管着小厮搬了進去這些粗夯貨要他無用還叫人看着妹妹說誰妥當就叫誰在這裡二姐忙說今兒既遇見姐姐這一進去凡事只憑姐姐料理我也來的日子淺也不曾當過家事不明白如何敢作主呢這幾件箱櫃拿進去罷我也没有什麽東西那也不過是二爺的鳳姐聽了便命周瑞家的記清好生看管着

抬到東廂房去于是催着尤二姐急忙穿戴了二人攜手上車又同坐一處又悄悄的告訴他我們家的規矩大這事老太太太太一槩不知倘或知道二爺孝中娶你管把他打死了如今且別見老太太太太我們有一個花園子極大姐妹們住着容易沒人去的你這一去且在園子裡住兩天等我設個法子回明白了那時再見方妥二姐道任憑姐姐裁處那些跟車的小厮們皆是預先說明的如今不進大門只奔後門來下了車趕散衆人鳳姐便帶了尤氏進了大觀園的後門來到李紈處相見了彼時大觀園裡的十停人已有九停人知道了今忽見鳳姐帶了進來引動衆人來看問二姐一一見過衆人見了他標

緻和悅無不稱揚鳳姐一一的吩咐了衆人都不許在外走了風聲若老太太太太知道我先叫你們死園裡的婆子丫頭都素惧鳳姐的又係賈璉國孝家孝中所行之事知道關係非常都不管這事鳳姐悄悄的求李紈收養幾天等回明了我們自然過去李紈見鳳姐那邊已收什房屋况在服中不好倡揚自是正理只得收下權住鳳姐又便去將他的丫頭一概退出又將自己的一個丫頭送他使喚暗暗吩咐他園裡的媳婦們好生照看著他若有走失逃亡一概和你們筭賬自己又去暗中行事不提且說合家之人都暗暗的納罕說看他如何這等賢惠起來了那二姐得了這個所在又見園裡姐妹個個相好倒

也安心樂業的自為得所誰知三日之後丫頭善姐便有些不服使喚起來二姐因說没了頭油了你去回一聲大奶奶拿些個來善姐兒便道二奶奶你怎麽不知好歹没眼色我們奶奶天天承應了老太太又要承應這邊太太那邊太太這些姑娘妯娌們上下幾百男女人天天起來都等他的話一日少說大事也有一二十件小事還有三五十件外頭從娘娘算起以及王公侯伯家多少人情家裏又有這些親友的調度銀子上千錢上萬一天都從他一個人手裏出入一個嘴裏調度那裏為這點子小事去煩瑣他我勸你能着些兒罷偺們又不是明媒正娶來的這是他亘古少有一個賢良人纔這樣待你若差些

見的人聽見了這話吵嚷起來把你丢在外頭死不死活不活你敢怎麽着呢一夂話說的二姐垂了頭自爲有這一說少不得將就些罷了那善姐漸漸的連飯也怕端来給他吃了或早一頓晚一頓所拿来的東西皆是剩的二姐說過兩次他反瞪着眼叫喚起来了二姐又怕人笑他不安本分少不得忍着隔上五日八日見鳳姐一面那鳳姐却是和容悅色滿嘴裡好妹妹不離口又說倘有下人不到之處你降不住他們只管告訴我我打他們又罵丫頭媳婦說我深知你們軟的欺硬的怕背着我的眼還怕誰倘或二奶奶告訴我一個不字我要你們的命二姐見他這般好心既有他我又何必多事下人不知好歹

是常情我要告了他們受了委屈反叫人說我不賢良因此反替他們遮掩鳳姐一面使旺兒在外打聽這二姐的底細皆已深知果然已有了婆家的女婿現在纔十九歲成日在外賭博不理世業家私花盡了父母攆他出來現在賭錢場存身父親得了尤婆子二十兩銀子退了親的這女婿尚不知道原來這小夥子名叫張華鳳姐都一一盡知原委便封了二十兩銀子給旺兒悄悄命他將張華勾來養活着他寫一張狀子只要往有司衙門裏告去就告璉二爺國孝家孝的裏頭背旨瞞親仗財依勢強逼退親停妻再娶這張華也深知利害先不敢造次旺兒回了鳳姐鳳姐氣的罵道眞是他娘的話怨不得俗語說

癩狗扶不上墻的你細細説給他就告我們家謀反也没要緊不過是借他一鬧大家没臉要鬧大了我這裡自然能彀平服的旺兒領命只得細説與張華鳳姐又吩咐旺兒他若告了你你就和他對詞去如此如此我自有道理旺兒聽了有他做主便又命張華狀子上添上自己説你只告我來旺的過付一應調唆二爺做的張華便得了主意和旺兒商議定了寫一張狀子次日便往都察院處喊了寃察院坐堂看狀子是告賈璉的事上面有家人來旺一人只得遣去賈府傳來旺兒來對詞青衣不敢擅入只命人帶信那旺兒正等着此事不用人帶信早在這条街上等候見了青衣反迎上去笑道起動衆位弟兄必

是兄弟的事犯了說不得快來套上衆青衣不敢只說好哥哥你去罷別鬧了於是來至堂前跪了察院命將狀子給他看旺兒故意看了一遍碰頭說道這事小的盡知的主人實有此事但這張華素與小的有仇故意拉小的在內其中還有人求老爺再問張華碰頭道雖還有人小的不敢告他所以只告他下人旺兒故意的說糊塗東西還不快說出來這是朝廷公堂上憑是主子也要說出來張華便說出賈蓉來察院聽了無法只得去傳賈蓉鳳姐又差了慶兒暗中打聽告下來了便忙將王信喚來告訴他此事命他托察院只要虛張聲勢驚唬而已又拿了三百銀子給他去打點是夜王信到了察院私宅安了根

子那察院深知原委收了贓銀次日回堂只說張華無賴因拖欠了賈府銀兩妄捏虛詞誣賴良人都察院素與王子騰相好王信也只到家說了一聲况是賈府之人巴不得了事便也不提此事且都收下只傳賈蓉對詞且說賈蓉等正忙着賈璉之事忽有人來報信說有人告你們如此如此這般這般快作道理賈蓉慌忙來回賈珍賈珍說我却早防着這一著倒難爲他這麽大膽子即刻對了二百銀子着人去打點察院又命家人去對詞正商議間又報西府二奶奶來了賈珍聽了這話倒吃了一驚忙要和賈蓉藏躲不想鳳姐已經進來了說好大哥哥帶着兄弟們幹的好事賈蓉忙請安鳳姐拉了他就進來賈珍

攙笑說好生伺候你嬸娘吩咐他們殺牲口備飯說着便命備馬躲往別處去了這裡鳳姐帶着賈蓉走進上屋尤氏也迎出來了見鳳姐氣色不善忙說什麽事情這麽忙鳳姐照臉一口唾沫啐道你尤家的丫頭沒人要了偷着只往賈家送難道賈家的人都是好的普天下死絕了男人了你就願意給也要三媒六證大家說明成個體統纔是你痰迷了心脂油矇了竅國孝家孝兩層在身就把個人送了來這會子叫人告我們連官場中都知道我利害吃醋如今指名提我要休我我到了這裡幹錯了什麽不是你這麽利害或是老太太太太有了話在你心裡叫你們做這個圈套擠出我去如今偺們兩個一同去見

官分証明白回來偺們公同請了合族中人大家覿面說個明白給我休書我就走一面說一面大哭拉着尤氏只要去見官急的賈蓉跪在地下碰頭只求嬸娘息怒鳳姐一面又罵賈蓉天打雷劈五鬼分尸的沒良心的東西不知天有多高地有多厚成日家調三窩四幹出這些沒臉面沒王法敗家破業的營生你死了的娘陰靈兒也不容你祖宗也不容你還敢來勸我一面罵着揚手就打唬的賈蓉忙碰頭說道嬸娘別動氣只求嬸娘別看這一時任兒千日的不好還有一日的好實在嬸娘氣不平何用嬸娘打等我自己打嬸娘只別生氣說著就自己舉手左右開弓自己打了一頓嘴把子又自己問着自己說已

後可還再顧三不顧四的不了已後還單聽叔叔的話不聽嬸娘的話不了嬸娘是怎麼樣待你你這麼沒天理沒良心的衆人又要勸又要笑又不敢笑鳳姐兒滾到尤氏懷裡嚎天動地大放悲聲只說給你兄弟娶親我不惱為什麼使他違旨背親把混賬名兒給我背着偺們只去見官省了捕快皂隸來拿再者偺們過去只見了老太太太太和衆族人等大家公議了我既不賢良又不容男人買妾只給我一紙休書我即刻就走你妹妹我也親身接了來家生怕老太太太太生氣也不敢回現在三茶六飯金奴銀婢的住在園裡我這裡赶着收什房子和我一樣的只等老太太知道了原說下接過來大家安分守已

的我也不提舊事了誰知又是有了人家的不知你們幹的什麽事我一緊又不知道如今告我我昨日急了縱然我出去見官也丟的是你賈家的臉少不得偷把太太的五百兩銀子去打點如今把我的人還鎖在那裡說了又哭哭了又罵後來又放聲大哭起祖宗爺娘來又要尋死撞頭把個尤氏揉搓成一個麪團兒衣服上全是眼淚鼻涕並無別話只罵賈蓉混賬種子和你老子做的好事我當初就說使不得鳳姐兒聽說這話哭着搬着尤氏的臉問道你發昏了你的嘴裡難道有茄子擩著不就是他們給你嚼子啣上了爲什麽你不來告訴我去你要告訴了我這會子不平安了怎麽得驚官動府鬧到這步田

地你這會子還怨他們自古說妻賢夫禍少表壯不如裡壯你但凡是個好的他們怎敢鬧出這些事來你又沒才幹又沒口齒鋸了嘴子的葫蘆就只會一味瞎小心應賢良的名兒說着啐了幾口尤氏也哭道何曾不是這樣你不信問問跟的人我何曾不勸的也要他們聽呌我怎麽樣呢怨不得妹妹生氣我只好聽着罷了衆姬妾丫頭媳婦等已是黑壓壓跪了一地陪笑求說二奶奶最聖明的雖是我們奶奶的不是奶奶也作踐殼了當着奴才們奶奶們素日何等的好來如今還求奶奶給留點臉兒說着捧上茶來鳳姐也摔了一回止了哭挽頭髮又喝罵賈蓉出去請你父親來我對面問他親大爺的孝纔五

七侄兒娶親這個禮我竟不知道我問問也好學着日後教導你們賈蓉只跪著磕頭說這事原不與父母相干都是侄兒一時吃了屎調唆着叔叔做的我父親也並不知道嬸娘要鬧起來了侄兒也是個死只求嬸娘責罰侄兒侄兒謹領這官司還求嬸娘料理侄兒竟不能幹這大事嬸娘是何等樣人豈不知俗語說的肐膊折了往袖子裡姪兒糊塗死了既做了不肖的事就和那猫兒狗兒一般少不得還要嬸娘費心費力將外頭的事壓住了纔好只當嬸娘有這個不孝的兒子就惹了禍少不得委屈還要疼他呢說着又磕頭不絕鳳姐兒見了賈蓉這般心裡早軟了只是礙着衆人面前又難改過口來因歎了一

口氣一面拉起來一面拭淚向尤氏道嫂子也別惱我我是年輕不知事的人一聽見有人告訴了把我嚇昏了纔這麽着急的顧前不顧後了可是蓉兒說的胳膊折了在袖子裡剛纔的話嫂子可別惱還得嫂子在哥哥跟前替說先把這官司按下去纔好尤氏賈蓉一齊都說嬸娘放心橫豎一點兒連累不著叔叔嬸娘方纔說用過了五百兩銀子少不得我們娘兒們打點五百兩銀子給嬸娘送過去好補上那有叫嬸娘又添上虧空的理那越發我們該死了但還有一件老太太太太們跟前嬸娘還要週全方便別提這些話纔好鳳姐又冷笑道你們饒壓着我的頭幹了事這會子反哄着我替你們週全我就是個

傻子也傻不到如此嫂子的兄弟是我的什麽人嫂子既怕他絕了後我難道不更比嫂子更怕絕後嫂子的妹子就合我的妹子一樣我一聽見這話連夜喜歡的連覺也睡不成赶着傳人收什了屋子就要接進來同住倒是奴才小人的見識他們倒說奶奶太性急若是我們的主意先回了老太太太太看是怎麽樣再收什房子去接也不遲我聽了這話叫我要打要罵的纔不言語了誰知偏不稱我的意偏偏兒的打嘴半空裡跑出一個張華來告了一狀我聽見了唬的兩夜没合眼兒又不敢聲張只得求人去打聽這張華是什麽人這樣大膽打聽了兩日誰知是個無賴的花子小子們說原是二奶奶許了他的

他如今急了凍死餓死也是個死現在有這個禮他抓住總然死了死的倒比凍死餓死還值些怎麼怨的他告呢這事原是爺做的太急了國孝一層家孝一層背着父母私娶一層罪停妻再娶一層罪俗語說拚着一身剮敢把皇帝拉下馬他窮瘋了的人什麼事做不出來況且他又拿着這滿禮不告等請不成嫂子說我就是個韓信張良聽了這話也把智謀嚇回去了你兄弟又不在家又沒個人商量少不得拿錢去墊補誰知越使錢越叫人拿住刀靶兒越發來訛我是耗子尾巴上長瘡多少膿血兒所以又急又氣少不得來找嫂子尤氏賈蓉不等說完都說不必操心自然要料理的賈蓉又道那張華不過

是窮急故捨了命纔告偺們如今想了一個法兒竟許他些銀子只叫他應個妄告不實之罪偺們替他打點完了官司他出來時再給他些銀子就完了鳳姐兒咂着嘴兒笑道難爲你想怨不得你顧一不顧二的做出這些事來原來你竟是這麼個有心胸的我往日錯看了你了若你說的這話他暫且依了日打出官司來又得了銀子眼前自然了事這些人旣是無賴的小人銀子到手三天五天一光了他又來找事訛詐再要叨蹬起來偺們雖不怕終久就心擱不住他說旣沒毛病爲什麼反給他銀子賈蓉原是個明白人聽如此一說便笑道我還有個主意來是是非人去是是非者這事還得我了纔好如今我竟

問張華個主意或是他定要人或是他願意了事得錢再娶他若說一定要人少不得我去勸我二姨娘叫他出來還嫁他去若說要錢我們少不得給他些個鳳姐兒忙道雖如此說我斷捨不得你姨娘出去我也斷不肯使他出去他要出去了咱們家的臉在那裡呢依我說只寧可多給錢爲是賈蓉深知鳳姐兒口雖如此心却是巴不得只要本人出來他却做賢良人如今怎麼說且只好怎麼依着鳳姐兒又說外頭好處了家裡終久怎麼樣呢你也和我過去回明了老太太太太纔是尤氏又慌了拉鳳姐兒討主意怎麼撒謊纔好鳳姐冷笑道既沒這本事誰叫你幹這樣事這會子這個腔兒我又看不上待要不出

個主意我又是個心慈面軟的人憑人撮弄我我還是一片傻心腸兒說不得等我瞧起來如今你們只別露面我只領了你妹妹去給老太太太太們磕頭只說原係你妹妹我看上了狠好正因我不大生長原說買兩個人放在屋裡的今既見了你妹妹狠好而且又是親上做親的我願意娶來做二房皆因家中父母姊妹親近一槩死了日子又難不能度日若等百日之後無奈無家無業實在難等就筭我的主意接進來了已經廂房收什出來了暫且住着等滿了孝再圓房兒仗着我這不害臊的臉死活賴去有了不是也尋不着你們了你們娘兒兩個想想可使得尤氏賈蓉一齊笑說到底是嬸娘寬洪大量足智

多謙等事要了少不得我們娘兒們過去拜謝鳳姐兒道罷呀還說什麼拜謝不拜謝又指着賈蓉道今日我纔知道你了說着把臉却一紅眼圈兒也紅了似有多少委屈的光景賈蓉忙陪笑道罷了少不得擔待我這一次說着忙又跪下了鳳姐兒扭過臉去不理他賈蓉纔笑着起來了這裏尤氏忙命丫頭們舀水取粧奩伏侍鳳姐兒梳洗了趕忙又命預備晚飯鳳姐兒執意要回去尤氏攔著道今日二嬸子要這麼走了我們什麼臉還過那邊去呢賈蓉傍邊笑著勸道好嬸娘親嬸娘已後蓉兒要不真心孝順你老人家天打雷劈鳳姐瞅了他一眼啐道誰信你這說到這裏又咽住了一面老婆丫頭們擺上酒菜

來尤氏親自遞酒佈菜賈蓉又跪着敬了一鍾酒鳳姐便合尤氏吃了飯丫頭們遞了漱口茶又捧上茶來鳳姐喝了兩口便起身回去賈蓉親身送過來進門時又悄悄的央告了幾句私心話鳳姐也不理他只得怏怏的回去了且說鳳姐進園中將此事告訴尤二姐又說我怎麼操心又怎麼打聽須得如此如此方保得衆人無罪少不得偺們按着這個法兒來纔好不知鳳姐又想出什麼計策且聽下回分解

紅樓夢第六十八回終

紅樓夢第六十九回

弄小巧用借劍殺人　覺大限吞生金自逝

話說尤二姐聽了又感謝不盡只得跟了他來尤氏那邊怎好不過來呢少不得也過來跟著鳳姐去回鳳姐笑說你只別說話等我去說尤氏道這個自然但有了不是往你身上推就是了說着大家先至賈母屋裡正值賈母和園裡姐妹們說笑解悶兒忽見鳳姐帶了一個絕標緻的小媳婦兒進來忙覷著眼瞧說這是誰家的孩子好可憐見兒的鳳姐上來笑道老祖宗細細的看看好不好說着忙拉二姐兒說這是太婆婆了快磕頭二姐兒忙行了大禮鳳姐又指著衆姐妹說這是某人某人

太太瞧過回來好見禮二姐兒聽了只得又從新故意的問過垂頭站在傍邊賈母上下瞧了瞧仰着臉想了想因又笑問這孩子我倒像那裡見過他好眼熟啊鳳姐忙又笑說老祖宗且別講那些只說比我俊不俊賈母又帶上眼鏡命鴛鴦琥珀把那孩子拉過來我瞧瞧肉皮兒衆人都抿着嘴兒笑推他上去賈母細瞧了一遍又命琥珀拿出他的手來我瞧瞧賈母瞧畢摘下眼鏡來笑說道狠齊全我看比你還俊呢鳳姐聽說笑着忙跪下將尤氏那邊所編之話一五一十細細的說了一遍少不得老祖宗發慈心先許他進來住一年後再圓房兒賈母聽了道這有什麼不是既你這樣賢良狠好只是一年後纔圓得

房鳳姐聽了叩頭起來又求賈母着兩個女人一同帶去見太太們說是老祖宗的主意賈母依允遂使二人帶去見了邢夫人等王夫人正因他風聲不雅深為憂慮見他今行此事豈有不樂之理于是尤二姐自此見了天日挪到廂房居住鳳姐一面使人暗暗調唆張華只叫他要原妻這裏還有許多陪送外還給他銀子安家過活張華原無膽無心告賈家的後來又見賈蓉打發了人對詞那人原說的張華先退了親我們原是親戚接到家裏住着是真並無强娶之說皆因張華拖欠我們的債務追索不給方誣賴小的主兒那察院都和賈王兩處有瓜葛况又受了賄只說張華無賴以窮訛詐狀子也不收打了一

頓赶出來慶兒在外替張華打點也沒打重又調唆張華說這親原是你家定的你只要親事官必還斷給你於是又告王信那邊又透了消息與察院察院便批張華借欠賈宅之銀令其限內按數交還其所定之親仍令其有力時娶回又傳了他父親來當堂批準他父親亦係慶兒說明樂得人財兩得便去賈家領人鳳姐一面嚇的來回賈母說如此這般都是珍大嫂子幹事不明那家並沒退準惹人告了如此官斷賈母聽了忙喚尤氏過來說他做事不妥旣你妹子從小與人指腹爲婚又沒退斷叫人告了這是什麼事尤氏聽了只得說他連銀子都收了怎麼沒準鳳姐在傍說張華的口供上現說沒見銀子也沒

見人去他老子又說原是親家說過一次並沒應准親家死了你們就接進去做二房如此沒對証的話只好由他去混說幸而璉二爺不在家不曾圓房這還無妨只是人已來了怎好送回去豈不傷臉賈母道又沒圓房沒的强占人家有夫之人名聲也不好不如送給他去那裡尋不出好人來尤二姐聽了又回賈母說我母親實在某年某月某日給了他二十兩銀子退准的他因窮極了告又翻了口我姐姐原沒錯辦賈母聽了便說可見刁民難惹既這樣鳳丫頭去料理料理鳳姐聽了無法只得應着回來只命人去找賈蓉賈蓉深知鳳姐之意若要使張華領回成何體統便回了賈珍暗暗遣人去說張華你如今

既有許多銀子何必定要原人若只管執定主意豈不怕爺們一怒尋出一個由頭你死無葬身之地你有了銀子回家去什麽好人尋不出來你若走呢還賞你些路費張華聽了心中想了一想這倒是好主意和父母商議已定約共也得了有百金父子次日起了五更便回原籍去了賈蓉打聽的真了來回了賈母鳳姐說張華父子妄告不實懼罪逃走官府亦知此情也不追究大事完畢鳳姐聽了心中一想若必定着張華帶回二姐兒去未免賈璉回來再花幾個錢包占住不怕張華不依還是二姐兒不去自已拉絆着還妥當且再作道理只是張華此去不知何往倘或他再將此事告訴了別人或日後再尋出這

由頭來翻案豈不是自巳害了自巳原先不該如此把刀靶兒遞給外人哪因此後悔不迭復又想了一個主意出來悄命旺兒遣人尋着了他或訛他做賊和他打官司將他治死或暗使人筭計務將張華治死方剪草除根保住自巳的名聲旺兒領命出來囬家細想人巳走了完事何必如此大做人命關天非同兒戲我且哄過他去再作道理因此在外躲了幾日囘來告訴鳳姐只說張華因有幾兩銀子在身上逃去第三日在京口地界五更天巳被截路打悶棍的打死了他老子唬死在店房在那裡驗尸掩埋鳳姐聽了不信說你要撒謊我再使人打聽出來敲你的牙自此方丟過不究鳳姐和尤二姐和美非常竟

比親姊妹還勝幾倍那賈璉一日事畢回來先到了新房中已經靜悄悄的關鎖只有一個看房子的老頭兒賈璉問起原故老頭子細說原委賈璉只在鐙中跌足少不得來見賈赦和邢夫人將所完之事回明賈赦十分歡喜說他中用賞了他一百兩銀子又將房中一個十七歲的丫鬟名喚秋桐賞他爲妾賈璉叩頭領去喜之不盡見了賈母合家衆人回來見了鳳姐未免臉上有些愧色誰知鳳姐反不似往日容顏同尤二姐一同出來敘了寒溫賈璉將秋桐之事說了未免臉上有些得意驕矜之色鳳姐聽了忙命兩個媳婦坐車到那邊接了來心中一刺未除又平空添了一刺說不得且吞聲忍氣將好顏面換出

來遮飾一面又命擺酒接風一面帶了秋桐來見賈母與王夫人等賈璉心中也暗暗的納罕且說鳳姐在家外面待尤二姐自不必說的只是心中又懷别意無人處只和尤二姐說妹妹的名聲很不好聽連老太太太太們都知道了說妹妹在家做女孩兒就不乾凈又和姐夫來往太密沒人要的你揀了來還不休了再尋好的我聽見這話氣的什麽兒是的後來打聽是誰說的又察不出來日久天長這些奴才們跟前怎麽說嘴呢我反弄了魚頭來折說了兩遍自巳先氣病了茶飯也不吃除了平兒衆丫頭媳婦無不言三語四指桑說槐暗相譏刺且說秋桐自以爲係賈赦所賜無人僣他的連鳳姐平兒皆不放在

眼裡豈容那先姦後娶沒人抬舉的婦女鳳姐聽了暗樂自從粧病便不和尤二姐吃飯每日只命人端了菜飯到他房中去吃那茶飯都係不堪之物平兒看不過自己拿錢出來弄菜給他吃或是有時只說和他園中逛逛在園中厨內另做了湯水給他吃也無人敢回鳳姐只有秋桐碰見了便去說舌告訴鳳姐說奶奶名聲生是平兒弄壞了的這樣好菜好飯浪著不吃却往園裡去偷吃鳳姐聽了罵平兒說人家養猫會拿耗子我的猫倒咬鷄平兒不敢多說自此也就遠着了又暗恨秋桐園中姊妹一干人暗爲二姐躭心雖都不敢多言却也可憐每當無人處說起話來二姐便淌眼抹淚又不敢抱怨鳳姐兒因無

一點壞形賈璉來家時見了鳳姐賢良也便不留心況素昔見賈赦姬妾丫鬟最多賈璉每懷不軌之心只未敢下手今日天緣湊巧竟把秋桐賞了他真是一對烈火乾柴如膠投漆燕爾新婚連日那裏拆得開賈璉在二姐身上之心也漸漸淡了只有秋桐一人是命鳳姐雖恨秋桐且喜借他先可發脫二姐用借刀殺人之法坐山觀虎鬥等秋桐殺了尤二姐自己再殺秋桐主意已定沒人處常又私勸秋桐說你年輕不知事他現是二房奶奶你爺心坎兒上的人我還讓他三分你去硬碰他豈不是自尋其死那秋桐聽了這話越發惱了天天大口亂罵說奶奶是軟弱人那等賢惠我卻做不來奶奶把素日的威風怎

麽都沒了奶奶寬洪大量我却眼裡揉不下沙子去讓我和這娼婦做一回他纔知道呢鳳姐兒在屋裡只粧不敢出聲兒氣的尤二姐在房裡哭泣連飯也不吃又不敢告訴賈璉次日賈母見他眼睛紅紅的腫了問他又不敢說秋桐正是抓乖賣俏之時他便悄悄的告訴賈母王夫人等說他專會作死好好的成天喪聲嚎氣背地裡咒二奶奶和我早死了好和二爺一心一計的過賈母聽了便說人太生嬌俏了可知心就嫉妬了鳳丫頭倒好意待他他倒這樣爭鋒吃醋可知是個賤骨頭因此漸次便不大喜歡衆人見賈母不喜不免又往上踐踏起來弄得這尤二姐要死不能要生不得還是虧了平兒時常背着鳳

姐與他排解那尤二姐原是花爲腸肚雪作肌膚的人如何經得這般折磨不過受了一月的暗氣便懨懨得了一病四肢懶動茶飯不進漸次黃瘦下去夜來合上眼只見他妹妹手捧鴛鴦寶劍前來說姐姐你爲人一生心癡意軟終久吃了虧休信那妒婦花言巧語外作賢良內藏奸滑他發狠定要弄你一死方罷若妹子在世斷不肯令你進來就是進來亦不容他這樣此亦係理數應然只因你前生淫奔不才使人家喪倫敗行故有此報你速依我將此劍斬了那妒婦一同回至警幻案下聽其發落不然你白白的喪命也無人憐惜的尤二姐哭道妹妹我一生品行既虧今日之報既係當然何必又去殺人作孽三

姐兒聽了長嘆而去這二姐驚醒卻是一夢等賈璉來看時因無人在側便哭着合賈璉說我這病不能好了我來了半年腹中已有身孕但不能預知男女倘老天可憐生下來還可若不然我的命還不能保何況於他賈璉亦哭說你只管放心我請名人來醫治於是出去卽刻請醫生誰知王太醫此時也病了又謀幹了軍前効力回來好討廕封的小厮們走去便仍舊請了那年給晴雯看病的太醫胡君榮來胗視了說是經水不調全要大補賈璉便說已是三月庚信不行又常嘔酸恐是胎氣胡君榮聽了復又命老婆子請出手來再看了半日說若論胎氣肝脉自應洪大然木盛則生火經水不調亦皆因肝木所致

醫生要大膽須得請奶奶將金面略露一露醫生觀看氣色方敢下藥賈璉無法只得命將帳子掀起一縫尤二姐露出臉來胡君榮一見早已魂飛天外那裡還能辨氣色一時掩了帳子賈璉陪他出來問是如何胡太醫道不是胎氣只是瘀血凝結如今只以下瘀通經要緊於是寫了一方作辭而去賈璉令人送了藥禮抓了藥來調服下去只半夜光景尤二姐腹痛不止誰知竟將一個已成形的男胎打下來了於是血行不止二姐就昏迷過去賈璉聞知大罵胡君榮一面遣人再去請醫調治一面命人去找胡君榮胡君榮聽了早已捲包逃走這裡太醫便說本來血氣虧弱受胎以來想是着了些氣惱鬱結于中這

位先生誤用虎狼之劑如今大人元氣十傷八九一時難保就愈煎丸二藥並行還要一些閑言閑事不聞庶可望好說畢而去也開了個煎藥方子並調元散鬱的丸藥方子去了急的賈璉便查誰請的姓胡的來一時查出便打了個半死鳳姐比賈璉更急十倍只說偺們命中無子好容易有了一個遇見這樣沒本事的大夫來于是天地前燒香禮拜自已通誠禱告說我情愿有病只求尤氏妹子身體大愈再得懷胎生一男子我愿吃常齋念佛賈璉衆人見了無不稱贊賈璉與秋桐在一處鳳姐〻做湯做水的着人送與二姐又叫人出去算命打卦偏算命的回來又說係屬兔的陰人沖犯了大家筭將起來只有秋

桐一人屬兔兒說他冲的秋桐見賈璉請醫調治打人罵狗爲二姐十分盡心他心中早浸了一缸醋在內了今又聽見如此說他冲了鳳姐兒又勸他說你暫且別處躲幾日再來秋桐便氣得哭罵道理那起餓不死的雜種混嚼舌根我和他井水不犯河水怎麽就冲了他好個愛八哥兒在外頭什麽人不見偏來了就冲了我還要問問他呢到底是那裏來的孩子他不過哄我們那個綿花耳朶的爺罷了總有孩子也不知張姓王姓的奶奶希罕那雜種羔子我不喜歡誰不會養一年半載養一個倒還是一點攙雜沒有的呢衆人又要笑又不敢笑可巧邢夫人過來請安秋桐便告訴邢夫人說二爺二奶奶要攆我出

去我沒了安身之處太太好歹開恩那夫人聽說便數落了鳳姐兒一陣又罵賈璉不知好歹的種子憑他怎麼樣是老爺給的為個外來的攆他連老子都沒了說着賭氣去了秋桐更又得意越發走到窗戶根底下大罵起來尤二姐聽了不免更添煩惱晚間賈璉在秋桐房中歇了鳳姐已睡平兒過尤二姐那邊來勸慰了一番尤二姐哭訴了一回平兒又囑咐了幾句夜已深了方去安息這裏尤二姐心中自思病已成勢日無所養反有所傷料定必不能好況胎已經打下無甚懸心何必受這些零氣不如一死倒還干淨常聽見人說金子可以墜死人豈不比上吊自刎又干淨想畢扎掙起來打開箱子便找出一塊

金也不知多重哭了一回外邊將近五更天氣那二姐咬牙狠命便吞入口中幾次直脖方咽了下去于是赶忙將衣裳首飾穿戴齊整上炕躺下當下人不知鬼不覺到第二日早辰丫鬟媳婦們見他不叫人樂得自已梳洗鳳姐秋桐都上去了平兒看不過說丫頭們就只配没人心的打着罵着使也罷了一個病人也不知可憐可憐他雖好性兒你們也該拿出個樣兒來別太過逾了墻倒衆人推丫環聽了急推房門進來看時却穿戴的齊齊整整死在炕上於是方嚇慌了喊叫起來平兒進來瞧見不禁大哭衆人雖素昔惧怕鳳姐然想二姐兒實在温和憐下如今死去誰不傷心落淚只不敢與鳳姐看見當下合宅

皆知賈璉進來摟尸大哭不止鳳姐也假意哭道狠心的妹妹
你怎麼丢下我去了辜負了我的心尤氏賈蓉等也都來哭了
一塲勸住賈璉賈璉便回了王夫人討了梨香院停放五日挪
到鐵檻寺去王夫人依允賈璉忙命人去往梨香院收拾停靈
將二姐兒擡上去用衾单蓋了八個小厮和八個媳婦圍隨抬
往梨香院來那裡已請下天文生擇定明日寅時入殮大吉五
日出不得七日方可賈璉道竟是七日因家叔家兄皆在外小
喪不敢久停天文生應諾寫了殃榜而去寶玉一早過來陪哭
一塲衆族人也都來了賈璉忙進去找鳳姐要銀子治辦喪事
鳳姐兒見抬了出去推有病回老太太太太說我病着忌三房

不許我去我因此也不出來穿孝且往大觀園中來遶過羣山至北界墻根下往外聽了一言半語回來又回賈母說如此這般賈母道信他胡說誰家痨病死的孩子不燒了也認真開喪破土起來既是二房一場也是夫妻情分停五七日抬出來或一燒或亂葬埂上埋了完事鳳姐笑道可是這話我又不敢勸他正說着丫鬟來請鳳姐說二爺在家等着奶奶拿銀子呢鳳姐兒只得來了便問他什麽銀子家裡近日艱難你還不知道偺們的月例一月趕不上一月昨兒我把兩個金項圈當了三百銀使剩了還有二十幾兩你要就拿去說着便命平兒拿出來遞給賈璉指著賈母有話又去了恨的賈璉無話可說只得

開了尤氏箱籠去拿自己體己及開了箱櫃一點無存只有些拆簪爛花並幾件半新不舊的紬絹衣裳都是尤二姐素日穿的不禁又傷心哭了想着他死的不分明又不敢說只得自己用個包袱一齊包了也不用小厮丫鬟來拿自己提着來燒平兒又是傷心又是好笑忙將二百兩一包碎銀子偷出來悄遞與賈璉說你別言語纔好你要哭外頭有多少哭不得又跑了這裡來點眼賈璉便說道你說的是接了銀子又將一條汗巾遞與平兒說這是他家常繫的你好生替我收着做個念心兒平兒只得接了自己收去賈璉收了銀子命人買板進來連夜赶造一面分派了人口守靈晚上自己也不進去只在這裡伴

宿放了七日想着二姐舊情雖不大敢作聲勢也不免請些僧道超度亡靈一時賈母忽然來未知何事下回分解

紅樓夢第六十九回終

紅樓夢第七十回

林黛玉重建桃花社　史湘雲偶塡柳絮詞

話說賈璉自在梨香院伴宿七日夜天天僧道不斷做佛事賈母喚了他去吩咐不許送往家廟中賈璉無法只得又和時覺說了就在尤三姐之上點了一個穴破土埋葬那日送殯只不過族中人與王姓夫婦尤氏婆媳而已鳳姐一應不管只憑他自去辦理又因年近歲逼諸事煩雜不算外又有林之孝開了一個人單子來回共有八個二十五歲的單身小廝應該娶妻成房的等裡面有該放的丫頭好求指配鳳姐看了先來問賈母和王夫人大家商議雖有幾個應該發配的奈各人皆有緣

故第一個鴛鴦發誓不去自那日之後一向未與寶玉說話也不盛粧濃飾衆人見他志堅也不好相强第二個琥珀現又有病這次不能了彩雲因近日和賈環分崩也染了無醫之症只有鳳姐兒和李紈房中粗使的大丫頭發出去了其餘年紀未足令他們外頭自娶去了原來這一向因鳳姐兒病了李紈探春料理家務不得閒暇接着過年過節許多雜事竟將詩社擱起如今仲春天氣雖得了工夫爭奈寶玉因柳湘蓮遁跡空門又聞得尤三姐自刎尤二姐被鳳姐逼死又兼柳五兒自那夜監禁之後病雖好了連連接接閒愁胡恨一重不了一重添弄的情色若痴語言常亂似染怔忡之病慌的襲人等又不敢回

賈母只百般逗他頑笑這日清晨方醒只聽得外間屋內咭咭呱呱笑聲不斷襲人因笑說你快出去拉拉罷晴雯和麝月兩個人按住芳官那裡膈肢呢寶玉聽了忙披上灰鼠長襖出來一瞧只見他三人被褥尚未疊起大衣也未穿那晴雯只穿着葱綠杭紬小襖紅綢子小衣兒披着頭髮騎在芳官身上麝月是紅綾抹胸披着一身舊衣在那裡抓芳官的肋肢芳官卻仰在炕上穿着撒花緊身兒紅褲綠襪兩脚亂蹬笑的喘不過氣來寶玉忙笑說兩個大的欺負一個小的等我來撓你們說着也上床來膈肢晴雯晴雯觸癢笑的忙丟下芳官來合寶玉對抓芳官趁勢將晴雯按倒襲人看他四人滚在一處倒好笑因

說道仔細凍着了可不是頑的都穿上衣裳罷忽見碧月進來
說昨兒晚上奶奶在這裡把塊絹子忘了去不知可在這裡沒
有春燕忙應道有我在地下撿起來不知是那一位的纔洗了
剛晾着還沒有乾呢碧月見他四人亂滾因笑道倒是你們這
裡熱鬧大清早起就咭咭呱呱的頑成一處寶玉笑道你們那
裡人也不少怎麼不頑碧月道我們奶奶不頑把兩個姨娘和
姑娘也都拘住了如今琴姑娘跟了老太太前頭去更冷冷清
清的了兩個姨娘到明年冬天也都家去了更那纔冷清呢你
瞧瞧寶姑娘那裡出去了一個香菱就像短了多少人是的把
個雲姑娘落了單了正說着見湘雲又打發了翠縷來說請二

爺快出去瞧好詩寶玉聽了忙梳洗出去果見黛玉寶釵湘雲寶琴探春都在那裡手裡拿着一篇詩看見他來時都笑道這會子還不起來偺們的詩社散了一年也沒有一個人作隨作興如今正是初春時節萬物更新正該鼓舞另立起來纔好湘雲笑道一起詩社時是秋天就不發達如今却好萬物逢春偺們重新整理起這個社來自然要有生趣了况這首桃花詩又好就把海棠社改作桃花社豈不大妙呢寶玉聽著點頭說很好且忙著要詩看眾人都又說偺們此時就訪稻香老農去大家議定好起社說着一齊站起來都往稻香村來寶玉一壁走一壁看寫着是

桃花行

桃花簾外東風軟　桃花簾內晨妝懶
簾外桃花簾內人　人與桃花隔不遠
東風有意揭簾櫳　花欲窺人簾不捲
桃花簾外開仍舊　簾中人比桃花瘦
花解憐人花亦愁　隔簾消息風吹透
風透簾櫳花滿庭　庭前春色倍傷情
閑苔院落門空掩　斜日欄杆人自憑
憑欄人向東風泣　茜裙偷傍桃花立
桃花桃葉亂紛紛　花綻新紅葉凝碧

樹樹煙封一萬株　烘樓照壁紅模糊
天機燒破鴛鴦錦　春酣欲醒移珊枕
侍女金盆進水來　香泉飲蘸胭脂冷
胭脂鮮艷何相類　花之顏色人之淚
若將人淚比桃花　淚自長流花自媚
淚眼觀花淚易乾　淚乾春盡花憔悴
憔悴花遮憔悴人　花飛人倦易黃昏
一聲杜宇春歸盡　寂寞簾櫳空月痕

寶玉看了並不稱讚痴痴呆呆竟要滾下淚來又怕衆人看見忙自已拭了因問你們怎麼得來寶琴笑道你猜是誰做的寶

玉笑道自然是瀟湘子的稿子了寶琴笑道現在是我做的呢寶玉笑道我不信這聲調口氣迥乎不像寶琴笑道所以你不通難道杜工部首首都作叢菊兩開他日淚不成一般的也有紅綻雨肥梅水荇牽風翠帶長等語寶玉笑道固然如此但我知道姐姐斷不許妹妹有此傷悼之句妹妹本有此才却也斷不肯做的比不得林妹妹曾經離喪作此哀音衆人聽說都笑了已至稻香村中將詩與李紈看了自不必說稱賞不已說起詩社大家議定明日乃三月初二日就起社便改海棠社爲桃花社黛玉爲社主明日飯後齊集瀟湘館因又大家擬題黛玉便說大家就要桃花詩一百韻寶釵道使不得古來桃花詩最

多總作了必落套比不得你這一首古風須得再擬正說着人回舅太太來了請姑娘們出去請安因此大家都往前頭來見王子勝的夫人陪着說話飯畢又陪着入園中來遊玩一遍至晚飯後掌燈方去次日乃是探春的壽日元春早打發了兩個小太監送了幾件玩器合家皆有壽禮自不必細說飯後探春換了禮服各處行禮黛玉笑向眾人道我這一社開的又不巧了偏忘了這兩日是他的生日雖不擺酒唱戲少不得都要陪他在老太太太太跟前頑笑一日如何能得閒空兒因此改至初五這日眾姊妹皆在房中侍早膳畢便有賈政書信到了寶玉請安將請賈母的安禀拆開念與賈母聽上面不過是請安

的話說六月准進京等語其餘家信事物之帖自有賈璉和王夫人開讀衆人聽說六七月回京都喜之不盡偏生這日王子勝將侄女許與保寧侯之子爲妻擇于五月間過門鳳姐兒又忙著張羅常三五日不在家這日王子勝的夫人又來接鳳姐兒一並請衆甥男甥女樂一日賈母和王夫人命寶玉探春黛玉寶釵四人同鳳姐兒去衆人不敢違拗只得回房去另粧飾了起來五人去了一日掌燈方回寶玉進入怡紅院歇了半刻襲人便乘機勸他收一收心閒時把書理一理好預備著寶玉屈指算了一算說還早呢襲人道書還是第二件到那時總然你有了書你的字寫的在那裡呢寶玉笑道我時常也有寫了

的好些難道都没收著襲人道何曾没收着你昨兒不在家我就拿出來統共數了一數纔有五百六十幾篇這二三年的工夫難道只有這幾張字不成依我説明日起把别的心先都收起來天天快臨幾張字補上雖不能按日都有也要大槩看的過去寶玉聽了忙着自己又親檢了一遍實在搪塞不過便説明日爲始一天寫一百字纔好説話時大家睡下至次日起來梳洗了便在窗下恭楷臨帖賈母因不見他只當病了忙使人來問寶玉方去請安便説寫字之故因此出來遲了賈母聽説十分喜歡就吩咐他以後只管寫字念書不用出來也使得你去回你太太知道寶玉聽説遂到王夫人屋裡來説明王夫人

便道臨陣磨鎗也不中用有這會子着急天天寫寫念念有多少完不了的這一趕又趕出病來纔罷寶玉回說不妨事寶釵探春等都笑說太太不用着急書雖替不得他字却替得的我們每日每人臨一篇給他搪塞過這一步兒去就完了一則老爺不生氣二則他也急不出病來王夫人聽說點頭而笑原來黛玉聞得賈政回家必問寶玉的功課寶玉一向分心到臨期自然要吃虧的因自已只粧不奈煩把詩社更不提起探春寶釵二人每日也臨一篇楷書字與寶玉寶玉自已每日也加功或寫二百三百不拘至三月下旬便將字又積了許多這日正算著在得幾十篇也就搪的過了誰知紫鵑走來送了一卷東

西寶玉折開看時却是一色老油紙上臨的鍾王蠅頭小楷字跡且與自巳十分相類喜的寶玉和紫鵑作了一個揖又親自來道謝接着湘雲寶琴二人也都臨了幾篇相送湊成雖不足功課亦可搪塞了寶玉放了心于是將應讀之書又温理過幾次正是天天用功可巧近海一帶海嘯又遭塌了幾處生民地方官題本奏聞奉旨就着賈政順路查看賑濟回來如此筭去至七月底方回寶玉聽了便把書字又丢過一邊仍是照舊遊蕩時值暮春之際湘雲無聊因見柳花飄舞便偶成一小詞調寄如夢令其詞曰

豈是繡絨纔吐捲起半簾香霧纖手自拈來空使鵑啼燕

妬且住且住莫使春光別去

自己做了心中得意便用一条紙兒寫好給寶釵看了又來找黛玉黛玉看畢笑道好的很又新鮮又有趣兒湘雲說道偺們這幾社總沒有塡詞你明日何不起社塡詞豈不新鮮些黛玉聽了偶然興動便說這話也倒是湘雲道偺們趂今日天氣好爲什麽不就是今日黛玉道也使得說着一面吩咐預備了幾色菓點一面就打發人分頭去請這裏二人便擬了柳絮爲題又限出幾個調來寫了粘在壁上衆人來看時以柳絮爲題限各色小調又都看了湘雲的稱賞了一回寶玉笑道這詞上我倒平常少不得也要胡謅了於是大家拈鬮寶釵炷了一支夢

甜香大家思索起來一時黛玉有了寫完接着寶琴也忙寫出來寶釵笑道我已有了瞧了你們的再看我的探春笑道今兒這香怎麼這麼快我纔有了半首因又問寶玉你可有了寶玉雖做了些自已嫌不好又都抹了要另做回頭看香已盡了李紈等笑道寶玉又輸了蕉丫頭的呢探春聽說便寫出來衆人看時上面却只半首南柯子寫道是

空掛纖纖縷徒垂絡絡絲也難綰繫也難羈一任東西南北各分離

李紈笑道這却也好何不再續上寶玉見香沒了情願認輸不肯勉強塞責將筆擱下來瞧這半首見沒完時反倒動了興乃

提筆續道

落去君休惜飛來我自知鶯愁蝶倦晚芳時總是明春再見隔年期

衆人笑道正經你分內的又不能違却偏有了總然好也筭不得說着看黛玉的是一闋唐多令

粉墮百花洲香殘燕子樓一團團逐隊成毬漂泊亦如人命薄空繾綣說風流　草木也知愁韶華竟白頭嘆今生誰拾誰收嫁與東風春不管憑爾去忍淹留

衆人看了俱點頭感嘆說太作悲了好是果然好的因又看寶琴的西江月

漢苑零星有限隋堤點綴無窮三春事業付東風明月梨
花一夢　幾處落紅庭院誰家香雪簾櫳江南江北一般
同偏是離人恨重
衆人都笑說到底是他的聲調悲壯幾處誰家兩句最妙寶釵
笑道總不免過于喪敗我想柳絮原是一件輕薄無根的東西
依我的主意偏要把他說好了纔不落套所以我謅了一首來
未必合你們的意思衆人笑道別太謙了自然是好的我們賞
鑒賞鑒因看這一闋臨江仙道
白玉堂前春解舞東風捲得均勻
湘雲先笑道好一個東風捲得均勻這一句就出人之上了

蜂圍蝶陣亂紛紛幾曾隨逝水豈必委芳塵　萬縷千絲終不改任他隨聚隨分韶華休笑本無根好風憑借力送我上青雲

衆人拍案叫絕都說果然翻的好自然這首爲尊纏綿悲戚讓瀟湘子情致嫵媚却是枕霞小薛與蕉客今日落第要受罰的寶琴笑道我們自然受罰但不知交白卷子的又怎麼罰李紈道不用忙這定要重重的罰他下次爲例一語未了只聽窗外竹子上一聲響恰似窗屜子倒了一般衆人嚇了一跳丫鬟們出去瞧時簾外丫頭子們回道一個大蝴蝶風箏掛在竹梢上了衆丫鬟笑道好一個齊整風箏不知是誰家放的斷了線偺

們拿下他來寶玉等聽了也都出來看時寶玉笑道我認得這風箏這是大老爺那院裡嫣紅姑娘放的拿下來給他送過去罷紫鵑笑道難道天下沒有一樣的風箏單他有這個不成二爺也太死心眼兒了我不管我且拿起來探春笑道紫鵑也太小器你們一般有的這會子拾人走了的也不嫌個忌諱黛玉笑道可是呢把偺們的拿出來偺們也放放晦氣丫頭們聽見放風箏巴不得一聲兒七手八脚都忙着拿出來也有美人兒的也有沙雁兒的丫頭們搬高墩綑剪子股兒一面撥起籰子來寶釵等立在院門前命丫頭們在院外敞地下放去寶琴笑道你這個不好看不如三姐姐的一個軟翅子大鳳凰好寶釵

回頭向翠墨笑道你去把你們的拿來也放放寶玉又興頭起來也打發個小丫頭子家去說把昨日賴大娘送的那個大魚取來小丫頭去了半天空手回來笑道晴雯姑娘昨兒放走了寶玉道我還沒放一遭兒呢探春笑道橫豎是給你放晦氣罷了寶玉道再把大螃蠏拿來罷丫頭去了同了幾個人扛了一個美人並籰子來回說襲姑娘說昨兒把螃蠏給了三爺了這一個是林大娘纔送來的放這一個罷寶玉細看了一回只見這美人做的十分精緻心中歡喜便叫放起來此時探春的也取了來了丫頭們在那山坡上已放起來寶琴叫丫頭放起一個大蝙蝠來寶釵也放起個一連七個大雁來獨有寶玉的美

人見再放不起來寶玉說丫頭們不會放自已放了半天只起房高就落下來急的頭上的汗都出來了衆人都笑他他便恨的摔在地下指着風箏說道要不是個美人兒我一頓脚跺個稀爛黛玉笑道那是頂線不好拿去叫人換好了就好放了再取一個來放罷寶玉等大家都仰面看天上這幾個風箏起在空中一時風緊衆丫鬟都用絹子墊着手放黛玉見風力緊了過去將籰子一鬆只聽豁喇喇一陣响登時線盡風箏隨風去了黛玉因讓衆人來放衆人都說林姑娘的病根兒都放了去了偺們大家都放了罷於是丫頭們拿過一把剪子來鉸斷了線那風箏都飄飄颻颻隨風而去一時只有雞蛋大一展眼只

剩下一點點星兒一會兒就不見了衆人仰面說道有趣有趣說着有丫頭來請吃飯大家方散從此寶玉的工課也不敢像先竟擱在脖子後頭了有時寫寫字有時念念書悶了也出來合姐妹們頑笑半天或往瀟湘館去閒話一回衆姐妹都知他工課虧欠大家自去吟詩取樂或講習針黹也不肯去招他那黛玉更怕賈政回來寶玉受氣每每推睡不大兜攬他寶玉也只得在自己屋裡隨便用些工課展眼已是夏末秋初一日賈母處兩個丫頭匆匆忙忙來叫寶玉不知何事下回分解

紅樓夢第七十回終

紅樓夢第七十一回

嫌隙人有心生嫌隙　鴛鴦女無意遇鴛鴦

話說賈母處兩個丫頭匆匆忙忙來找寶玉口裡說道二爺快跟著我們走罷老爺家來了寶玉聽了又喜又愁只得忙忙換了衣服前來請安賈政正在賈母房中連衣服未換看見寶玉進來請安心中自是喜歡却又有些傷感之意又叙了些任上的事情賈母便說你也乏了歇歇去罷賈政忙站起來笑著答應了個是又略站着說了幾句話纔退出來寶玉等也都跟過來賈政自然問問他的工課也就散了原來賈政回京覆命因是學差故不敢先到家中珍璉寶玉頭一天便迎出一站去接

見了賈政先請了賈母的安便命都回家伺候次日面聖諸事完畢纔回家來又蒙恩賜假一月在家歇息因年景漸老事重身衰又近因在外幾年骨肉離異今得宴然復聚自覺喜幸不盡一應大小事務一槩亦付之度外只是看書悶了便與清客們下棋吃酒或日間在裡邊母子夫妻共叙天倫之樂因今歲八月初三日乃賈母八旬大慶又因親友全來恐筵宴排設不開便早同賈赦及賈璉等商議議定于七月二十八日起至八月初五日止寧榮兩處齊開筵宴寧國府中單請官客榮國府中單請堂客大觀園中收拾出綴錦閣并嘉蔭堂等幾處大地方來做退居二十八日請皇親駙馬王公諸王郡主王妃公主

國君太君夫人等二十九日便是閤府督鎮及誥命等三十日便是諸官長及誥命並遠近親友及堂客初一日是賈赦的家宴初二日是賈政初三日是賈珍賈璉初四日是賈府中合族長幼大小共湊家宴初五日是賴大林之孝等家下管事人等共湊一日自七月上旬送壽禮者便絡繹不絕禮部奉旨欽賜金玉如意一柄彩緞四端金玉盃各四件帑銀五百兩元春又命太監送出金壽星一尊沉香拐一支伽楠珠一串福壽香一盒金錠一對銀錠四對彩緞十二疋玉盃四隻餘者自親王駙馬以及大小文武官員家凡所來往者莫不有禮不能勝記堂屋內設下大桌案鋪了紅毡將凡有精細之物都擺上請賈母

過目先一二日還高興過來瞧瞧後來煩了也不過目只說叫鳳丫頭收了改日悶了再瞧至二十八日兩府中俱懸燈結彩屏開鸞鳳褥設芙蓉笙簫鼓樂之音通衢越巷寧府中本日只有北靜王南安郡王永昌駙馬樂善郡王並幾位世交公侯蔭襲榮府中南安王太妃北靜王妃並世交公侯誥命賈母等皆是按品大粧迎接大家厮見先請至大觀園內嘉蔭堂茶畢更衣方出至榮慶堂上拜壽入席大家謙遜半日方纔入座上面兩席是南北王妃下面依序便是眾公侯命婦左邊下手一席陪客是錦鄉侯誥命與臨昌伯誥命右邊下手方是賈母主位邢夫人王夫人帶領尤氏鳳姐並族中幾個媳婦兩溜雁翅站

在賈母身後侍立林之孝賴大家的帶領衆媳婦都在竹簾外面伺候上菜上酒周瑞家的帶領幾個丫鬟在圍屏後伺候呼喚凡跟來的人早又有人欵待別處去了一時參了場臺下一色十二個未留髮的小丫頭都是小廝打扮垂手伺候須臾一個捧了戲单至堦下先遞給回事的媳婦這媳婦接了纔遞給林之孝家的林之孝家的用小茶盤托上挨身入簾來遞給尤氏的侍妾配鳳配鳳接了纔奉與尤氏尤氏托着走至上席南安太妃謙讓了一回點了一齣吉慶戲文然後又讓北靜王妃也點了一齣衆人又讓了一回命隨便揀好的唱罷了少時菜已四獻湯始一道跟來各家的放了賞大家便更衣服入園來

另献好茶南安太妃因問寶玉賈母笑道今日幾處廟裡念保安延壽經他跪經去了又問衆小姐們賈母笑道他們姊妹們病的病弱的弱見人靦腆所以叫他們給我看屋子去了有的是小戲子傳了一班在那邊廳上陪著他姨娘家姊妹們也看戲呢南安太妃笑道既這樣叫人請來賈母回頭命了鳳姐兒去把史薛林四位姑娘帶來再只叫你三妹妹陪著來罷鳳姐答應了來至賈母這邊只見他姊妹們正吃菓子看戲寶玉也纔從廟裡跪經回來鳳姐說了寶釵姊妹與黛玉湘雲五人來至園中見了大衆俱請安問好內中也有見過的還有一兩家不曾見過的都齊聲誇讚不絕其中湘雲最熟南安太妃因笑

道你在這裡聽見我來了還不出來還等請去我明兒和你叔叔算賬因一手拉着探春一手拉着寶釵問十幾歲了又連聲誇讚因又鬆了他兩個又拉着黛玉寶琴也着實細看極誇一回又笑道都是好的不知叫我誇那一個的是早有人將備用禮物打點出幾分來金玉戒指各五個腕香珠五串南安太妃笑道你姊妹們別笑話留著賞丫頭們罷五人忙拜謝過北靜王妃也有五樣禮物餘者不必細說吃了茶園中略逛了一逛賈母等因又讓入席南安太妃便告辭說身上不快今日若不來實在使不得因此恕我竟先要告別了賈母等聽說也不便強留大家又讓了一回送至園門坐轎而去接着北靜王妃略

坐了一坐也就告辭了餘者也有終席的也有不終席的賈母勞乏了一日次日便不見人一應都是邢夫人款待有那些世家子弟拜壽的只到廳上行禮賈赦賈政賈珍還禮看待至寧府坐席不在話下這幾日尤氏晚間也不回那府去白日間待客晚上陪賈母頑笑又幫着鳳姐料理出入大小器皿以及收放禮物晚上往園內李氏房中歇宿這日伏侍過賈母晚飯後賈母因說你們乏了我也乏了早些找點子什麼吃了歇歇去罷明兒還要起早呢尤氏答應着退出去到鳳姐兒屋裏來吃飯鳳姐兒正在樓上看着人收送來的圍屏呢只有平兒在屋裏給鳳姐疊衣服尤氏想起二姐兒在時多承平兒照應便點

着頭兒說道好丫頭你這麼個好心人難爲在這裡熬平兒把眼圈兒一紅忙拿話岔過去了尤氏因笑問道你們奶奶吃了飯了沒有平兒笑道吃飯麼還不請奶奶去尤氏笑道既這麼着我別處找吃的去罷餓的我受不得了說著就走平兒忙笑道奶奶請回來這裡有餑餑且點補些兒回來再吃飯尤氏笑道你們忙忙的我園裡和他姐兒們鬧去一面說一面走平兒留不住只得罷了且說尤氏一逕來至園中只見園中正門和各處角門仍未關好猶吊著各色彩燈因回頭命小丫頭叫該班的女人那丫鬟走入班房中竟沒一個人影回來回了尤氏尤氏便命傳管家的女人這丫頭應了便出去到二門外鹿頂

內乃是管事的女人議事取齊之所到了這裡只有兩個婆子分菓菜吃因問那一位管事的奶奶在這裡東府裡的奶奶立等一位奶奶有話吩咐這兩個婆子只顧分菜菓又聽見是東府裡的奶奶不大在心上因就回說管家奶奶們纔散了小丫頭道既散了你們家裡傳他去婆子道我們只管看屋子不管傳人姑娘要傳人再派傳人的去小丫頭聽了道噯喲這可反了怎麽你們不傳去你哄新來的怎麽哄起我來了素日你們不傳誰傳去這會子打聽了體己信兒或是賞了那位管家奶奶的東西你們爭著狗顛屁股兒的傳去不知誰是誰呢璉二奶奶要傳你們也敢這麽回嗎這婆子一則吃了酒二則被這

丫頭揭着獘病便羞惱成怒了因回口道扯你的臊我們的事傳不傳不與你相干你未從揭挑我們你想想你那老子娘在那邊管家爺們跟前比我們還更會溜呢各門各戶的你有本事排楦你們那邊的人去我們這邊你離着還遠些呢丫頭聽了氣白了臉因說道好好這話說的好一面轉身進來回話尤氏已早進園來因遇見了襲人寶琴湘雲三人同着地藏菴的兩個姑子正說故事頑笑尤氏因說餓了先到怡紅院襲人裝了幾樣葷素點心出來給尤氏吃那小丫頭子一逕找了來氣狠狠的把方纔的話都說了尤氏聽了半晌冷笑道這是兩個什麽人兩個姑子笑推這丫頭道你這姑娘好氣性大那糊塗

老媽媽們的話你也不該來同纔是偺們奶奶萬金之體勞乏了幾日黃湯辣水沒吃偺們只有哄他歡喜的說這些話做什麽襲人也忙笑拉他出去說好妹子你且出去歇歇我打發人叫他們去尤氏道你不用叫人你去就叫這兩個老婆來到那邊把他們家的鳳姐叫來襲人笑道我請去尤氏笑道偏不用你兩個姑子忙立起身來笑說奶奶素日寬洪大量今日老祖宗千秋奶奶生氣豈不惹人議論寶琴湘雲二人也都笑勸尤氏道不爲老太太的千秋我一定不依且放着就是了說話之間襲人早又遣了一個丫頭去到園門外找人可巧遇見周瑞家的這小丫頭子就把這話告訴他了周瑞家的雖不管事因

他素日仗着王夫人的陪房原有些體面心性乖滑專慣各處獻勤討好所以各房主子都喜歡他他今日聽了這話忙跑入怡紅院一面飛走一面說可了不得氣壞了奶奶了偏我不在跟前且打他們幾個耳刮子再等過了這幾天算賬尤氏見了他也便笑道周姐姐你来有個理你說說這早晩園門還大開着明燈爍燭出入的人又雜倘有不防的事如何使得因此叫該班的人吹燈關門誰知一個人芽兒也沒有周瑞家的道這還了得前兒二奶奶還吩咐過的今兒就沒了人過了這幾日必要打幾個纔好尤氏又說小丫頭子的話周瑞家的說奶奶不用生氣等過了事我告訴管事的打他個賊死只問他們誰

說各門各戶的話我已經叫他們吹燈關門呢奶奶也別生氣了正亂着只見鳳姐兒打發人來請吃飯尤氏道我也不餓了纔吃了幾個餑餑請你奶奶自己吃罷一時周瑞家的出去便把方纔之事回了鳳姐鳳姐便命將那兩個的名字記上等過了這幾日綑了送到那府裏憑大奶奶開發或是打或是開恩隨他就完了什麼大事周瑞家的聽了巴不得一聲素日因與這幾個人不睦出來了便命一個小厮到林之孝家去傳鳳姐的話立刻叫林之孝家的進來見大奶奶一面又傳人立刻綑起這兩個婆子來交到馬圈裏派人看守林之孝家的不知什麼事忙坐車進來先見鳳姐至二門上傳進話去丫頭們出來

說奶奶纔歇下了大奶奶在園內叫大娘見見大奶奶就是了林之孝家的只得進園來到稻香村丫嬛們回進去尤氏聽了反過不去忙喚進他來因笑向他道我不過為找人找不著因問你你既去了也不是什麼大事誰又把你叫進來倒叫你白跑一輛不大的事已經撂過手了林之孝家的也笑回道二奶奶打發人傳我說奶奶有話吩咐尤氏道大約周姐姐說的你家去歇着罷沒有什麼大事李紈又要說原故尤氏反攔住了林之孝家的見如此只得便回身出園去可巧遇見趙姨娘因笑說噯喲喲我的嫂子這會子還不家去歇歇跑什麼林之孝家的便笑說何曾沒家去如此這般進來了趙姨娘便說這事

也值一個屁開恩呢就不理論心窄些兒也不過打幾下就完了也值的叫你進來你快歇歇去我也不留你喝茶了說畢林之孝家的出來到了側門前就有纔兩個婆子的女兒上來哭着求情林之孝家的笑道你這孩子好糊塗誰叫他好喝酒混說話惹出事來連我也不知道二奶奶打發人綑他連我還有不是呢我替誰討情去這兩個小丫頭子纔十來歲原不識事只管啼哭求告纏的林之孝家的沒法因說道糊塗東西你放着門路不去求儘着纏我你姐姐現給了那邊大太太的陪房費大娘的兒子你過去告訴你姐姐叫親家娘和太太一說什麼完不了的一語提醒了這一個那一個還求林之孝家的啐

道糊塗攮的他過去一說自然都完了沒叉单放他媽又打你嬤的禮說畢上車去了這一個小丫頭子果然過來告訴了他姐姐和費婆子說了這費婆子原是個大不安靜的便隔墻大罵一陣走了來求邢夫人說他親家與大奶奶的小丫頭白鬧了兩句話周瑞家的挑唆了二奶奶現綑在馬圈裡等過兩日還要打呢求太太和二奶奶說聲饒他一次罷邢夫人自爲要鴛鴦討了沒意思賈母冷淡了他且前日南安太妃來賈母又單令探春出來自已心內早已怨忿又有在側一干小人心內嫉妒挾怨鳳姐便調唆的邢夫人着實憎惡鳳姐如今又聽了如此一篇話也不說長短至次日一早見過賈母衆族人到齊

開戲賈母高興又今日都是自已族中子侄輩只便粧出來堂上受禮當中獨設一榻引枕靠背脚踏俱全自已歪在榻上榻之前後左右皆是一色的矮凳寶釵寶琴黛玉湘雲迎春探春惜春姊妹等圍繞因賈㻞之母也帶了女兒喜鸞賈瓊之母也帶了女兒四姐兒還有幾房的孫女兒大小共有二十來個賈母獨見喜鸞四姐兒生得又好說話行事與眾不同心中歡喜便叫他兩個也坐在榻前寶玉都在榻上與賈母捶腿首席便是薛姨媽下邊兩溜順著房頭輩數下去簾外兩廊都是族中男客也依次而坐先是那女客一起一起行禮後是男客行禮賈母歪在榻上只命人說免了罷然後賴大等帶領眾家人從

儀門直跪至大廳上磕頭禮畢又是衆家下媳婦然後各房丫鬟足鬧了兩三頓飯時然後又抬了許多雀籠來在當院中放了生賈赦等焚過天地壽星紙方開戲飲酒直到歇了中台賈母方進來歇息命他們取便因命鳳姐兒留下喜鸞四姐兒頑兩日再去鳳姐兒出來便和他母親說他兩個母親素日承鳳姐的照顧也願意在園內頑笑至晚便不回去了邢夫人直至晚間散時當着衆人陪笑和鳳姐求情說我昨日晚上聽見二奶奶生氣打發周管家的奶奶兒綑了兩個老婆可也不知犯了什麽罪論理我不該討情我想老太太好日子發狠的還要捨錢捨米周貧濟老咱們先倒挫磨起老奴才來了就不看我的

臉權且看老太太暫且竟放了他們罷說畢上車去了鳳姐聽了這話又當着衆人又羞又氣一時找尋不着頭腦憋的臉紫脹回頭向賴大家的等冷笑道這是那裡的話昨兒因爲這裡的人得罪了那府裡大奶奶我怕大奶奶多心所以儘讓他發放並不爲得罪了我這又是誰的耳報神這麼快王夫人因問爲什麼事鳳姐兒笑將昨日的事說了尤氏也笑道連我並不知道你原也太多事了鳳姐兒道我爲你臉上過不去所以等你開發不過是個禮就如我在你那裡有人得罪了我你自然送了來儘我處他是什麼好奴才到底錯不過這個禮去這又不知誰過去沒的獻勤兒這也當作一件事情去說王夫人道

你太太說的是就是你珍大嫂子也不是外人也不用這些虛禮老太太的千秋要緊放了他們爲是說着回頭便命人去放了那兩個婆子鳳姐由不得越想越氣越愧不覺的一陣心灰落下淚來因賭氣回房哭泣又不使人知覺偏是賈母打發了琥珀來叫立等說話琥珀見了咤異道好好的這是什麽原故那裡立等你呢鳳姐聽了忙擦乾了淚洗面另施了脂粉方同琥珀過來賈母因問道前兒這些人家送禮來的共有幾家有圍屏鳳姐兒道共有十六家有十二架大的四架小的炕屏內中只有甄家一架大屏十二扇大紅緞子刻絲滿床笏一面泥金百壽圖的是頭等還有粵海將軍鄔家的一架玻璃的還罷

了賈母道既這麽樣這兩架别動好生擱着我要送人的鳳姐答應了鴛鴦忽過來向鳳姐臉上細瞧引的賈母問説你不認得他只管瞧什麽鴛鴦笑道我看他的眼腫腫的所以我詫異賈母便叫過來也細細的看鳳姐笑道纔覺的發癢揉腫了些鴛鴦笑道别又是受了誰的氣了罷鳳姐笑道誰敢給我氣受就受了氣老太太好日子我也不敢哭啊賈母道正是呢我正要吃飯你在這裏打發我吃剩下的你和珍兒媳婦吃了你們兩個在這裏幫着師父們替我揀佛頭兒你們也積積壽前兒你妹妹們和寶玉都揀了如今也叫你們揀揀别說我偏心說話時先擺上一桌素饌來兩個姑子吃然後擺上葷的賈母吃

畢抬出外間尤氏鳳姐二人正吃着賈母又叫把喜鸞四姐兒二人叫來跟他二人吃畢洗了手點上香捧上一升豆子來兩個姑子先念了佛偈然後一個一個的揀在一個笸籮內明日煮熟了令人在十字街結壽緣賈母歪着聽兩個姑子說些因果鴛鴦早已聽見琥珀說鳳姐哭之一事又和平兒前打聽得原故晚間人散時便回說二奶奶還是哭的那邊大太太當着人給二奶奶沒臉賈母因問爲什麼原故鴛鴦便將原故說了賈母道這纔是鳳丫頭知禮處難道爲我的生日由着奴才們把一族中的主子都得罪了也不管罷這是大太太素日沒好氣不敢發作所以今兒拿著這個作法明是當著衆人給鳳姐

兒沒臉罷了正說著只見寶琴來了也就不說了賈母忽想起留下的喜姐兒四姐兒叫人吩咐園中婆子們要和家裡的姑娘一樣照應倘有人小看了他們我聽見可不饒婆子答應了方要走時鴛鴦道我說去罷他們那裡聽他的話說著便一逕往園裡來先到稻香村中李紈與尤氏都不在這裡問了丫鬟們都說在三姑娘那裡呢鴛鴦回身又來至曉翠堂果見那園中人都在那裡說笑見他來了都笑說你這會子又跑到這裡做什麼又讓他坐鴛鴦笑道不許我逛逛麼于是把方纔的話說了一遍李紈忙起身聽了即刻就叫人把各處的頭兒喚了一個來令他們傳與諸人知道不在話下這裡尤氏笑道老太太

過太想的到實在我們年輕力壯的人綑上十個也趕不上李紈道鳳丫頭仗着鬼聰明還離腳踪兒不遠偺們是不能的了鴛鴦道罷喲還提鳳丫頭虎丫頭呢他的爲人也可憐見兒的雖然這幾年沒有在老太太太太跟前有個錯縫兒暗裡也不知得罪了多少人總而言之爲人是難做的若太老實了沒有個機變公婆又嫌太老實了家裡人也不怕若有些機變未免又治一經損一經如今偺們家更好新出來的這些底下字號的奶奶們一個個心滿意足都不知道要怎麼樣纔好少不得意不是背地裡嚼舌根就是調三窩四的我怕老太太生氣一點兒也不肯說不然我告訴出來大家別過太平日子這不是

我當着三姑娘說老太太偏疼寶玉有人背地怨言還罷了算是偏心如今老太太偏疼你我聽着也是不好這可笑不可笑探春道糊塗人多那裡較量得許多我說倒不如小戶人家雖然寒素些倒是天天娘兒們歡天喜地大家快樂我們這樣人家人都看着我們不知千金萬金何等快樂除不知這裡說不出來的煩難更利害寶玉道誰都像三妹妹多心多事我常勸你總別聽那些俗語想那些俗事只管安富尊榮纔是比不得我們沒這清福應該混鬧的尤氏道誰都像你是一心無罣碍只知道和姊妹們頑笑餓了吃困了睡再過幾年不過是這樣一點後事也不慮寶玉笑道我能彀和姊妹們過一日是一

日死了就完了什麽後事不後事李紈等都笑道這可又是胡說了就算你是個没出息的終老在這裡難道他姐兒們都不出門子罷尤氏笑道怨不得都說你空長了個好胎子真是個傻東西寶玉笑道人事難定誰死誰活倘或我在今日明日今年明年死了也算是隨心一輩子了衆人不等說完便說越發胡說了别和他說話纔好要和他說話不是獃話就是瘋話喜鸞因笑道二哥哥你别這麽說等這裡姐姐們果然都出了門横豎老太太太太也悶的慌我來和你作伴兒李紈尤氏都笑道姑娘也别說獃話難道你是不出門子的嗎一句說的喜鸞也臊了低了頭當下已起更時分大家各自歸房安歇不提

且說鴛鴦一逕回來剛至園門前只見角門虛掩猶未上門此時園內無人來往只有班兒房子裡燈光掩映微月半天鴛鴦又不曾有伴也不曾提燈獨自一個腳步又輕所以該班的人皆不理會偏要小解因下了甬路找微草處走動行至一塊湘山石後大桂樹底下來剛轉至石邊只聽一陣衣衫響嚇了一驚不小定睛看時只見是兩個人在那裡見他來了便想往樹叢石後藏躲鴛鴦眼尖趁着半明的月色早看見一個穿紅襖兒梳鬅頭高大豐壯身材的是迎春房裡司棋鴛鴦只當他和別的女孩子也在此方便見自己來了故意藏躲嚇着頑耍因便笑叫道司棋你不快出來嚇着我我就喊起來當賊拿了這

麼大丫頭也沒個黑家白日只是頑不彀這本是鴛鴦戲語叫他出來誰知他賊人膽虛只當鴛鴦已看見他的首尾了生恐叫喊出來使衆人知覺更不好且素日鴛鴦又和自已親厚不比別人便從樹後跑出來一把拉住鴛鴦便雙膝跪下只說好姐姐千萬別嚷鴛鴦反不知他爲什麽忙拉他起來問道這是怎麽說司棋只不言語渾身亂顫鴛鴦越發不解再瞧了一瞧又有一個人影兒恍惚像是個小廝心下便猜着了八九分自已反羞的心跳耳熱又怕起來因定了一會忙悄問那一個是誰司棋又跪下道是我姑舅哥哥鴛鴦啐了一口却羞的一句話也說不出來司棋又回頭悄叫道你不用藏着姐姐已經看

見了快出來磕頭那小厮聽了只得也從樹後跑出來磕頭如搗蒜鴛鴦忙要回身司棋拉住苦求哭道我們的性命都在姐姐身上只求姐姐超生我們罷鴛鴦道你不用多說了快叫他去罷横竪我不告訴人就是了你這是怎麼說呢一語未了只聽角門上有人說道金姑娘已經出去了角門上鎖罷鴛鴦正被司棋拉住不得脫身聽見如此說便忙着接聲道我在這裡有事且畧等等兒我出來了司棋聽了只得鬆手讓他去了要知端底下回分解

紅樓夢第七十一回終

紅樓夢第七十二回

王熙鳳恃强羞說病　來旺婦倚勢霸成親

且說鴛鴦出了角門臉上猶熱心内突突的亂跳真是意外之事因想這事非常若說出來姦盜相連關係人命還保不住帶累傍人横竪與自己無干且藏在心内不說給人知道回房復了賈母的命大家安息不提却說司棋因從小兒和他姑表兄弟一處頑笑起初時小兒戲言便都訂下將來不娶不嫁近年大了彼此又出落得品貌風流常時司棋回家時二人眉來眼去舊情不斷只不能入手又彼此生怕父母不從二人便設法彼此裡外買囑園内老婆子們留門看道今日趁亂方從外進

來初次入港雖未成雙却也海誓山盟私傳表記已有無限風情忽被鴛鴦驚散那小廝早穿花度柳從角門出去了司棋一夜不曾睡着又後悔不來至次日見了鴛鴦自是臉上一紅一白百般過不去心內懷着鬼胎茶飯無心起坐恍惚挨了兩日竟不聽見有動靜方畧放下了心這日晚間忽有個婆子來悄悄告訴道你表兄竟逃走了三四天沒上家如今打發人四處找他呢司棋聽了又急又氣又傷心因想道縱然鬧出來也該死在一處眞眞男人沒情意先就走了因此又添了一層氣次日便覺心內不快支持不住一頭躺倒懨懨的成了病了鴛鴦聞知那邊無故走了一個小廝園內司棋病重要往外挪心下

料定是二人懼罪之故生怕我說出來因此自己反過意不去指着來望候司棋支出人去反自己賭咒發誓與司棋說我若告訴一個人立刻現死現報你只管放心養病別白遭塌了小命兒司棋一把拉住哭道我的姐姐偺們從小兒耳鬢廝磨你不曾拿我當外人待我也不敢怠慢了你如今我雖一着走錯了你若果然不告訴一個人你就是我的親娘一樣從此後我活一日是你給我一日我的病要好了把你立個長生牌位我天天燒香磕頭保佑你一輩子福壽雙全的我若死了時變驢變狗報答你倘或偺們散了已後遇見我自有報答的去處一面說一面哭這一夕話反把鴛鴦說的酸心也哭起來了因點

頭道你也是自家要作死喲我作什麼管你這些事壞你的名兒我白去獻勤兒况且這事我也不便開口和人說你只放心從此養好了可要安分守已的再別胡行亂閙了司棋在枕上點首不絶鴛鴦又安慰了他一番方出來因知賈璉不在家中又因這兩日鳳姐兒聲色怠惰了些不似往日一樣便順路來問候剛進入鳳姐院中二門上的人見是他來便站立待他進去鴛鴦來至堂屋只見平兒從裡頭出來見了他來便忙上來悄聲笑道纔吃了一口飯歇了中覺了你且這屋裡略坐坐鴛鴦聽了只得同平兒到東邊房裡來小丫頭倒了茶來鴛鴦悄問道你奶奶這兩日是怎麼了我近來看著他懶懶的平兒見

問因房內無人便嘆道他這懶懶的也不止今日了這有一月前頭就是這麼着這幾日忙亂了幾天又受了些閑氣從新又勾起來這兩日比先又添了些病所以支不住就露出馬脚來了鴛鴦道旣這樣怎麼不早請大夫治平兒嘆道我的姐姐你還不知道他那脾氣的別說請大夫來吃藥我看不過白問一聲身上覺怎麼樣他就動了氣反說我咒他病了饒這樣天天還是察三訪四自己再不看破些且養身子鴛鴦道雖然如此到底該請大夫來瞧瞧是什麼病也都好放心平兒嘆道說起病來據我看也不是什麼小症候鴛鴦忙道是什麼病呢平兒見問又往前湊了一湊向耳邊說道只從上月行了經之後這

一個月竟瀝瀝淅淅的沒有止住這可是大病不是鴛鴦聽了忙答應道嗳喲依這麽說可不成了血山崩了嗎平兒忙啐了一口又悄笑道你個女孩兒家這是怎麽說你倒會咒人鴛鴦見說不禁紅了臉又悄笑道究竟我也不懂什麽是崩不崩的你倒忘了不成先我姐姐不是害這病死了我也不知是什麽病因無心中聽見媽和親家媽說我還納悶後來聽見原故纔明白了一二分二人正說着只見小丫頭向平兒道方纔朱大娘又來了我們回了他奶奶纔歇中覺他往太太上頭去了平兒聽了點頭鴛鴦問那一個朱大娘平兒道就是官媒婆朱嫂子因有個什麽孫大人來和咱們求親所以他這兩日天天弄

個帖子來鬧得人怪煩的一語未了小丫頭跑來説二爺進來了説話之間賈璉已走至堂屋門口平兒忙迎出來賈璉見平兒在東屋裡便也過這間房内來走至門前忽見鴛鴦坐在炕上便煞住脚笑道鴛鴦姐姐今兒貴步幸臨賤地鴛鴦只坐著笑道來請爺奶奶的安偏又不在家的不在家睡覺的睡覺賈璉笑道姐姐一年到頭辛苦伏侍老太太我還没看你去那裡還敢勞動來看我們又説巧的狠我纔要找姐姐去因爲穿著這袍子熱先來换了夾袍子再過去找姐姐去不想老天爺可憐省我走這一輸一面説一面在椅子上坐下鴛鴦因問又有什麼説的賈璉未語先笑道因有一件事竟忘了只怕姐姐還

記得上年老太太生日曾有一個外路和尚來孝敬一個臘油凍的佛手因老太太愛就即刻拿過來擺着因前日老太太的生日我看古董賬還有一筆在這賬上却不知此時這件著落在何處古董房裡的人也回過了我兩次等我問准了好註上一筆所以我問姐姐如今還是老太太擺着呢還是交到誰手裡去了呢鴛鴦聽說便說道老太太擺了幾日厭煩了就給你們奶奶了你這會子又問我來了我連日子還記得還是我打發了老王家的送來你忘了或是問你們奶奶和平兒平兒正拿衣裳聽見如此說忙出來回說交過來了現在樓上放着呢奶奶已經打發人去說過他們發昏沒記上又來叨蹬這些沒

要緊的事賈璉聽說笑道既然給了你奶奶我怎麽不知道你們就昧下了平兒道奶奶告訴二爺二爺還要送人奶奶不肯好容易留下的這會子自己忘了倒說我們昧下那是什麽好東西比那强十倍的也沒昧下一遭兒這會子就愛上那不值錢的咧賈璉垂頭含笑想了想拍手道我如今竟糊塗了丟三忘四惹人抱怨竟大不像先了鴛鴦笑道也怨不得事情又多口舌又雜你再喝上兩鍾酒那裡記得許多一面說一面起身要走賈璉忙也立起身來說道好姐姐略坐一坐兒兄弟還有一事相求說着便駡小丫頭怎麽不沏好茶來快拿干净蓋碗把昨日進上的新茶沏一碗來說著向鴛鴦道這兩日因老太

太千秋所有的幾千兩都使了幾處房租地租統在九月纔得這會子竟接不上明兒又要送南安府裡的禮又要預偹娘娘的重陽節還有幾家紅白大禮至少還得三二千兩銀子用一時難去支借俗語說的好求人不如求己說不得姐姐擔個不是暫且把老太太查不着的金銀家伙偷着運出一箱子來暫押千數兩銀子支騰過去不上半月的光景銀子來了我就贖了交還斷不能叫姐姐落不是鴛鴦聽了笑道你倒會變法兒虧你怎麽想了賈璉笑道不是我撒謊若論除了姐姐也還有人手裡管得起千數兩銀子只是他們爲人都不如你明白有膽量我和他們一說反諕住了他們所以我寧撞金鐘一下不

打鐃鈸三千一語未了賈母那邊小丫頭子忙忙走來找鴛鴦說老太太找姐姐呢這半日我那裡沒找到却在這裡鴛鴦聽說忙着去見賈母賈璉見他去了只得回來瞧鳳姐誰知鳳姐已醒了聽他和鴛鴦借當自已不便答話只躺在榻上聽見鴛鴦去了賈璉進來鳳姐因問道他可應准了須得你再去和他說一說就十分成了賈璉笑道雖未應准却有幾分成了鳳姐笑道我不管這些事倘或說准了這會子說着好聽到了有錢的時節你就撂在脖子後頭了誰和你打飢荒去倘或老太太知道了倒把我這幾年的臉面都丢了賈璉笑道好人你要說定了我謝你鳳姐笑道你說謝我什麽賈璉笑道你說要什麽

就有什麼平兒一傍笑道奶奶不用要别的剛纔止說要做一件什麼事恰少一二百銀子使不如借了來奶奶拿這麼一二百銀子豈不兩全其美鳳姐笑道幸虧提起我來就是這麼也罷了賈璉笑道你們太也狠了你們這會子别說一千兩的當頭就是現銀子要三五千只怕也難不倒我不和你們借就罷了這會子煩你說一句話還要個利錢難爲你們和我鳳姐不等說完翻身起來說道我三千五千不是賺的你的如今裡外上下背着嚼說我的不少了就短了你來說我了可知没家親引不出外鬼來我們看着你家什麼石崇鄧通把我王家的縫子掃一掃就彀你們一輩子過的了說出來的話也不害臊現

有對証把太太和我的嫁粧細看看比一比我們那一樣是配不上你們的賈璉笑道說句頑話兒就急了這有什麽的呢你要使一二百兩銀子值什麽多的没有這還能彀先拿進來你使了再說去如何鳳姐道我又不等着啣口墊背忙什麽呢賈璉道何苦來犯不着這麽肝火盛鳳姐聽了又笑起來道不是我着急你說的話戳人的心我因爲想着後日是二姐的週年我們好了一塲雖不能别的到底給他上個坟燒張紙也是姊妹一場他雖没個兒女留下也别前人灑土迷了後人的眼睛纔是賈璉半晌方道難爲你想的週全鳳姐一語倒把賈璉說没了話低頭打算說既是後日纔用若明日得了這個你隨便

使多少就是了一語未了只見旺兒媳婦走進來鳳姐便問可成了沒有旺兒媳婦道竟不中用我說須得奶奶作主就成了賈璉便問又是什麽事鳳姐兒見問便說道不是什麽大事旺兒有個小子今年十七歲了還沒娶媳婦兒因要求太太房裡的彩霞不知太太心裡怎麽樣前日太太見彩霞大了二則又多病多災的因此開恩打發他出去了給他老子隨便自己擇女婿去罷因此旺兒媳婦來求我我想他兩家也就算門當戶對了一說去自然成的誰知他這會子來了說不中用賈璉道這是什麽大事比彩霞好的多着呢旺兒家的便笑道爺雖如此說連他家還看不起我們別人越發看不起我們了好容易

相看准一個媳婦兒我只說求爺奶奶的恩典替作成了奶奶又說他必是肯的我就煩了人過去試一試誰知白討了個沒趣兒若論那孩子倒好據我素日合意兒試他心裡沒有什麼說的只是他老子娘兩個老東西太心高了些一語纖動了鳳姐和賈璉鳳姐因見賈璉在此且不做一聲只看賈璉的光景賈璉心中有事那裡把這點事放在心裡待要不管只是看着鳳姐兒的陪房且素日出過力的臉上實在過不去因說什麼大事只管咕咕唧唧的你放心且去我明日作媒打發兩個有體面的人一面說一面帶着定禮去就說是我的主意他十分不依叫他來見我旺兒家的看着鳳姐鳳姐便努嘴兒旺兒家

的會意忙爬下就給賈璉磕頭謝恩這賈璉忙道你只管給你們姑奶奶磕頭我雖說了到底也得你們姑奶奶打發人叫他女人上來和他好說更好些不然太霸道了日後你們兩親家也難走動鳳姐忙道連你還這麼開恩操心呢我反倒袖手傍觀不成旺兒家的你聽見了這事說了你也忙忙的給我完了事來說給你男人外頭所有的賬目一概趕今年年底都收進來少一個錢也不依我的名聲不好再放一年都要生吃了我呢旺兒媳婦笑道奶奶也太膽小了誰敢議論奶奶若收了時我也是一場痴心白使了鳳姐道我真個還等錢做什麼不過爲的是日用出的多進的少這屋裏有的没的我和你姑爺一

月的月錢再連上四個丫頭的月錢通共一二十兩銀子還不穀三五天使用的呢若不是我千湊萬挪的早不知過到什麼破窰裡去了如今倒落了一個放賬的名兒既這樣我就收了回來我比誰不會花錢咱們已後就坐着花到多早晚就是多早晚這不是樣兒前兒老太太生日太太急了兩個月想不出法兒來還是我提了一句後樓上現有些沒要緊的大銅錫傢伙四五箱子拿出去弄了三百銀子纔把太太遮羞禮兒搪過去了我是你們知道的那一個金自鳴鐘賣了五百六十兩銀子沒有半個月大事小事沒十件白填在裡頭今兒外頭也短住了不知是誰的主意搜尋上老太太了明兒再過一年便搜

尋到頭面衣裳可就好了旺兒媳婦笑道那一位太太奶奶的頭面衣裳折變了不彀過一輩子的只是不肯罷咧鳳姐道不是我說沒能耐的話要像這麼著我竟不能了昨兒晚上忽然做了個夢說來可笑夢見一個人雖然面善却又不知名姓找我說娘娘打發他來要一百疋錦我問他是那一位娘娘他說的又不是偺們的娘娘我就不肯給他他就來奪正奪着就醒了旺兒家的笑道這是奶奶日間操心惦記候宮裡的事一語未了人回夏太監打發了一個小內家來說話賈璉聽了忙皺眉道又是什麼話一年他們也搬彀了鳳姐道你藏起來等我見他若是小事罷了若是大事我自有回話賈璉便躲入內套

間去這裡鳳姐命人帶進小太監來讓他椅上坐了吃茶因問何事那小太監便說夏爺爺因今兒偶見一所房子如今竟短二百兩銀子打發我來問舅奶奶家裡有現成的銀子暫借一二百這一兩日就送來鳳姐兒聽了笑道什麼是送來有的是銀子只管先兌了去改日等我們短住再借去也是一樣小太監道夏爺爺還說上兩回還有一千二百兩銀子沒送來等今年年底下自然一齊都送過來的鳳姐笑道你夏爺爺好小氣這也值的放在心裡我說一句話不怕他多心要都這麼記清了還我們不知要還多少了只怕我們沒有要有只管拿去因叫旺兒媳婦來出去不管那裡先支二百銀來旺兒媳婦會意

因笑道我纔因別處支不動纔來和奶奶支的鳳姐道你們只會裡頭來要錢叫你們外頭弄去就不能了說着叫平兒把我那兩個金項圈拿出去暫且押四百兩銀子平兒答應去了果然拿了一個錦盒子來裡面兩個錦袱包着打開時一個金纍絲攢珠的那珍珠都有蓮子大小一個點翠嵌寶石的兩個都與宮中之物不離上下一時拿去果然拿了四百兩銀子來鳳姐命給小太監打疊一半那一半與了旺兒媳婦命他拿去辦八月中秋的節那小太監便告辭了鳳姐命人替他拿着銀子送出大門去了這裡賈璉出來笑道這一起外祟何日是了鳳姐笑道剛說着就來了一股子賈璉道昨兒周太監來張口一

千兩我略應慢了些他就不自在將來得罪人的地方兒多着呢這會子再發個三五萬的財就好了一面說一面平兒伏侍鳳姐另洗了臉更衣往賈母處伺候晚飯這裏賈璉出來剛至外書房忽見林之孝走來賈璉因問何事林之孝說道纔聽見雨村降了却不知何事只怕未必真賈璉道真不真他那官兒未必保的長只怕將來有事偺們寧可踈遠着他好林之孝道何嘗不是只是一時難以踈遠如今東府大爺和他更好老爺又喜歡他時常來往那個不知賈璉道橫豎不和他謀事也不相干你去再打聽眞了是爲什麼林之孝答應了却不動身坐在椅子上再說閒話因又說起家道艱難便趁勢說人口太衆

了不如揀個空日回明老太太老爺把這些出過力的老家人用不着的開恩放幾家出去一則他們各有營運二則家裏一年也省口糧月錢再者裏頭的姑娘也太多俗語說一時比不得一時如今說不得先時的例了少不的大家委屈些該使八個的使六個使四個的使兩個若各房算起來一年也可以省許多月米月錢況且裏頭的女孩子們一半都大了也該配人的配人成了房豈不又滋生出些人來賈璉道我也這麼想只是老爺纔回家來多少大事未回那裏議到這個上頭前兒官媒拿了個庚帖來求親太太還說老爺纔來家每日歡天喜地的說骨肉完聚忽然提起這事恐老爺又傷心所以且不叫提

起林之孝道這也是正理太太想的週到賈璉道正是提起這話我想起一件事來我們旺兒的小子要說太太屋裡的彩霞他昨兒求我我想什麼大事不管誰去說一聲去就說我的話林之孝答應了半晌笑道依我說二爺竟別管這件事旺兒的那小子雖然年輕在外吃酒賭錢無所不至雖說都是奴才到底是一輩子的事彩霞這孩子這幾年我雖沒看見聽見說越發出跳的好了何苦來白遭塌一個人呢賈璉道哦他小子竟會喝酒不成人嗎這麼着那裡還給他老婆且給他一頓棍鎖起來再問他老子娘林之孝笑道何必在這一時等他再生事我們自然回爺處治如今且也不用究辦賈璉不語一時林之

孝出去晚間鳳姐已命人喚了彩霞之母來說媒那彩霞之母滿心縱不願意見鳳姐自和他說何等體面便心不由己的滿口應了出去鳳姐又問賈璉可說了沒有賈璉因說我原要說來着聽見他這小子大不成人所以還沒說若果然不成人且管教他兩日再給他老婆不遲鳳姐笑道我們王家的人連我還不中你們的意何況奴才呢我已經和他娘說了他娘倒歡天喜地難道又叫進他來不要了不成賈璉道你既說了又何必退呢明日說給他老子好生管他就是了這裏說話不提且說彩霞因前日出去等父母擇人心中雖與賈環有舊尚未作准今日又見旺兒每每來求親早聞得旺兒之子酗酒賭博而

且容顏醜陋不能如意因此心中越發懊惱惟恐旺兒仗勢作成終身不遂未免心中急躁至晚間悄命他妹子小霞進二門來找趙姨娘問個端底趙姨娘素日深與彩霞好巴不得給了賈環方有個膀臂不承望王夫人又放出去了每每調唆賈環去討一則賈環羞口難開二則賈環也不在意不過是個丫頭他去了將來自然還有好的遂遷延住不肯說去意思便丟開了手無奈趙姨娘又不捨又見他妹子來問是晚得空便先求了賈政賈政說道且忙什麼等他們再念一二年書再放人不遲我已經看中了兩個丫頭一個給寶玉一個給環兒只是年紀還小又怕他們悞了念書再等一二年再題趙姨娘還要說

話只聽外面一聲響不知何物大家吃了一驚未知如何下回分解

紅樓夢第七十二回終

紅樓夢第七十三回

痴丫頭悞拾綉春囊　懦小姐不問纍金鳳

話說那趙姨娘和賈政說話忽聽外面一聲响不知何物忙問時原來是外間牕屜不曾扣好滑了屈戌掉下來趙姨娘罵了丫頭幾句自巳帶領丫鬟上好方進來打發賈政安歇不在話下却說怡紅院中寶玉方纔睡下丫鬟們正欲各散安歇忽聽有人來敲院門老婆子開了見是趙姨娘房內的丫頭名喚小鵲的問他作什麽小鵲不答直往裡走來找寶玉只見寶玉纔睡下晴雯等猶在床邊坐着大家頑笑見他來了都問什麽事這時候又跑了來小鵲連忙悄向寶玉道我來告訴你個信兒

方纔我們奶奶咕咕唧唧的在老爺前不知說了你些個什麽我只聽見寶玉二字我來告訴你仔細明兒老爺和你說話罷一面說着回身就走襲人命人留他吃茶因怕關門遂一直去了寶玉聽了知道趙姨娘心術不端合自己仇人是的又不知他說些什麽便如孫大聖聽見了緊箍兒咒的一般登時四肢五內一齊皆不自在起來想來想去別無他法且理熟了書預備明兒盤考只能書不舛錯就有別事也可搪塞一面想能忙披衣起來要讀書心中又自後悔這些日子只說不提了偏又丢生了早知該天天好歹溫習些如今打算打算肚子裏現可背誦的不過只有學庸二論還背得出來至上本孟子就有一

半是夾生的若憑空提一句斷不能背至下孟子就有大半生的算起五經來因近來做詩常把五經集些雖不甚熟還可塞責別的雖不記得素日賈政幸未叫讀的縱不知也還不妨至於古文這是那幾年所讀過的幾篇左傳國策公羊穀梁漢唐等文這幾年未曾讀得不過一時之興隨看隨忘未曾下過苦功如何記得這是更難塞責的更有時文八股一道因平素深惡說這原非聖賢之制撰焉能闡發聖賢之奧不過是後人餌名釣祿之階雖賈政當日起身選了百十篇命他讀的不過是後人的時文偶見其中一二股內或承起之中有作的精緻或流蕩或游戲或悲感稍能動性者偶爾一讀不過供一時之興

趣窮竟何曾成篇潛心玩索如今若温習這個又恐明日盤究那個若温習那個又恐盤駁這個一夜之工亦不能全然温習因此越添了焦躁自己讀書不值緊要郤累着一房丫鬟們都不能睡襲人等在傍剪燭斟茶那些小的都困倦起來前仰後合晴雯罵道什麼小蹄子們一個個黑家白日挺屍挺不彀偶然一次睡遲了些就粧出這個腔調兒來了再這麼着我拿針扎你們兩下子話猶未了只聽外間咕咚一聲急忙看時原來是個小丫頭坐着打盹一頭撞到壁上從夢中驚醒郤正是晴雯說這話之時他怔怔的只當是晴雯打了他一下子遂哭着央說好姐姐我再不敢了衆人都笑起來寶玉忙勸道饒他罷

原該叫他們睡去你們也該替換着睡襲人道小祖宗你只顧你的罷統共這一夜的工夫你把心暫且用在這幾本書上等過了這一關由你再張羅別的也不算悮了什麽寶玉聽他說的懇切只得又讀幾何麝月斟了一杯茶來潤舌寶玉接茶吃了因見麝月只穿着短襖寶玉道夜靜了冷到底穿一件大衣裳纔是啊麝月笑指着書道你暫且把我們忘了使不得嗎且把心擱在這上頭些罷話猶未了只聽春燕秋紋從後房門跑進來口内喊說不好了一個人打墻上跳下來了衆人聽說忙問在那裡即喝起人來各處尋找晴雯因見寶玉讀書苦惱勞費一夜神思明日也未必妥當心下正要替寶玉想個主意好

脫此難忽然碰着這一驚便生計向寶玉道趁這個機會快裝病只說嚇着了這話正中寶玉心懷因叫起上夜的來打着燈籠各處搜尋並無踪跡都說小姑娘們想是睡花了眼出去風摇的樹枝兒錯認了人晴雯便道別放屁你們查的不嚴怕就不是還拿這話來支吾剛纔並不是一個人見的寶玉和我們出去大家親見的如今寶玉嚇得顏色都變了滿身發熱我這會子還要上房裡取安魂丸藥去呢太太問起來是要回明白了的難道依你說就罷了衆人聽了嚇得不敢則聲只得又各處去找晴雯和秋紋二人果出去要藥去故意鬧的衆人皆知寶玉著了驚嚇病了王夫人聽了忙命人來看視給藥又吩咐

各上夜人仔細搜查又一面叫查二門外鄰園墻上夜的小厮們於是園內燈籠火把直鬧了一夜至五更天就傳管家的細看查訪賈母聞知寶玉被嚇細問原由衆人不敢再隱只得回明賈母道我不料有此事如今各處上夜的都不小心還是小事只怕他們就是賊也未可知當下邢夫人尤氏等都過來請安李紈鳳姐及姊妹等皆陪侍聽賈母如此說都默無所答獨探春出位笑道近因鳳姐姐身子不好幾日園裡的人比先放肆許多先前不過是大家偷着一時半刻或夜裡坐更時三四個人聚在一處或擲骰或鬥牌小頑意兒不過爲着熬困起見如今漸次放誕竟開了賭局甚至頭家局主或三十吊五十吊

的大輸贏半月前竟有爭鬥相打的事賈母聽了忙說你既知道為什麼不早回我來探春道我因想著太太事多且連日不自在所以沒回只告訴大嫂子和管事的人們戒飭過幾次近日好些了賈母忙道你姑娘家那裡知道這裡頭的利害你以為賭錢常事不過怕起爭端不知夜間既要錢就保不住不吃酒既吃酒就未免門戶任意開鎖或買東西其中夜靜人稀趁便藏賊引盜什麼事做不出來況且園內你姐兒們起居所伴者皆係丫頭媳婦們賢愚混雜賊盜事小倘有別事略沾帶些關係非小這事豈可輕恕探春聽說便默然歸坐鳳姐雖未大愈精神未嘗稍減今見賈母如此說便忙道偏偏我又病了遂

回頭命人速傳林之孝家的等總理家事的四個媳婦來了當着賈母申飭了一頓賈母即刻查了頭家賭家來有人出首者賞隱情不告者罰林之孝家的等見賈母動怒誰敢狥私忙去園內傳齊又一一盤查雖然大家賴一回終不免水落石出查得大頭家三人小頭家八人聚賭者統共二十多人都帶來見賈母跪在院內磕响頭求饒賈母先問大頭家名姓和錢之多少原來這大頭家一個是林之孝家的兩姨親家一個是園內厨房內柳家媳婦之妹一個是迎春之乳母這是三個為首的餘者不能多記賈母便命將骰子紙牌一併燒毀所有的錢入官分散與衆人將為首者每人打四十大板攆出去總不許再

入從者每人打二十板革去三月月錢撥入圊廁行內又將林之孝家的申飭了一番林之孝家的見他的親戚又給他打嘴自巳也覺沒趣迎春在坐也覺沒意思黛玉寶釵探春等見迎春的乳母如此也是物傷其類的意思遂都起身笑向賈母討情說這個奶奶素日原不頑的不知怎麼也偶然高興求看二姐姐面上饒過這次罷賈母道你們不知道大約這些奶子們一個個仗着奶過哥兒姐兒原比別人有些體面他們就生事比別人更可惡專管調唆主子護短偏向我都是經過的況且要拿一個作法恰好果然就遇見了一個你們別管我自有道理寶釵等聽說只得罷了一時賈母歇晌大家散出都知賈母

生氣皆不敢回家只得在此暫候尤氏到鳳姐兒處來閑話了一回因他也不自在只得園內去閑談邢夫人在王夫人處坐了一回也要到園內走走剛至園門前只見賈母房內的小丫頭子名喚傻大姐的笑嘻嘻走來手內拿著個花紅柳綠的東西低頭瞧著只管走不防迎頭撞見邢夫人抬頭看見方纔站住邢夫人因說這傻丫頭又得個什麽愛巴物兒這樣喜歡拿來我瞧瞧原來這傻大姐年方十四歲是新挑上來給賈母這邊專做粗活的因他生的體肥面濶兩隻大脚做粗活很爽利簡捷且心性愚頑一無知識出言可以發笑賈母喜歡便起名爲傻大姐若有錯失也不苛責他無事時便入園內來頑耍正

往山石背後掏促織去忽見一個五彩繡香囊上面綉的並非花鳥等物一面却是兩個人赤條條的相抱一面是幾個字這癡丫頭原不認得是春意兒心下打諒敢是兩個妖精打架不就是兩個人打架呢左右猜解不來正要拿去給賈母看呢所以笑嘻嘻走回忽見邢夫人如此說便笑道太太真個說的巧真是個愛巴物兒太太瞧一瞧說著便送過去邢夫人接來一看嚇得連忙死緊攥住忙問你是那裡得的傻大姐道我掏促織兒在山子石後頭揀的邢夫人道快別告訴人這不是好東西連你也要打死呢因你素日是個傻丫頭已後再别提了這傻大姐聽了反嚇得黃了臉說再不敢了磕了個頭呆呆而去邢

夫人回頭看時都是些女孩兒不便遞給他們自已便捲在袖裡心內十分罕異揣摩此物從何而來且不形於聲色到了迎春房裡迎春正因他乳母獲罪心中不自在忽報母親來了遂接入奉茶畢邢夫人因說道你這麼大了你那奶媽子行此事你也不說說他如今別人都好好的偏偺們的人做出這事來什麼意思迎春低頭弄衣帶半晌答道我說他兩次他不聽也叫我没法兒况因他是媽媽只有他說我的没有我說他的邢夫人道胡說你不好了他原該說如今他犯了法你就該拿出姑娘的身分來他敢不依你就回我去纔是如今直等外人共知這可是什麼意思再者放頭兒還只怕他巧語花言的和你

借貸些簪環衣裳做本錢你這心活面軟未必不週濟他些若
被他騙了去我是一個錢沒有的看你明日怎麼過節迎春不
語只低着頭邢夫人見他這般因冷笑道你是大老爺跟前的
人養的這裡探丫頭是二老爺跟前的人養的出身一樣你娘
比趙姨娘強十分你也該比探丫頭強纔是怎麼你反不及他
一點倒是我無兒女的一生干淨也不能惹人笑話人叫璉二
奶奶來了邢夫人聽了冷笑兩聲命人出去說請他自已養病
我這裡不用他伺候接着又有探事的小丫頭來報說老太太
醒了邢夫人方起身往前邊來迎春送至院外方回繡橘因說
道如何前兒我回姑娘那一個攢珠纍金鳳竟不知那裡去了

問了姑娘竟不問一聲兒我說必是老奶奶拿去當了銀子放頭兒了姑娘不信只說司棋收着叫問司棋司棋雖病心裡却明白說沒有收起來還在書架上匣裡放着預備八月十五要戴呢姑娘該叫人去問老奶奶一聲迎春道何用問那自然是他拿了去摘了肩兒了我只說他悄悄的拿了出去不過一時半晌仍舊悄悄的放在裡頭誰知他就忘了今日偏又鬧出來問他也無益綉橘道何曾是忘記他是試准了姑娘的性格兒纔這麼着如今我有個主意到二奶奶屋裡將此事回了他或着人要他或省事拿幾吊錢來替他贖了如何迎春忙道罷罷省事些好寧可沒有了又何必生事綉橘道姑娘怎麼這樣軟

弱都要省起事來將來連姑娘還騙了去我竟去的是說著便走迎春便不言語只好由他誰知迎春的乳母之媳玉柱兒媳婦爲他婆婆得罪來求迎春去討情他們正說金鳳一事且不進去也因素日迎春懦弱他們都不放在心上如今見繡橘立意去回鳳姐又看這事脫不過去少得進來陪笑先向繡橘說姑娘你別去生事姑娘的金絲鳳原是我們老奶奶老糊塗了輸了幾個錢沒的撈梢所以借去不想今日弄出事來雖然這樣到底主子的東西我們不敢遲悞終久是要贖的如今還要求姑娘看著從小兒吃奶的情往老太太那邊去討一個情兒救出他來纔好迎春便說道好嫂子你趁早打了這妄想要等

我去說情兒等到明年也是不中用的方纔進寶姐姐妹妹大夥兒說情老太太還不依何况是我一個人我自巳臊還臊不過來還去討臊去繡橘便說贖金鳳是一件事說情是一件事別絞在一處難道姑娘不去說情你就不賠了不成嫂子且取了金鳳來再說玉柱兒家的聽見迎春如此拒絕他繡橘的話又鋒利無可回答一時臉上過不去也明欺迎春素日好性兒乃向繡橘說道姑娘你別太張勢了你滿家子算一筭誰的媽媽奶奶不仗著主子哥兒姐兒得些便宜偏偺們就這樣了是丁卯是卯的只許你們偷偷摸摸的哄騙了去自從邢姑娘來了太太吩咐一個月儉省出一兩銀子來給舅太太去這裡

饒添了邢姑娘的使費反少了一兩銀子時常短了這個少了那個那不是我們供給誰又要去不過大家將就些罷了算到今日少說也有三十兩了我們這一向的錢豈不白填了限呢綉橘不待說完便啐了一口道做什麽你白填了三十兩我且和你算算賬姑娘要了些什麽東西迎春聽了這媳婦發邢夫人之私意忙止道罷罷不能拿了金鳳來你不必拉三扯四的亂嚷我也不要那鳳了就是太太問時我只說丢了也妨碍不着你什麽你出去歇歇兒去罷何苦呢一面叫綉橘倒茶來綉橘又氣又急因說道姑娘雖不怕我是做什麽的把姑娘的東西丢了他倒賴說姑娘使了他的錢這如今竟要准折起來倘

或太太問姑娘為什麽使了這些錢敢是我們就中取勢這還了得一行說一行就哭了司棋聽不過只得免强過來帮着綉橘問着那媳婦迎春勸止不住自拿了一本太上感應篇去看三人正没開交可巧寳釵黛玉寳琴探春等因恐迎春今日不自在都約著來安慰他們走至院中聽見幾個人講究探春從紗隔內一看只見迎春倚在床上看書若有不聞之狀探春也笑了小丫頭們忙打起簾子報道姑娘們來了迎春放下書起身那媳婦見有人來且又有探春在內不勸自止了遂趂便就走探春坐下便問纔剛誰在這裡說話倒像拌嘴是的迎春笑道没有什麽左不過他們小題大做罷了何必問他探春笑道

我纔聽見什麼金鳳又是什麼沒有錢只合我們奴才要誰和奴才要錢了難道姐姐和奴才要錢不成司棋繡橘道姑娘說的是了姑娘何曾和他要什麼了探春笑道姐姐既沒有和他要必定是我們和他們要了不成你叫他進來我倒要問問他迎春笑道這話又可笑你們又無沾礙何必如此探春道這倒不然我和姐姐一樣姐姐的事和我一般他說姐姐即是說我我那邊有人怨我姐姐聽見也是合怨姐姐一樣偺們是主子自然不理論那些錢財小事只知想起什麼要什麼也是有的事但不知纍絲鳳怎麼又夾在裡頭那玉柱兒媳婦生恐繡橘等告出他來遂忙進來用話掩飾探春深知其意因笑道你們

所以糊塗如今你奶奶已得了不是趁此求二奶奶把方纔的錢未曾散人的拿出些來贖求就完了比不得没鬧出來大家都藏着留臉面如今既是没了臉趁此時總有十個罪也只一人受罰没有砍兩顆頭的理你依我說竟是和二奶奶趂便說去在這裏大聲小氣如何使得這媳婦被探春說出真病也無可賴了只不敢往鳳姐處自首探春笑道我不聽見便罷既聽見少不得替你們分解分解誰知探春早使了眼色與侍書侍書出去了這裏正說話忽見平兒進來寶琴拍手笑道三姐姐敢是有驅神召將的符術黛玉笑道這倒不是道家法術倒是用兵最精的所謂守如處女出如脫兎出其不備的妙策二人

取笑寶釵便使眼色與二人遂以別話岔開探春見平兒來了遂問你奶奶可好些了真是病糊塗了事事都不在心上叫我們受這樣委屈平兒忙道誰敢給姑娘氣受姑娘吩咐我那玉柱兒媳婦方慌了手脚遂上來赶着平兒叫姑娘坐下讓我說原故姑娘請聽平兒正色道姑娘這裡說話也有你混挿嘴的理嗎你但凡知禮該在外頭伺候也有外頭的媳婦們無故到姑娘屋裡來的繡橘道你不知我們這屋裡是沒禮的誰愛來就來平兒道都是你們不是姑娘好性兒你們就該打出去然後再回太太去纔是柱兒媳婦見平兒出了言紅了臉方退出去探春接着道我且告訴你要是別人得罪了我倒還罷了如

今這柱兒媳婦和他婆婆仗着是嬤嬤又瞅着二姐且好性兒私自拿了首飾去賭錢而且還捏造假賬逼着去討情和這兩個丫頭在卧房裏大嚷大叫二姐姐竟不能轄治所以我看不過纔請你來問一聲還是他本是天外的人不知道理還是有誰主使他如此先把二姐姐制伏了然後就要治我和四姑娘了平兒忙陪笑道姑娘怎麽今日說出這話來我們奶奶如何擔得起探春冷笑道俗語說的物傷其類唇亡齒寒我自然有些心驚麽平兒問迎春道若論此事本好處的但只他是姑娘的奶娘姑娘怎麽樣呢當下迎春只合寶釵看感應篇故事究竟連探春的話也沒聽見忽見平兒如此說仍笑道問我我也

沒什麼法子他們的不是自作自受我也不能討情我也不去加責就是了至于私自拿去的東西送來我收下不送來我也不要了太太們要來問我可以隱瞞遮飾的過去是他的造化要瞞不住我也沒法兒沒有個爲他們反欺枉太太們的理少不得直說你們要說我好性兒沒個決斷有好主意可以八面週全不叫太太們生氣任憑你們處治我也不管衆人聽了都好笑起來黛玉笑道眞是虎狼屯于階陛尚談因果要是二姐姐是個男人一家上下這些人又如何裁治他們迎春笑道正是多少男人衣租食稅及至事到臨頭尚且如此況且太上說的好救人急難最是陰隲事我雖不能救人何苦來白白去和

人結怨結仇作那樣無益有損的事呢一語未了只聽又有一人來了不知是誰下回分解

紅樓夢第七十三回終

紅樓夢第七十四回

惑奸讒抄檢大觀園　避嫌隙杜絕寧國府

話說平兒聽迎春說了正自好笑忽見寶玉也來了原來管廚房柳家媳婦的妹子也因放頭開賭得了不是因這園中有素和柳家的不好的便又告出柳家的來說和他妹子是夥計雖了平分因此鳳姐要治柳家之罪那柳家的聽得此言便慌了手脚因思素與怡紅院的人最爲深厚故走來悄悄的央求晴雯芳官等人轉告訴了寶玉寶玉因思內中迎春的嬭嬭也現有此罪不若來約同迎春去討情比自巳獨去单爲柳家的說情又更妥當故此前來忽見許多人在此見他來時都問道你

的病可好了跑來做什麼寶玉不便說出討情一事只說來看二姐姐當下衆人也不在意且說些閒話平兒便出去辦纍金鳳一事那玉柱兒媳婦緊跟在後口內百般央求只說姑娘好歹口內超生我橫豎去贖了來平兒笑道你遲也贖早也贖既有今日何必當初你的意思得過就過既這麼樣我也不好意思告訴人趁早兒取了來交給我一字不提玉柱兒媳婦聽說方放下心來就拜謝又說姑娘自去貴幹趕晚贖了來先回了姑娘再送去如何平兒道趕晚不來可別怨我說畢二人方分路各自散了平兒到房鳳姐問他二姑娘叫你做什麼平兒笑道三姑娘怕奶奶生氣叫我勸着奶奶些問奶奶這兩天可吃

些什麼鳳姐笑道倒是他還惦記我剛纔又出來了一件事有人來告柳二媳婦和他妹子通同開局凡妹子所爲都是他作主我想你素日肯勸我多一事不如少一事自已保養保養也是好的我因聽不進去果然應了先把太太得罪了而且反賺了一場病如今我也看破了隨他們鬧去罷橫竪還有許多人呢我白操一會子心倒惹的萬人咒罵不如且自家養養病就是病好了我也會做好好先生得樂且樂得笑且笑一槩是非都憑他們去罷所以我只答應着知道了平兒笑道奶奶果然如此那就是我們的造化了一語未了只見賈璉進來拍手嘆氣道好好的又生事前兒我和鴛鴦借當那邊太太怎麼知道

了剛纔太太叫過我去叫我不管那裡先借二三百銀子做八月十五節下使用我回沒處借太太就說你沒有錢就有地方挪移我白和你商量你就搪塞我你就沒地方兒前兒一千銀子的當是那裡的連老太太的東西你都有神通弄出來這會二百銀子你就這樣難虧我沒和別人說去我想太太分明不短何苦來又尋事奈何人鳳姐兒道那日並沒個外人誰走了這個消息平兒聽了也細想那日有誰在此想了半日笑道是了那日說話時沒人就只晚上送東西來的時候兒老太太那邊傻大姐的娘可巧來送槳洗衣裳他在下房裡坐了一會子看見一大箱子東西自然要問必是丫頭們不知道說出來了也

未可知因此便喚了幾個小丫頭來問那日誰告訴傻大姐的娘丫衆小丫頭慌了都跪下賭神發誓說自來也没敢多說一句話有人凡問什麽都答應不知道這事如何敢說鳳姐詳情度理說他們必不敢多說一句話倒别委屈了他們如今把這事靠後且把太太打發了去要緊寧可咱們短些别又討没意思因叫平兒把我的金首飾再去押二百銀子來送去完事賈璉道索性多押二百咱們也要使呢鳳姐道狠不必我没處使這不知道指那一項贖呢平兒拿了去吩咐旺兒媳婦領去不一時拿了銀子來賈璉親自送去不在話下這裏鳳姐和平兒猜疑走風的人反叫鴛鴦受累豈不是咱們之過正在胡想人

報太太來了鳳姐聽了吃異不知何事遂與平兒等忙迎出來只見王夫人氣色更變只帶一個貼已小丫頭走來一語不發走至裡間坐下鳳姐忙捧茶因陪笑問道太太今日高興到這裡逛逛王夫人喝命平兒出去平兒見了這般不知怎麼了忙應了一聲帶著眾小丫頭一齊出去在房門外站住一面將房門掩了自已坐在台堦上所有的人一個不許進去鳳姐也著了慌不知有何事只見王夫人含着淚從袖裡扔出一個香袋來說你瞧鳳姐忙拾起一看見是十錦春意香袋也嚇了一跳忙問太太從那裡得來王夫人見問越發淚如雨下顫聲說道我從那裡得來我天天坐在井裡想你是個細心人所以我纔

偷空兒誰知你也和我一樣這樣東西大天白日明擺在園裡山石上被老太太的丫頭拾著不虧你婆婆看見早已送到老太太跟前去了我且問你這個東西如何丟在那裡鳳姐聽得也更了顏色忙問太太怎麼知道是我的王夫人又哭又歎道你反問我你想一家子除了你們小夫小妻餘者老婆子們要這個何用女孩子們是從那裡得來自然是那璉兒不長進下流種子那裡弄來的你們又和氣當作一件頑意兒年輕的人兒女閨房私意是有的你還和我賴幸而園內上下人還不解事尚未揀得倘或丫頭們揀著你姊妹看見這還了得不然有那小丫頭們揀著出去說是園內揀的外人知道這性命臉面

要也不要鳳姐聽說又急又愧登時紫脹了面皮便挨着炕沿雙膝跪下也含淚訴道太太說的固然有理我也不敢辯但我並無這樣東西其中還要求太太細想這香袋兒是外頭倣着內工繡的連穗子一槪都是市賣的東西我雖年輕不尊重也不肯要這樣東西再者這也不是常帶着的我總然有也只好在私處擱着焉肯在身上常帶各處逛去况且又在園裡去個個姊妹我們都肯拉拉扯扯倘或露出來不但在姊妹前看見就是奴才看見我有什麽意思三則論主子內我是年輕媳婦筭起來奴才比我更年輕的又不止一個了况且他們也常在園走動焉知不是他們掉的再者除我常在園裡還有那邊太

太常帶過幾個小姨娘來嫣紅翠雲那幾個人也都是年輕的人他們更該有這個了還有那邊珍大嫂子他也不算狠老也常帶過佩鳳他們來又焉知又不是他們的况且園內丫頭也多保不住都是正經的或者年紀大些的知道了人事一刻查問不到偷出去了或借着因由合二門上小么兒們打牙撂嘴兒外頭得了來的也未可知不但我沒此事就連平兒我也可以打保的太太請細想王夫人聽了這一夕話狠近情理因嘆道你起來我也知道你是大家子的姑娘出身不至這樣輕薄不過我氣激你的話但只如今且怎麽處你婆婆纔打發人封了這個給我瞧把我氣了個死鳳姐道太太快別生氣若被衆

人覺察了保不定老太太不知道且平心靜氣暗暗訪察才能得這個實在縱然訪不着外人也不能知道如今惟有趁着賭錢的因由革了許多人這空兒把周瑞媳婦旺兒媳婦等四五個貼近不能走話的人安插在園裏以查賭爲由再如今他們的丫頭也太多了保不住人大心大生事作耗等鬧出來反悔之不及如今若無故裁革不但姑娘們委屈就連太太和我也過不去不如趁著這個機會以後凡年紀大些的或有些磨牙難纏的拏個錯兒攆出去配了人一則保的住沒有別事二則也可省些用度太太想我這話如何王夫人嘆道你說的何嘗不是但從公細想你這幾個姊妹每人只有兩三個丫頭像人

餘者竟是小鬼兒是的如今再去了不但我心裡不忍只怕老太太未必就依雖然艱難也還窮不至此我雖沒受過大榮華比你們是強些如今寧可省我些別委屈了他們你如今且叫人傳周瑞家的等人進來就吩咐他們快快暗訪這事要緊鳳姐即喚平兒進來吩咐出去一時周瑞家的與吳興家的鄭華家的來旺家的來喜家的現在五家陪房進來王夫人正嫌人少不能勘察忽見邢夫人的陪房王善保家的走來正是方纔是他送香袋來的王夫人向來看視邢夫人之得力心腹人等原無二意今見他來打聽此事便向他說你去回了太太也進園來照管照管比別人強些王善保家的因素日進園去那些

丫鬟們不大趨奉他他心裡不自在要尋他們的故事又尋不着恰好生出這件事來以為得了把柄又聽王夫人委托他正碴在心坎上道這個容易不是奴才多話論理這事該早嚴緊些的太太也不大往園裡去這些女孩子們一個個倒像受了誥封是的他們就成了千金小姐了鬧下天來誰敢哼一聲兒不然就調唆姑娘們說欺負了姑娘們了誰還躭得起王夫人點頭道跟姑娘們的丫頭比別的姣貴些這也是常情王善保家的道別的還罷了太太不知頭一個是寶玉屋裡的晴雯那丫頭仗着他的模樣兒比別人標緻些又長了一張巧嘴天天打扮的像個西施樣子在人跟前能說慣道抓尖要強一句話

不投机他就立起兩隻眼睛來罵人妖妖調調大不成個體統王夫人聽了這話猛然觸動往事便問鳳姐道上次我們跟了老太太進園逛去有一個水蛇腰削肩膀兒眉眼又有些像你林妹妹的正在那裡罵小丫頭我心裡狠看不上那狂樣子因同老太太走我不曾說他後來要問是誰偏又忘了今日對了檻兒這丫頭想必就是他了鳳姐道若論這些丫頭們共總比起來都沒晴雯長得好論舉止言語他原輕薄些方纔太太說的倒狠像他我也忘了那日的事不敢混說王善保家的便道不用這樣此刻不難叫了他來太太瞧瞧王夫人道寶玉屋裡常見我的只有襲人麝月這兩個笨笨的倒好要有這個他自

然不敢來見我呀我一生最嫌這樣的人且又出來這個事好好的寶玉倘或叫這蹄子勾引壞了那還了得因叫自已的丫頭來吩咐他道你去只說我有話問他留下襲人麝月伏侍寶玉不必來有一個晴雯最伶俐叫他即刻快來你不許和他說什麽小丫頭答應了走入怡紅院正值晴雯身上不好睡中覺纔起來發悶呢聽如此說只得跟了他來素日晴雯不敢出頭因連日不自在並沒十分粧飾自爲無礙及到了鳳姐房中王夫人一見他釵軃鬢鬆衫垂帶褪大有春睡捧心之態而且形容面貌恰是上月的那人不覺勾起方纔的火來王夫人便冷笑道好個美人兒眞像個病西施了你天天作這輕狂樣兒給

誰看你幹的事打量我不知道呢我且放著你自然明兒揭你的皮寶玉今日可好些晴雯一聽如此說心內大異便知有人暗算了他雖然着惱只不敢作聲他本是個聰明過頂的人見問寶玉可好些他便不肯以實話答應忙跪下回道我不大到寶玉房裡去又不常和寶玉在一處好歹我不能知那都是襲人合麝月兩個人的事太太問他們王夫人道這就該打嘴你難道是死人要你們做什麼晴雯道我原是跟老太太的人因老太太說園裡空大人少寶玉害怕所以撥了我去外間屋裡上夜不過看屋子我原回過我笨不能伏侍老太太罵了我又不叫你管他的事要伶俐的做什麼我聽了不敢不去纔去的

不過十天半月之內寶玉叫着了答應幾句話就散了至於寶玉的飲食起居上一層有老奶奶老媽媽們下一層有襲人麝月秋紋幾個人我閒着還要做老太太屋裏的針線所以寶玉的事竟不曾留心太太既怪從此後我留心就是了王夫人信以爲實了忙說阿彌陀佛你不近寶玉是我的造化竟不勞你費心既是老太太給寶玉的我明兒回了老太太再攆你因向王善保家的道你們進去好生防他幾日不許他在寶玉屋裏睡覺等我回過老太太再處治他喝聲出去站在這裏我看不上這浪樣兒誰許你這麼花紅柳綠的粧扮晴雯只得出來這氣非同小可一出門便拿絹子握着臉一頭走一頭哭直哭到

園內去這裡王夫人向鳳姐等自怨道這幾年我越發精神短了照顧不到這樣妖精是的東西竟没看見只怕這樣的還有明日倒得查查鳳姐見王夫人盛怒之際又因王善保家的是邢夫人的耳目常時調唆的邢夫人生事總有千百樣言語此刻也不敢說只低頭答應着王善保家的道太太且請息怒這些事小只交與奴才如今要查這個是極容易的等到晚上園門關了的時節內外不通風我們竟給他們個冷不防帶着人到各處丫頭們房裡搜尋想來誰有這個斷不單有這個自然還有別的那時翻出別的來自然這個也是他的了王夫人道這話倒是若不如此斷乎不能明白因問鳳姐如何鳳姐只得

答應說太太說是就行罷了王夫人道這主意很是不然一年也查不出來於是大家商議已定至晚飯後待賈母安寢了寶釵等入園時王家的便請了鳳姐一併進園喝命將角門皆上鎖便從上夜的婆子處來抄揀起不過抄揀些多餘攢下燭燈油等物王善保家的道這也是贓不許動的等明日回過太太再動于是先就到怡紅院中喝命關門當下寶玉正因晴雯不自在忽見這一干人來不知為何直撲了丫頭們的房門去因迎出鳳姐來問是何故鳳姐道丟了一件要緊的東西因大家混賴恐怕有丫頭們偷了所以大家都查一查去疑兒一面說一面坐下吃茶王家的等搜了一回又細問這幾個箱子是

誰的都叫本人來親自打開襲人因見晴雯這樣必有異事又
見這番抄揀只得自已先出來打開了箱子並匣子任其搜揀
一番不過平常通用之物隨放下又搜別人的挨次都一一搜
過到晴雯的箱子因問是誰的怎麼不打開叫搜襲人方欲替
晴雯開時只見晴雯挽着頭髮闖進來噹啷一聲將箱子掀開
兩手提著底子往地下一倒將所有之物盡都倒出來王善保
家的也覺沒趣兒便紫脹了臉說道姑娘你別生氣我們並非
私自就來的原是奉太太的命來搜察你們叫番呢我們就番
一番不叫番我們還許回太太去呢那用急的這個樣子晴雯
聽了這話越發火上澆油便指著他的臉說道你說你是太太

打發來的我還是老太太打發來的呢太太那邊的人我也都見過就只沒看見你這麼個有頭有臉大管事的奶奶鳳姐見晴雯說話鋒利尖酸心中甚喜却碍着邢夫人的臉忙喝住晴雯那王善保家的又羞又氣剛要還言鳳姐道媽媽你也不必和他們一般見識你且細細搜你的偺們還到各處走走呢再遲了走了風我可担不起王善保家的只得咬咬牙且忍了這口氣細細的看了一看也無甚私弊之物回了鳳姐要別處去鳳姐道你可細細的查若這一番查不出來難回話的衆人都道盡都細翻了沒有什麼差錯東西雖有幾樣男人物件都是小孩子的東西想是寶玉的舊物沒甚關係的鳳姐聽了笑道

既如此偺們就走再瞧別處去說着一逕出來向王善保家的道我有一句話不知是不是要抄揀只抄揀偺們家的人薛大姑娘屋裡斷乎抄揀不得的王善保家的笑道這個自然豈有抄起親戚家來的鳳姐點頭道我也這樣說呢一頭說一頭到了瀟湘館內黛玉已睡了忽報這些人來不知爲甚事纔要起來只見鳳姐已走進來忙按住他不叫起來只說睡著罷我們就走的這邊且說些閒話那王善保家的帶了衆人到了丫鬟房中也一一開箱倒籠抄揀了一番因從紫鵑房中搜出兩副寶玉往常換下來的寄名符兒一副束帶上的帔帶兩個荷包並扇套套內有扇子打開看時皆是寶玉往日手內曾拿過的

王善保家的自爲得了意遂忙請鳳姐過來驗視又說這些東西從那裡來的鳳姐笑道寶玉和他們從小兒在一處混了幾年這自然是寶玉的舊東西況且這符兒合扇子都是老太太和太太常見的媽媽不信偺們只管拿了去王家的忙笑道二奶奶既知道就是了鳳姐道這也不筭什麼稀罕事撂下再往別處去是正經紫鵑笑道直到如今我們兩下裡的賬也算不清要問這一個連我也忘了是那年月日有的了這裡鳳姐合王善保家的又到探春院內誰知早有人報與探春了探春也就猜着必有原故所以引出這等醜態來遂命衆丫鬟秉燭開門而待一時衆人來了探春故問何事鳳姐笑道因丟了一件

東西連日訪察不出人來恐怕傍人賴這些女孩子們所以大家搜一搜使人去疑兒倒是洗淨他們的好法子探春笑道我們的丫頭自然都是些賊我就是頭一個窩主既如此先來搜我的箱櫃他們所偷了來的都交給我藏着呢說着便命丫鬟們把箱一齊打開將鏡奩粧盒衾袱衣包若大若小之物一齊打開請鳳姐去抄閱鳳姐陪笑道我不過是奉太太的命來妹妹別錯怪了我因命丫鬟們快快給姑娘關上平兒豐兒等先忙着替侍書等關的關收的收探春道我的東西倒許你們搜閱要想搜我的丫頭這可不能我原比衆人歹毒凡丫頭所有的東西我都知道都在我這裡間收着一針一線他們也沒得

收藏要搜所以只來搜我你們不依只管去回太太只說我違背了太太該怎麼處治我去自領你們別忙自然你們抄的日子有呢你們今日早起不是議論甄家自己盼着好好的抄家果然今日真抄了偺們也漸漸的來了可知這樣大族人家若從外頭殺來一時是殺不死的這可是古人說的百足之蟲死而不僵必須先從家裡自殺自滅起來纔能一敗塗地呢說着不覺流下淚來鳳姐只看著衆媳婦們周瑞家的便道既是女孩子的東西全在這裡奶奶且請到別處去罷也讓姑娘好安寢鳳姐便起身告辭探春道可細細搜明白了若明日再來我就不依了鳳姐笑道既然丫頭們的東西都在這裡就不必搜

了探春冷笑道你果然倒乖連我的包袱都打開了還說没翻明白敢說我護着丫頭們不許你們翻了你趁早說明若還要翻不妨再翻一遍鳳姐知道探春素日與衆不同的只得陪笑道已經連你的東西都搜察明白了探春又問衆人你們也都搜明白了没有周瑞家的等都陪笑說都明白了那王善保家的本是個心内没成筭的人素日雖聞探春的名他想衆人没眼色没膽量罷了那裏一個姑娘就這樣利害起來况且又是庶出他敢怎麽着自巳又仗着是邢夫人的陪房連王夫人尚另眼相待何况别人只當是探春認真单惱鳳姐與他們無干他便要趁勢作臉因越衆向前拉起探春的衣襟故意一掀嘻

嘻的笑道連姑娘身上我都翻了果然沒有什麽鳳姐見他這樣忙說媽媽走罷別瘋瘋顛顛的一語未了只聽咱的一聲王家的臉上早着了探春一巴掌探春登時大怒指着王家的問道你是什麽東西敢來拉扯我的衣裳我不過看着太太的面上你又有幾歲年紀叫你一聲媽媽你就狗仗人勢天天作耗在我們跟前逞臉如今越發了不得了你索性望我動手動脚的了你打諒我是和你們姑娘那麽好性兒由著你們欺負你就錯了主意了你來搜檢東西我不惱你不該拿我取笑兒說著便親自要解鈕子拉着鳳姐兒細細的翻省得叫你們奴才來翻我鳳姐平兒等都忙與探春理裙整袂口內喝着王善保

家的說媽媽吃兩口酒就瘋瘋顛顛起來前兒把太太也沖撞了快出去別再討臉了又忙勸探春好姑娘別生氣他算什麼姑娘氣着到值多了探春冷笑道我但凡有氣早一頭碰死了不然怎麼許奴才來我身上搜賊贓呢明兒一早先回過老太太太太再過去給大娘賠禮該怎麼著我去領那王善保家的討了個沒臉赶忙躲出窗外只說罷了罷了這也是頭一遭挨打我明兒回了太太仍回老娘家去罷這個老命還要他做什麼探春喝命丫鬟你們聽着他說話還等我和他拌嘴去不成侍書聽說便出去說道媽媽你知點道理兒省一句兒罷你果然回老娘家去倒是我們的造化了只怕你捨不得去你去了

叫誰討主子的好兒調唆着察考姑娘折磨我們呢鳳姐笑道好丫頭真是有其主必有其僕探春冷笑道我們做賊的人嘴裡都有三言兩語的就只不會背地裡調唆主子平兒忙也陪笑解勸一面又拉了待書進來周瑞家的等人勸了一番鳳姐直待伏侍探春睡下方帶着人往對過煖香塢來彼時李紈猶病在床上他與惜春是緊隣又和探春相近故順路先到這兩處因李紈纔吃了藥睡着不好驚動只到丫鬟們房中一一的搜了一遍也沒有什麼東西遂到惜春房中來因惜春年少尚未識事嚇的不知當有什麼事故鳳姐少不得安慰他誰知竟在入畫箱中尋出一大包銀錁子來約共三四十個為察姦情

反得賊贓又有一副玉帶版子並一包男人的靴襪等物鳳姐也黄了臉因問是那裡來的入畫只得跪下哭訴真情說道是珍大爺賞我哥哥的因我們老子娘都在南方如今只跟着叔叔過日子我叔叔嬸子只要喝酒賭錢我哥哥怕交給他們又花了所以每常得了悄悄的煩老媽媽帶進來叫我收着的惜春膽小見了這個也害怕說我竟不知道這還了得二嫂子要打他好歹帶出他去打罷我聽不慣的鳳姐笑道若果真呢也倒可恕只是不該私自傳送進來這個可以傳遞怕什麽不可傳遞這倒是傳遞人的不是了若這話不真倘是偷來的你可就別想活了入畫跪哭道我不敢撒謊奶奶只管明日問我們

奶奶和大爺去若說不是賞的就拿我和我哥哥一同打死無怨鳳姐道這個自然要問的只是真賞的也有不是誰許你私自傳送東西呢你且說是誰接的我就饒你下次萬萬不可惜春道嫂子別饒他這裡人多要不管了他那些大的聽見了又不知怎麼樣呢嫂子要依他我也不依鳳姐道素日我看他還使得誰沒一個錯只這一次二次再犯兩罪俱罰但不知傳遞是誰惜春道若說傳遞再無别人必是後門上的老張他常和這些丫頭們鬼鬼祟祟的這些丫頭們也都肯照顧他鳳姐聽說便命人記下將東西且交給周瑞家的暫且拿著等明日對明再議誰知那老張媽原和王善保家有親近因王善保家的

在邢夫人跟前作了心腹人便把親戚和伴兒們都看不到眼裡了後來張家的氣不平鬥了兩次口彼此都不說話了如今王家的聽見是他傳遞碰在他心坎兒上更兼剛纔挨了探春的打受了侍書的氣沒處發泄聽見張家的這事因攛掇鳳姐道這傳東西的事關係更大想來那些東西自然也是傳遞進來的奶奶倒不可不問鳳姐兒道我知道不用你說於是別了惜春方往迎春房內去迎春已經睡著了丫鬟們也纔要睡眾人扣門半日纔開鳳姐吩咐不必驚動姑娘遂往丫鬟們房裡來因司棋是王善保家的外孫女兒鳳姐要看王家的可藏私不藏遂留神看他搜檢先從別人箱子搜起皆無別物及到了

司棋箱中隨意掏了一個王善保家的說也沒有什麼東西纔要關箱時周瑞家的道這是什麼話有沒有總要一樣看看纔公道說着便伸手掣出一雙男子的綿襪並一雙緞鞋又有一個小包袱打開看時裏面是一個同心如意並一個字帖兒一總遞給鳳姐鳳姐因理家久了每每看帖看賬也頗識得幾個字了那帖是大紅雙喜箋便看上面寫道

上月你來家後父母已覺察了但姑娘未出閣尚不能完你我心願若園內可以相見你可托張媽給一信若得在園內一見倒比來家好說話千萬千萬再所賜香珠二串今已查收外特寄香袋一個畧表我心千萬收好表弟潘又安具

鳳姐看了不由的笑將起來那王善保家的素日並不知道他姑表兄妹有這一節風流故事見了這鞋襪心内已有些毛病又見有一紅帖鳳姐看着笑他便說道必是他們寫的賬不成字所以奶奶見笑鳳姐笑道正是這個賬竟算不過來你是司棋的老娘他表兄也該姓王怎麼又姓潘呢王善保家的見問的奇怪只得勉强告道司棋的姑媽給了潘家所以他姑表弟兄姓潘上次逃走了的潘又安就是他鳳姐笑道這就是了因說我念給你聽聽說着從頭念了一遍大家都嚇一跳這王家的一心只要拿人的錯兒不想反拿住了他外孫女兒又氣又臊周瑞家的四人聽見鳳姐兒念了都吐舌頭搖頭兒周瑞家

的道王大媽聽見了這是明明白白再沒得話說了這如今怎麽樣呢王家的只恨無地縫兒可鑽鳳姐只瞅着他抿着嘴兒嘻嘻的笑向周瑞家的道這倒也好不用他老娘操一點心兒鴉雀不聞就給他們弄了個好女婿來了周瑞家的也笑着湊趣兒王家的無處煞氣只好打着自已的臉罵道老不死的娼婦怎麽造下孽了說嘴打嘴現世現報衆人見他如此要笑又不敢笑也有趁愿的也有心中感動報應不爽的鳳姐見司棋低頭不語也並無畏懼慚愧之意倒覺可異料此時夜深且不必盤問只怕他夜間自尋短志遂喚兩個婆子監守且帶了人拿了賍証回來歇息等待明日料理誰知夜裡下面淋血不止

次日便覺身體十分軟弱起來遂掌不住請醫診視開方立案說要保重而去老嬤嬤們拿了方子回過王夫人不免又添一番愁悶遂將司棋之事暫且擱起可巧這日尤氏來看鳳姐坐了一回又看李紈等忽見惜春遣人來請尤氏到他房中惜春便將昨夜之事細細告訴了又命人將入畫的東西一槩要來與尤氏過目尤氏道實是你哥哥賞他哥哥的只不該私自傳送如今官鹽反成了私鹽了因罵入畫糊塗東西惜春道你們管教不嚴反罵丫頭這些姊妹獨我的丫頭沒臉我如何去見人昨兒咱鳳姐姐帶了他去又不肯今日嫂子來的恰好快帶了他去或打或殺或賣我一概不管入畫聽說跪地哀求百般

若告尤氏和奶媽等人也都十分解說他不過一時糊塗下次再不敢的看他從小兒伏侍一場誰知惜春年幼天性孤僻任人怎說只是咬定牙斷乎不肯留着更又說道不但不要入畫如今我也大了連我也不便往你們那邊去了況且近日聞得多少議論我若再去連我也編派尤氏道誰敢議論什麼又有什麼可議論的姑娘是誰我們是誰姑娘既聽見人議論我們就該問着他纔是惜春冷笑道你這話問着我倒好我一個姑娘家只好躲是非的我反尋是非成個什麼人了況且古人說的善惡生死父子不能有所勗助何況你我二人之間我只能保住自己就彀了以後你們有事好歹別累我尤氏聽了又氣

又好笑因向地下衆人道怪道人人都說四姑娘年輕糊塗我只不信你們聽這些話無原無故又沒輕重真真的叫人寒心衆人都勸說道姑娘年輕奶奶自然該吃些虧的惜春冷笑道我雖年輕這話却不年輕你們不看書不識字所以都是獃子倒說我糊塗尤氏道你是狀元第一個才子我們糊塗人不如你明白惜春道據你這話就不明白狀元難道沒有糊塗的可知你們這些人都是世俗之見那裏眼裏識的出真假心裏分的出好歹來你們要看真人揔在最初一步的心上看起纔能明白呢尤氏笑道好好纔是才子這會子又做大和尚講起叅悟來了惜春道我也不是什麽叅悟我看如今人一槩也都是

入畫一般没有什麽大說頭兒尤氏道可知你真是個心冷嘴冷的人惜春道怎麽我不冷我清清白白的一個人爲什麽叫你們帶累壞了尤氏心内原有病怕說這些話聽說有人議論已是心中羞惱只是今日惜春分中不好發作忍耐了大半天今見惜春又說這話因按捺不住便問道怎麽就帶累了你你的丫頭的不是無故說我我倒忍了這半日你倒越發得了意只管說這些話你是千金小姐我們已後就不親近你仔細帶累了小姐的美名兒即刻就叫人將入畫帶了過去說着便賭氣起身去了惜春道你這一去了若果然不來倒也省了口舌是非大家倒還干凈尤氏聽了越發生氣但終久他是姑娘任

覺怎麽樣也不好和他認真的拌起嘴來只得索性忍了這口氣便也不答言一逕往前邊去了未知後事如何且聽下回分解

紅樓夢第七十四回終

紅樓夢第七十五回

開夜宴異兆發悲音　賞中秋新詞得佳讖

話說尤氏從惜春處賭氣出來正欲往王夫人處去跟從的老嬷嬷們因悄悄的道回奶奶且別往上屋裡去纔有甄家的幾個人來還有些東西不知是什麼机密事奶奶這一去恐怕不便尤氏聽了道昨日聽見你老爺說看見抄報上甄家犯了罪現今抄沒家私調取進京治罪怎麼又有人來老嬷嬷道正是呢纔來了幾個女人氣色不成氣色慌慌張張的想必有什麼瞞人的事尤氏聽了便不往前去仍往李紈這邊來了恰好太醫纔診了脉去李紈近日也覺精爽了些擁衾倚枕坐在床上

正欲人來說些閑話因見尤氏進來不似方纔和藹只呆呆的坐着李紈因問道你過來了可吃些東西只怕餓了命素雲瞧有什麽新鮮點心拿來尤氏忙止道不必不必你這一向病着那裏有什麽新鮮東西况且我也不餓李紈道昨日人家送來的好茶麪子倒是對碗來你喝罷說畢便吩咐去對茶尤氏出神無語跟來的丫頭媳婦們因問奶奶今日晌午尚未洗臉這會子趂便可淨一淨好尤氏點頭李紈忙命素雲來取自已粧奩素雲又將自已脂粉拿來笑道我們奶奶就少這個奶奶不嫌臉髒能着用些李紈道我雖沒有你就該往姑娘們那裏取去怎麽公然拿出你的來幸而是他要是別人豈不惱呢尤氏

笑道這有何妨說著一面洗臉丫頭只彎腰捧着臉盆李紈道怎麼這樣沒規矩那丫頭趕着跪下尤氏笑道我們家下大小的人只會講外面假禮假體面究竟做出來的事都殼使的了李紈聽如此說便已知道昨夜的事因笑道你這話有因是誰做的事殼使的了尤氏道你倒問我你敢是病著過陰去了一語未了只見人報寶姑娘來了二人忙說快請寶釵已走進來九氏忙擦臉起身讓坐因問怎麼一個人忽然走進來別的姊妹都不見寶釵道正是我也沒有見他們只因今日我們奶奶身上不自在家裡兩個女人也都因時症未起炕別的靠不得我今兒要出去陪著老人家夜裡作伴要去回老太太太太我

想又不是什麽大事且不用提等好了我橫豎進来呢所以来告訴大嫂子一聲李紈聽說只看着尤氏笑尤氏也看着李紈笑一時尤氏盥洗已畢大家吃麵茶李紈因笑着向寶釵道旣這樣且打發人去請姨娘的安問是何病我也病着不能親自來瞧好妹妹你去只管去我且打發人去到你那裡去看屋子你好歹住一兩天還進来別叫我落不是寶釵笑道落什麽不是呢也是人之常情你又不曾賣放了賊依我的主意也不必添人過去竟把雲丫頭請了來你和他住一兩日豈不省事尤氏道可是史大妹妹往那裡去了寶釵道我纔打發他們找你們探丫頭去了叫他同到這裡來我也明白告訴他正說着果

然報雲姑娘和三姑娘來了大家讓坐已畢寶釵便說要出去一事探春道狠好不但姨媽好了還來就便好了不來也使得尤氏笑道這話又奇了怎麼攆起親戚來了探春冷笑道正是呢有別人攆的不如我先攆親戚們好也不必要死住着纔好偺們倒是一家子親骨肉呢一個個不像烏眼鷄是的恨不得你吃了我我吃了你尤氏忙笑道我今兒是那裡來的晦氣偏都碰着你姐兒們氣頭兒上了探春道誰叫你趕熱竈火來了因問誰又得罪了你呢因又尋思道鳳丫頭也不犯合你慪氣是誰呢尤氏只含糊答應探春知他怕事不肯多言因笑道你別粧老實了除了朝廷治罪沒有砍頭的你不必唬的這個樣

兒告訴你罷我昨日把王善保的老婆打了我還頂著徒罪呢也不過背地裡說些閑話罷咧難道也還打我一頓不成寶釵忙問因何又打他探春悉把昨夜的事一一都說了尤氏見探春已經說出來了便把惜春方纔的事也說了一遍探春道這是他向來的脾氣孤介太過我們再扭不過他的又告訴他們說今日一早不見動靜打聽鳳丫頭病著就打發人四下裡打聽王善保家的是怎麼樣回來告訴我說王善保家的挨了一頓打嗔着他多事尤氏李紈道這倒也是正禮探春冷笑道這種遮人眼目兒的事誰不會做且再瞧就是了尤氏李紈皆默無所答一時丫頭們來請用飯湘雲寶釵回房打點衣衫不在

話下尤氏辭了李紈往賈母這邊來賈母歪在榻上王夫人正說甄家因何獲罪如今抄沒了家産來京治罪等話賈母聽了心中甚不自在恰好見他姊妹來了因問從那裡來的可知鳳姐兒妯娌兩個病着今日怎麽樣尤氏等忙回道今日都好些賈母點頭嘆道偺們別管人家的事且商量偺們八月十五賞月是正經王夫人笑道已預備下了不知老太太揀那裡好只是園裡恐夜晚風凉賈母笑道多穿兩件衣服何妨那裡正是賞月的地方豈可倒不去的說話之間媳婦們抬過飯桌王夫人尤氏等忙上來放筯捧飯賈母見自已幾色菜已擺完另有兩大捧盒內盛了幾色菜便是各房孝敬的舊規矩賈母說我

吩咐過幾次蠲了罷你們都不聽王夫人笑道不過都是家常東西今日我吃齋沒有别的孝順那些面觔豆腐老太太又不甚愛吃只揀了一樣椒油蒓虀醬來賈母笑道我倒也想這個吃鴛鴦聽說便將碟子挪在跟前寶琴一一的讓了方歸坐賈母便命探春來同吃探春也都讓過了便和寶琴對面坐下侍書忙去取了碗筯鴛鴦又指那幾樣菜道這兩樣看不出是什麼東西來是大老爺孝敬的這一碗是鷄髓筍是外頭老爺送上來的一面說一面就將這碗筍送至桌上賈母畧嘗了兩點便命將那幾樣着人都送回去就說我吃了已後不必天天送我想吃什麼自然着人來要媳婦們答應着仍送過去不在話

下賈母因問拿稀飯來吃些罷尤氏早捧過一碗來說是紅稻米粥賈母接來吃了半碗便吩咐將這粥送給鳳姐兒吃去又指着這一盤菓子獨給平兒吃去又向尤氏道我吃了你就來吃了罷尤氏答應着待賈母漱口洗手畢賈母便下地和王夫人說閒話行食尤氏告坐吃飯賈母又命鴛鴦等來陪吃賈母見尤氏吃的仍是白米飯因問說怎麼不盛我的飯丫頭們回道老太太的飯完了今日添了一位姑娘所以短了些鴛鴦道如今都是可着頭做帽子了要一點兒富餘也不能的王夫人忙回道這一二年旱澇不定庄上的米都不能按數交的這幾樣細米更艱難所以都是可着吃的做賈母笑道正是巧媳婦

做不出沒米兒粥來衆人都笑起來鴛鴦一面回頭向門外伺候媳婦們道既這樣你們就去把三姑娘的飯拿來添上也是一樣尤氏笑道我這個就彀了也不用去取鴛鴦道你彀了我不會吃那媳婦們聽說方忙著取去了一時王夫人也用飯這裡尤氏直陪賈母說話取笑到起更的時候賈母說你也過去罷尤氏方告辭出來走至二門外上了車衆媳婦放下簾子來四個小厮拉出來套上牲口幾個媳婦帶著小丫頭子們先走到那邊大門口等着去了這裡送的丫環們也回來了尤氏在車內因見自己門首兩邊獅子下放着四五輛大車便知係來赴賭之人向小丫頭銀蝶兒道你看坐車的是這些騎馬的又

不知有幾個呢說著進府已到了廳上賈蓉媳婦帶了丫環媳婦也都秉着羊角手罩攙出來了尤氏笑道成日家我要偷着瞧瞧他們賭錢也沒得便今兒倒巧順便打他們窻戶跟前走過去衆媳婦答應着提燈引路又有一個先去悄悄的知會伏侍的小厮們不許失驚打怪于是尤氏一行人悄悄的來至窻下只聽裡面稱三讚四要笑之音雖多又兼有恨五罵六忿怨之聲亦不少原來賈珍近因居喪不得遊玩無聊之極便生了個破悶的法子日間以習射爲由請了幾位世家弟兄及諸富貴親友來較射因說白白的只管亂射終是無益不但不能長進且壞了式樣必須立了罰約賭個利物大家纔有勉力之心

因此天香樓下箭道內立了鵠子皆約定每日早飯後時射鵠子賈珍不好出名便命賈蓉做局家這些都是少年正是鬥雞走狗問柳評花的一干游俠紈袴因此大家議定每日輪流做晚飯之主天天宰猪割羊屠鵝殺鴨好似臨潼鬥寶的一般都要賣弄自己家裡的好廚役好烹調不到半月工夫賈政等聽見這般不知就裡反說這纔是正理文旣懈了武也當習況在武蔭之屬遂也令寶玉賈環賈琮賈蘭等四人於飯後過來跟着賈珍習射一回方許回去賈珍志不在此再過幾日便漸次以歇肩養力為由晚間或抹骨牌賭個酒東兒至後漸次至錢如今三四個月的光景竟一日一日賭勝於射了公然鬥葉擲

骰放頭開局大賭起來家下人借此各有些利益巴不得如此所以竟成了局勢外人皆不知一字近日邢夫人的胞弟邢德全也酷好如此所以也在其中又有薛蟠頭一個慣喜送錢與人的見此豈不快樂這邢德全雖係邢夫人的胞弟却居心行事大不相同他只知吃酒賭錢眠花宿柳為樂手中濫漫使錢待人無心因此都叫他傻大舅薛蟠早已出名的獃大爺今日二人湊在一處都愛搶快便又會了兩家在外間炕上搶快又有幾個在當地下大棹子上赶羊裡間又有一起斯文些的抹骨牌打天九此間伏侍的小厮都是十五歲以下的孩子此是前話且說尤氏潛至窗外偷看其中有兩個陪酒的小么兒都

打扮的粉粧錦飾今日薛蟠又擲輸了正沒好氣幸而後手裡漸漸翻過來了除了冲賬的反贏了好些心中自是興頭起來賈珍道且打住吃了東西再來因問那兩處怎麽樣此時打天九赶老羊的未清先擺下一棹賈珍陪着吃薛蟠興頭了便摟著一個小么兒喝酒又命將酒去敬傻大舅傻大舅輸家沒心腸喝了兩碗便有些醉意嗔着陪酒的小么兒只赶贏家不理輸家了因罵道你們這起兎子真是些沒良心的忘八羔子天天在一處誰的恩你們不沾只不過這會子輸了幾兩銀子你們就這麽三六九等兒的了難道從此以後再沒有求著我的事了衆人見他帶酒那些輸家不便言語只抿着嘴兒笑那些

贏家忙說大舅罵的狠是這小狗攮的們都是這個風俗兒囚笑道還不給舅太爺斟酒呢兩個小孩子都是演就的圈套忙都跪下奉酒扶着傻大舅的腿一面撒嬌兒說道你老人家別生氣看着我們兩個小孩子罷我們師父教的不論遠近厚薄只看一時有錢的就親近你老人家不信回來大大的下一注就了白瞧瞧我們兩個是什麽光景兒說的衆人都笑了這傻大舅掌不住也笑了一面伸手接過酒來一面說道我要不看着你們兩個素日怪可憐見兒的我這一脚把你們的小蛋黃子踢出來說着把腿一抬兩個孩子趁勢兒爬起來越發撒嬌撒痴拿着灑花絹子托了傻大舅的手把那鍾酒灌在傻大舅

嘴裡傻大舅哈哈的笑着一揚脖兒把一鍾酒都乾了因擰了那孩子的臉一下兒笑說道我這會子看著又怪心疼的了說著忽然想起舊事來乃拍案對賈珍說道昨日我和你令伯母慪氣你可知道麼賈珍道沒有聽見傻大舅嘆道就爲錢這件東西老賢甥你不知我們邢家的底裡我們老太太去世時我還小呢世事不知他姐妹三個人只有你令伯母居長他出閣時把家私都帶過來了如今你二姨兒也出了門子了他家裡也很艱窘你三姨兒尚在家裡一應用度都是這裡陪房王善保家的掌管我就是來要幾個錢也並不是要賈府裡的家私我邢家的家私也就殼我花了無奈竟不得到手你們就欺負

我沒錢賈珍見他酒醉外人聽見不雅忙用話解勸外面尤氏等聽得十分真切乃悄向銀蝶兒等笑說你聽見了這是北院裡大太太的兄弟抱怨他呢可見他親兄弟還是這樣就怨不得這些人了因還要聽時正值赶老羊的那些人也歇住了要酒有一個人問道方纔是誰得罪了舅太爺我們竟沒聽明白且告訴我們評評理邢德全便把兩個陪酒的孩子不理的話說了一遍那人接過來就說可惱怨不得舅太爺生氣我問你舅太爺不過輸了幾個錢罷咧並沒有輸掉了毬耙怎麼你們就不理了說着大家都笑起來邢德全也噴了一地飯說你這個東西行不動兒就撒村搗怪的尤氏在外面聽了這話悄悄

的啐了一口罵道你聽聽這一起沒廉耻的小挨刀的再灌喪了黃湯還不知唚出些什麽新樣兒的來呢一面便進去卸妝安歇至四更時賈珍方散往佩鳳房裡去了次日起來就有人回西瓜月餅都全了只待分派送人賈珍吩咐佩鳳道你請奶奶看着送罷我還有別的事呢佩鳳答應去了回了尤氏一一分派遣人送去一時佩鳳來說爺問奶奶今兒出門不出門說偺們是孝家十五過不得節今兒晚上倒好可以大家應個景兒尤氏道我倒不願意出門呢那邊珠大奶奶又病了璉二奶奶也躺下了我再不去越發沒個人了佩鳳道爺說奶奶出門好歹早些回來叫我跟了奶奶去呢尤氏道旣這麽樣快些吃

了我好走佩鳳道爺說早飯在外頭吃請奶奶自已吃罷尤氏問道今日外頭有誰佩鳳道聽見外頭有兩個南京新來的倒不知是誰說畢吃飯更衣尤氏等仍過榮府來至晚方回去果然賈珍煮了一口猪燒了一腔羊備了一棹菜蔬菓品在彙芳園叢綠堂中帶領妻子姬妾先吃過晚飯然後擺上酒開懷作樂賞月將一更時分真是風清月朗銀河微隱賈珍因命佩鳳等四個人也都入席下面一溜坐下猜枚搳拳飲了一回賈珍有了幾分酒高興起來便命取了一支紫竹簫來命佩鳳吹簫文花唱曲喉清韻雅甚令人心動神移唱罷復又行令那天將有三更時分賈珍酒已八分大家正添衣喝茶換盞更酌之際

忽聽那邊牆下有人長嘆之聲大家明明聽見都毛髮竦然賈珍忙厲聲叱問誰在那邊連問幾聲無人答應尤氏道必是牆外邊家裡人也未可知賈珍道胡說這牆四面皆無下人的房子況且那邊又緊靠着祠堂焉得有人一語未了只聽得一陣風聲竟過牆去了恍惚聞得祠堂內槅扇開闔之聲只覺得風氣森森比先更覺慘悽起來看那月色時也淡淡的不似先前明朗眾人都覺毛髮倒豎賈珍酒已嚇醒了一半只比別人拿得住些心裡也十分警畏便大沒興頭勉強又坐了一會也就歸房安歇去了次日一早起來乃是十五日帶領眾子侄開祠行朔望之禮細察祠內都仍是照舊好好的並無怪異之迹賈

珍自爲醉後自怪也不提此事禮畢仍舊閉上門看著鎖禁起
來賈珍夫妻至晚飯後方過榮府來只見賈赦賈政都在賈母
房裡坐着說閒話兒與賈母取笑呢賈璉寶玉賈環賈蘭皆在
地下侍立賈珍來了都一一見過說了兩句話賈珍方在挨門
小杌子上告了坐側着身子坐下賈母笑問道這兩日你寶兄
弟的箭如何了賈珍忙起身笑道大長進了不但式樣好而且
弓也長了一個勁賈母道這也彀了且別貪力仔細努傷着賈
珍忙答應了幾個是賈母又道你昨日送來的月餅好西瓜看
着倒好打開却也不怎麼樣賈珍陪笑道月餅是新來的一個
餑餑厨子我試了試果然好纔敢做了孝敬來的西瓜往年都

還可已不知今年怎麼就不好了賈政道大約今年雨水太勤之過賈母笑道此時月亮已上來了咱們且去上香說着便起身扶着寶玉的肩帶領衆人齊往園中來當下園子正門俱已大開掛着羊角燈嘉蔭堂月台上焚著斗香秉着燭陳設着瓜菓月餅等物邢夫人等皆在裡面久候真是月明燈彩人氣香烟晶艷氤氳不可名狀地下鋪着拜毯錦褥賈母盥手上香拜畢于是大家皆拜過賈母便說賞月在山上最好因命在那山上的大花廳上去衆人聽說就忙着在那裡鋪設賈母且在嘉蔭堂中吃茶少歇說些閒話、一時人回都齊備了賈母方扶著人上山來王夫人等因回說恐石上苔滑還是坐竹椅上去賈母道天天打掃況且極平穩的寬路何不踈散踈散筋骨也好于是賈赦賈政等在前引導又是兩個老婆秉着兩把羊角手罩鴛鴦琥珀尤氏等貼身攙扶邢夫人等在後圍隨從下逶迤不過百餘步到了主山峯脊上便是一座廠廳因在山之高脊故名曰凸碧山庄廳前平台上列下桌椅又用一架大圍屏隔做兩間凡棹椅形式皆是圓的特取團圓之意上面居中賈母坐下左邊賈赦賈珍賈璉賈蓉右邊賈政寶玉賈環賈蘭團團圍坐只坐了半棹下面還有半桌餘空賈母笑道往常倒還不覺人少今日看來究竟偺們的人也甚少筭不得什麽想當年過的日子今夜男女三四十個何等熱鬧今日那有那些人如

今叫女孩兒們來坐那邊罷于是令人向圍屏後邢夫人等席上將迎春探春惜春三個叫過來賈璉寶玉等一齊出坐先儘他姊妹坐了然後在下依次坐定賈母便命折一枝桂花來叫個媳婦在屏後擊鼓傳花若花在手中飲酒一杯罰說笑話一個于是先從賈母起次賈赦一一接過鼓聲兩轉恰恰在賈政手中住了只得飲了酒衆姊妹弟兄都你悄悄的扯我一下我暗暗的又揑你一把都含笑心裡想着倒要聽是何笑話兒賈政見賈母歡喜只得承歡方欲說時賈母又笑道要說的不笑了還要罰賈政笑道只得一個若不說笑了也只好愿罰賈母道你就說這一個賈政因說道一家子一個人最怕老婆只說

了這一句大家都笑了因從沒聽見賈政說過所以纔笑賈母笑道這必是好的賈政笑道若好老太太先多吃一杯賈母笑道使得賈赦連忙捧盃賈政執壺斟了一盃賈赦仍舊遞給賈政賈赦旁邊侍立賈政捧上安放在賈母面前賈母飲了一口賈赦賈政退回本位于是賈政又說道這個怕老婆的人從不敢多走一步偏偏那日是八月十五到街上買東西便見了幾個朋友死活拉到家裡去吃酒不想吃醉了便在朋友家睡着了第二日醒了後悔不及只得來家陪罪他老婆正洗脚說旣是這樣你替我餂餂就饒你這男人只得給他餂未免惡心要吐他老婆便惱了要打說你這樣輕狂嚇得他男人忙跪下求

說並不是奶奶的脚腌臢只因昨兒喝多了黃酒又吃了月餅
餡子所以今日有些作酸呢說得賈母和眾人都笑了賈政忙
又斟了一杯送與賈母賈母笑道既這樣快叫人取燒酒來別
叫你們有媳婦的人受累眾人又都笑起來只賈璉寶玉不敢
大笑于是又擊鼓便從賈政起可巧到寶玉鼓止寶玉因賈政
在坐早已踧踖不安偏又在他手中因想說笑話倘或說不好
了又說沒口才說好了又說正經的不會只慣貧嘴更有不是
不如不說乃起身辭道我不能說求限別的罷賈政道既這樣
限個秋字就即景做一首詩好便賞你若不好明日仔細賈母
忙道好好的行令怎麽又做詩賈政陪笑道他能的賈母聽說

既這樣就做快命人取紙筆來賈政道只不許用這些水晶氷玉銀彩光明素等堆砌字樣要另出主見試試你這幾年情思寶玉聽了碰在心坎兒上遂立想了四句向紙上寫了呈與賈政看賈政看了點頭不語賈母見這般知無甚不好便問怎麼樣賈政因欲賈母喜歡便說難爲他只是不肯念書到底詞句不雅賈母道這就罷了就該獎勵巳後越發上心了賈政道正是因回頭命個老嬤嬤出去吩咐小厮們把我海南帶來的扇子取來給兩把與寶玉寶玉磕了一個頭仍復歸坐行令當下賈蘭見獎勵寶玉他便出席也做一首呈與賈政看賈政看了更覺欣喜遂併講與賈母聽時賈母也十分歡喜也忙令賈政

賞他於是大家歸坐復行起令來這次賈赦手內住了只得吃了酒說笑話因說道一家子一個兒子最孝順偏生母親病了各處求醫不得便請了一個針灸的婆子來這婆子原不知道脉理只說是心火一針就好了這兒子慌了便問心見鐵就死如何針得婆子道不用針心只針肋條就是了兒子道肋條離心遠着呢怎麽就好了呢婆子道不妨事你不知天下作父母的偏心的多着呢衆人聽說也都笑了賈母也只得吃半杯酒半日笑道我也得這婆子針一針就好了賈赦聽說自知出言冒撞賈母疑心忙起身笑與賈母把盞以別言解釋賈母亦不好再題且行令不料這花却在賈環手裡賈環近日讀書稍進

亦好外務今見寶玉做詩受獎他便技癢只當着賈政不敢造次如今可巧花在手中便也索紙筆來立就一絕呈與賈政賈政看了亦覺罕異只見詞句中終帶着不樂讀書之意遂不悅道可見是弟兄了發言吐意揔屬邪派古人中有二難你兩個也可以稱二難了就只不是那一個難字卻是做難以教訓難字講纔好哥哥是公然溫飛卿自居如今兄弟又自爲曹唐再世了說得眾人都笑了賈赦道拿詩來我瞧便連聲讚好道這詩據我看甚是有氣骨想來咱們這樣人家原不必寒窗螢火只要讀些書比人略明白些可以做得官時就跑不了一個官見的何必多費了工夫反弄出書獃子來所以我愛他這詩竟

不失偺們侯門的氣槩因回頭吩咐人去取自已的許多玩物來賞賜與他因又拍著賈環的腦袋笑道已後就這樣做去這世襲的前程就跑不了你襲了賈政聽說忙勸說不過他胡謅如此那裡就論到後事了說着便斟了酒又行了一回令賈母便說你們去罷自然外頭還有相公們候着也不可輕忽了他們况且二更多了你們散了再讓姑娘們多樂一會子好歇着了賈政等聽了方止令起身大家公進了一杯酒纔帶着子姪們出去了要知端底下回分解

紅樓夢第七十五回終

紅樓夢第七十六回

凸碧堂品笛感淒清　凹晶館聯詩悲寂寞

話說賈赦賈政帶領賈珍等散去不題且說賈母這裡命將圍屏撤去兩席併作一席衆媳婦另行擦桌整菓更杯洗箸陳設一番賈母等都添了衣盥漱吃茶方又坐下團團圍繞賈母看時寶釵姊妹二人不在坐內知他家去圓月且李紈鳳姐二人又病少了這四個人便覺冷清了好些賈母因笑道往年你老爺們不在家偺們都是請過姨太太來大家賞月却十分熱閙忽一時想起你老爺來又不免想到母子夫妻兒女不能一處也都沒興及至今年你老爺來了正該大家團圓取樂又不便

請他們娘兒們來說笑說笑況且他們今年又添了兩口人也難撂下他們跑到這裡來偏又把鳳丫頭病了有他一個人說說笑笑還抵得十個人的空兒可見天下事總難十全說畢不覺長嘆一聲隨命拿大杯來斟熱酒王夫人笑道今日得母子團圓自比往年有趣往年娘兒們雖多終不似今年骨肉齊全的好賈母笑道正是為此所以我纔高興拿大杯來吃酒你們也換大杯纔是邢夫人等只得換上大杯來因夜深體乏且不能勝酒未免都有些倦意無奈賈母興猶未闌只得陪飲賈母又命將毡毯鋪在堦上命將月餅西瓜菓品等類都叫搬下去令丫頭媳婦們也都團團圍坐賞月賈母因見月至天中比先

越發精彩可愛因説如此好月不可不聞笛因命又將十番上女子傳來賈母道音樂多了反失雅致只用吹笛的遠遠的吹起來就彀了説畢剛纔去吹時只見跟邢夫人的媳婦走來向邢夫人説了兩句話賈母便問什麽事邢夫人便回説方纔大老爺出去被石頭絆了一下歪了腿賈母聽説忙命兩個婆子快看去又命邢夫人快去邢夫人遂告辭起身賈母便又説珍哥媳婦也趁便見就家去罷我也就睡了尤氏笑道我今日不回去了定要和老祖宗吃一夜賈母笑道使不得你們小兩口兒今夜要團團圓圓的如何爲我擔擱了尤氏紅了臉笑道老祖宗説的我們太不堪了雖是我們年輕已經是二十來年的

夫妻也奔四十歲的人了况且孝服未滿陪着老太太頑一夜是正理賈母聽說笑道這話狠是我倒也忘了孝未滿可憐你公公已死了二年多了可是我倒忘了該罰我一大杯既這樣你就別送竟陪着我罷叫蓉兒媳婦送去就順便回去罷尤氏說給賈蓉媳婦答應着送出邢夫人一同至大門各自上車回去不在話下這裡衆人賞了一回桂花又入席換煖酒來正說着閑話猛不防那壁裡桂花樹下嗚咽悠揚吹出笛聲來趁着這明月清風天空地靜真令人煩心頓釋萬慮齊除肅然危坐默然相賞聽約兩盞茶時方纔止住大家稱贊不已於是遂又斟上煖酒來賈母笑道果然好聽麽衆人笑道實在好聽我們

也想不到這樣須得老太太帶領着我們也得開些心見賈母道這還不大好須得揀那曲譜越慢的吹來越好聽便命斟一大杯酒送給吹笛之人慢慢的吃了再細細的吹一套來媳婦們答應了方送去只見方纔看賈赦的兩個婆子回來說瞧了右脚面上白腫了些如今調服了藥疼的好些了也沒大關係賈母點頭嘆道我也太操心打緊說我偏心我反這樣說着鴛鴦拿巾兜與大斗篷來說夜深了恐露水下了風吹了頭坐坐也該歇了賈母道偏今兒高興你又來催難道我醉了不成偏要坐到天亮因命再斟來一面戴上兜巾披了斗篷大家陪着又飲說些笑話只聽桂花陰裡又發出一縷笛音來果然比先

越發淒凉大家都寂然而坐夜靜月明衆人不禁傷感忙轉身陪笑說話解釋又命換酒止笛尤氏笑說道我也就學了一個笑話說給老太太解悶兒賈母勉强笑道這樣更好快說來我聽尤氏乃說道一家子養了四個兒子大兒子只一個眼睛二兒子只一個耳朶三兒子只一個鼻子眼四兒子到都齊全偏又是個啞吧正說到這裡只見席上賈母已朦朧雙眼似有睡去之態尤氏方住了忙和王夫人輕輕的請賈母睁眼笑道我不困白閉閉眼養神你們只管說我聽着呢王夫人等道夜已深了風露也大請老太太安歇罷了明日再賞十六月色也好賈母道什麼時候王夫人笑道已交四更他們姊妹們熬不過

都去睡了賈母聽說細看了一看果然都散了只有探春一人在此賈母笑道也罷你們也熬不慣况且弱的弱病的病去了倒省心只是三丫頭可憐尚還等着你也去罷我們散了說着便起身吃了一口清茶便坐竹椅小轎兩個婆子搭起衆人圍隨出園去了不在話下這裡衆媳婦收什盃盤却少了個細茶盃各處尋覔不見又問衆人必是失手打了撂在那裡告訴我拿了磁瓦去交好作証見不然又說偷起來了衆人都說沒有打碎只怕跟姑娘的人打了也未可知你細想想或問問他們去一語提醒了那媳婦笑道是了那一會記得是翠縷拿着的我去問他說着便找時剛到了甬道就遇見紫鵑和翠縷來了

翠縷便問道老太太散了可知我們姑娘那裡去了這媳婦道我來問你一個茶鍾那裡去了你倒問我要姑娘翠縷笑道我因倒茶給姑娘喝來着展眼回頭連姑娘也沒了那媳婦道太太纔說都睡覺去了你不知那裡頑去了還不知道呢翠縷和紫鵑道斷乎沒有悄悄兒睡去的只怕在那裡走了一走如今老太太走了赶過前邊送去也未可知我們且往前邊找去有了姑娘自然你的茶鍾也有了你明日一早再找纔有什麽忙的媳婦笑道有了下落就不必忙了明兒和你要罷說畢回去查收傢伙這裡紫鵑和翠縷便往賈母處來不在話下原來黛玉和湘雲二人並未去睡只因黛玉見賈府中許多人賞月賈

母猶嘆人少又想寶釵姐妹家去母女弟兄自去賞月不覺對景感懷自去倚欄垂淚寶玉近因晴雯病勢甚重諸務無心王夫人再四遣他去睡他從此去了探春又因近日家事惱著無心遊玩雖有迎春惜春二人偏又素日不大甚合所以只剩湘雲一人寬慰他因說你是個明白人還不自己保養可恨寶姐姐琴妹妹天天說親道熱早已說今年中秋要大家一處賞月必要起詩社大家聯句到今日便扔下偺們自已賞月去了社也散了詩也不做了倒是他們父子叔侄縱横起來你可知宋太祖說的好臥榻之側豈容他人酣睡他們不來偺們兩個竟聯起句來明日羞他們一羞黛玉見他這般勸慰也不肯負他

的豪興因笑道你看這裡這等人聲嘈雜有何詩興湘雲笑道這上山賞月雖好總不及近水賞月更妙你知道這山坡底下就是池沿山凹裡近水一個所在就是凹晶館可知當日蓋這園子就有學問這山之高處就叫凸碧山之低窪近水處就叫凹晶這凸凹二字歷來用的人最少如今直用作軒館之名更覺新鮮不落窠臼可知這兩處一上一下一明一暗一高一矮一山一水竟是特因玩月而設此處有愛那山高月小的便往這裡來有愛那皓月清波的便往那裡去只是這兩個字俗念作窪拱二音便說俗了不大見用只陸放翁用了一個凹字古硯微凹聚墨多還有人批他俗豈不可笑黛玉道也不抵放翁

纔用古人中用者太多如青苔賦東方朔神異經以致畫記上云張僧繇畫一乘寺的故事不可勝舉只是今日不知悞作俗字用了實和你說罷這兩個字還是我擬的呢因那年試寶玉寶玉擬了不妥我們擬寫出來送給大姐姐瞧了他又帶出來命給舅舅瞧過所以都用了如今偺們就往凹晶館去說着二人同下山坡只一轉灣就是池沿上一帶竹欄相接直通着那邊藕香榭的路徑只有兩個婆子上夜因知在凸碧山庄賞月與他們無干早已息燈睡了黛玉湘雲見息了燈都笑道倒是他們睡了好偺們就在捲篷底下賞這水月何如二人遂在兩個竹墩上坐下只見天上一輪皓月池中一個月影上下爭輝

如値身於晶宮鮫室之內微風一過粼粼然池面皺碧疊紋眞令人神清氣爽湘雲笑道怎麽得這會子上船吃酒纔好要是在我家裡我就立刻坐船了黛玉道正是古人常說的事若求全何所樂據我說這也罷了何必偏要坐船湘雲笑道得隴望蜀人之常情正說間只聽笛韻悠揚起來黛玉笑道今日老太太太太高興這笛子吹的有趣倒是助偺們的興趣了偺們兩個都愛五言就還是五言排律罷湘雲道什麽韻黛玉笑道偺們數這箇欄杆上的直棍這頭到那頭爲止他是第幾根就是第幾韻湘雲笑道這倒別致於是二人起身便從頭數至盡頭止得十三根湘雲道偏又是十三元了這個韻可用的少作排

律只怕牽強不能壓韻呢少不得你先起一句罷了黛玉笑道倒要試試偺們誰強誰弱只是沒有紙筆記湘雲道明兒再寫只怕這一點聰明兒還有黛玉道我先起一句現成的俗語罷因念道

三五中秋夕。

湘雲想了一想道

清遊擬上元。　撒天箕斗燦。

黛玉笑道

匝地管絃繁。　幾處狂飛盞。

湘雲笑道這一句幾處狂飛盞有些意思這倒要對得好呢想

了一想笑道

誰家不啟軒。　輕寒風剪剪。

黛玉道好對比我的却好只是這句又說俗話了就該加勁說了去纔是湘雲笑道詩多韻險也要鋪陳些纔是總有好的且留在後頭黛玉笑道到後頭沒有好的我看你羞不羞因聯道

良夜景暄暄。　爭餅嘲黃髮。

湘雲笑道這句不好杜撰用俗事來難我了黛玉笑道我說你不曾見過書呢吃餅是舊典唐書唐志你看了來再說湘雲笑道這也難不倒我也有了因聯道

分瓜笑綠媛。　新香榮玉桂。

黛玉道這可實實是你的杜撰了湘雲笑道明日偺們對查了出來大家看看這會子别耽擱工夫黛玉笑道雖如此下句也不好不犯又用玉桂金蘭等字樣來塞責因聯道

色健茂金萱　　蠟燭輝瓊宴

湘雲笑道金萱二字便宜了你省了多少力這樣現成的韻被你得了只不犯着替他們頌聖去況且下句你也是塞責了黛玉笑道你不說玉桂我難道強對個金萱再也要鋪陳些富麗方是即景之實事湘雲只得又聯道

觥籌亂綺園　　分曹尊一令

黛玉笑道下句好只難對些因想了一想聯道

射覆聽三宣　骰彩紅成點

湘雲笑道三宣有趣竟化俗成雅了只是下句又說上骰子少不得聯道

傳花鼓濫喧　晴光摇院宇

黛玉笑道對得却好下句又溜了只管拿些風月來塞責嗎湘雲道究竟没說到月上也要點綴點綴方不落題黛玉道且姑存之明日再斟酌因聯道

素彩接乾坤　賞罰無賓主

湘雲道又到說他們做什麼不如說咱們因聯道

吟詩序仲昆　搆思時倚檻

黛玉道這可以入上你我了因聯道
擬句或依門　酒盡情猶在
湘雲說道這時候了乃聯道
更殘樂已諼　漸聞語笑寂
黛玉道說這時候可知一步難似一步了因聯道
空剩雪霜痕　堦露團朝菌
湘雲道這一句怎麼叶韻讓我想想因起身負手想了一想笑
道彀了幸而想出一個字來不然幾乎敗了因聯道
庭烟斂夕棔　秋湍瀉石髓
黛玉聽了不禁也起身叫妙說這促狹鬼果然留下好的這會

子方說楷字虧你想得出湘雲道幸而昨日看歷朝文選見了這個字我不知是何樹因要查一查寶姐姐說不用查這就是如今俗叫做朝開夜合的我信不及到底查了一查果然不錯看來寶姐姐知道的竟多黛玉笑道楷字用在此時更恰也還罷了只是秋湍一句虧你好想只這一句別的都要抹倒我少不得打起精神來對這一句只是再不能似這一句了因想了又想方對道

風葉聚雲根。　寶琴情孤潔。

湘雲道這對得也還好只是這一句你也溜了幸而是景中情不單用寶琴來塞責因聯道

銀蟾氣吐吞　藥催靈兔搗

黛玉不語點頭半日遂念道

人向廣寒奔　犯斗邀牛女

湘雲也望月點首聯道

乘槎訪帝孫　盈虛輪莫定

黛玉道對句不好合掌下句推開一步倒還是急脉緩受法因

又聯道

晦朔魄空存　壺漏聲將涸

湘雲方欲聯時黛玉指池中黑影與湘雲看道你看那河裡怎麼像個人到黑影裡去了敢是個鬼湘雲笑道可是又見鬼了

我是不怕鬼的等我打他一下因灣腰拾了一塊小石片向那池中打去只聽打得水响一個大圓圈將月影激蕩散而復聚者幾次只聽那黒影裡嘎的一聲却飛起一個白鶴來直往藕香榭去了黛玉笑道原是他猛然想不到反嚇了一跳湘雲笑道正是這個鶴有趣倒助了我了因聯道

窗燈焰已昏　寒塘渡鶴影

黛玉聽了又叫好又跺足說了不得了這鶴真是助他的了這一句更比秋湍不同叫我對什麽纔好影字只有一個魂字可對况且寒塘渡鶴何等自然何等現成何等有景且又新鮮我竟要擱筆了湘雲笑道大家細想就有了不然就放著明日再

聯也可黛玉只看天不理他半日猛然笑道你不必撈嘴我也有了你聽聽因對道

冷月葬詩魂

湘雲拍手贊道果然好極非此不能對好個葬詩魂因又嘆道詩固新奇只是太頹喪了些你現病着不該作此過于淒清奇譎之語黛玉笑道不如此如何壓倒你只為用工在這一句了一語未了只見欄外山石後轉出一個人來笑道好詩好詩果然太悲凉了不必再往下做若底下只這樣去反不顯這兩句了倒弄的堆砌牽強二人不防倒嚇了一跳細看時不是別人却是妙玉二人皆詫異因問你如何到了這裏妙玉笑道我聽

見你們大家賞月又吹得好笛我也出來玩賞這清池皓月順脚走到這裡忽聽見你們兩個吟詩更覺清雅異常故此就聽住了只是方纔我聽見這一首中有幾句雖好只是過於頹敗凄楚此亦關人之氣數所以我出來止住你們如今老太太都早已散了滿園的人想俱已睡熟了你兩個的丫頭還不知在那裡找你們呢你們也不怕冷了快同我來到我那裡去吃杯茶只怕就天亮了黛玉笑道誰知道就這個時候了三人遂一同來至櫳翠菴中只見龕焰猶青爐香未燼幾個老道婆也都睡了只有小丫頭在蒲團上垂頭打盹妙玉喚起來現烹茶忽聽扣門之聲小丫嬛忙開門看時却是紫鵑翠縷和幾個老嬤

嬷來找他姊妹兩個進來見他們正吃茶因都笑道叫我們好找一個園子裡走遍了連姨太太那裡都找到了那小亭裡找時可巧那裡上夜的正睡醒了我們問他們他們說方纔亭外頭棚下兩個人說話後來又添了一個人聽見說大家往菴裡去我們就知道這裡來了妙玉忙命丫鬟引他們到那邊去坐著歇息吃茶自卻取了筆硯紙墨出來將方纔的詩命他二人念著遂從頭寫出來黛玉見他今日十分高興便笑道從來沒見你這樣高興我也不敢唐突請教這還可以見教否若不堪時便就燒了若或可改即請改正改正妙玉笑道也不敢妄評只是這纔有二十二韻我意思想着你二位警句已出再續時

倒恐後力不加我竟要續貂又恐有玷黛玉從沒見妙玉做過詩今見他高興如此忙說果然如此我們雖不好亦可以帶好了妙玉道如今收結到底還歸到本來面目上去若只管丟了真情真事且去搜奇檢怪一則失了咱們的閨閣面目二則也與題目無涉了林史二人皆道極是妙玉提筆微吟一揮而就遞與他二人道休要見笑依我不必如此方翻轉過來雖前頭有淒楚之句亦無甚礙了二人接了看時只見他續道

香篆銷金鼎。冰脂膩玉盆。

簫憎嫠婦泣。衾倩侍兒溫。

空帳悲金鳳。閒屏設彩鴛。

露濃苔更滑　霜重竹難捫
猶步縈紆沼　還登寂歷原
石奇神鬼縛　木怪虎狼蹲
贔屭朝光透　罘罳曉露屯
振林千樹鳥　啼谷一聲猿
歧熟焉忘徑　泉知不問源
鐘鳴櫳翠寺　雞唱稻香村
有興悲何極　無愁意豈煩
芳情只自遣　雅趣向誰言
徹旦休云倦　烹茶更細論

後書右中秋夜大觀園即景聯句三十五韻黛玉湘雲二人稱贊不已說可見偺們天天是捨近求遠現有這樣詩人在此却天天去紙上談兵妙玉笑道明日再潤色此時已天明了到底也歇息歇息纔是林史二人聽說便起身告辭帶領了丫鬟出來妙玉送至門外看他們去遠方掩門進來不在話下這裡翠縷向湘雲道大奶奶那裡還有人等着偺們睡去呢如今還是那裡去好湘雲笑道你順路告訴他們叫他們睡罷我這一去未免驚動病人不如鬧林姑娘去罷說着大家走至瀟湘館中有一半人已睡去二人進去了卸粧寬衣盥洗已畢方上床安歇紫鵑放下綃帳移燈掩門出去誰知湘雲有擇席之病雖在

枕上只是睡不着黛玉又是個心血不足常常不眠的今日又錯過困頭自然也是睡不著二人在枕上翻來覆去黛玉因問道怎麽還睡不着湘雲微笑道我有個擇席的病況且走了困只好躺躺兒罷你怎麽也睡不着黛玉嘆道我這睡不着也並非一日了大約一年之中通共也只好睡十夜滿足的覺湘雲道你這病就怪不得了要知端底下回分解

紅樓夢第七十六回終

紅樓夢第七十七回

俏丫鬟抱屈夭風流　美優伶斬情歸水月

話說王夫人見中秋已過鳳姐病也比先減了雖未大愈然亦可以出入行走得了仍命大夫每日胗脉服藥又開了丸藥方來配調經養榮丸因用上等人參二兩王夫人取時翻尋了半日只向小匣內尋了幾枝簪挺粗細的王夫人看了嫌不好命再找去又找了一大包鬚沫出來王夫人焦燥道用不着偏有但用著了再找不着成日家我叫你們查一查都歸攏一處你們白不聽就隨手混撂彩雲道想是沒了就只有這個上次那邊的太太來尋了去了王夫人道沒有的話你再細找找彩雲

只得又去找尋拿了幾包藥材來說我們不認的這個請太太自看除了這個沒有了王夫人打開看時也都忘了不知都是什麼並沒有一支人參因一面遣人去問鳳姐有無鳳姐來說也只有些參膏蘆鬚雖有幾根也不是上好的每日還要煎藥裡用呢王夫人聽了只得向邢夫人那裡問去說因上次沒了纔往這裡來尋早已用完了王夫人沒法只得親身過來請問賈母賈母忙命鴛鴦取出當日餘的來竟還有一大包皆有手指頭粗細不等遂秤了二兩給王夫人王夫人出來交給周瑞家的拿去令小廝送與醫生家去又命將那幾包不能辨的藥也帶了去命醫生認了各包號上一時周瑞家的又拿進來說

這幾樣都各包號上名字了但那一包人參固然是上好的只是年代太陳這東西比別的都不同憑是怎麼好的只過一百年後就自已成了灰了如今這個雖未成灰然已成了糟朽爛木也沒有力量的了請太太收了這個倒不拘粗細多少再換些新的纔好王夫人聽了低頭不語半日纔說這可沒法了只好去買二兩來罷也無心看那些只命都收了罷因問周瑞家的你就去說給外頭人們揀好的換二兩來倘或一時老太太問你們只說用的是老太太的不必多說周瑞家的方纔要去時寶釵因在坐乃笑道姨娘且住如今外頭人參都沒有好的雖有全枝他們也必截做兩三段鑲嵌上蘆泡鬚枝攙勻了好

賣看不得粗細我們鋪子裡常和行裡交易如今我去和媽媽
說了哥哥去托個夥計過去和參行裡要他二兩原枝來不妨
偺們多使幾兩銀子到底得了好的王夫人笑道倒是你明白
但只還得你親自走一趟纔能明白於是寶釵去了半日回來
說已遣人去趕晚就有回信明日一早去配也不遲王夫人自
是喜悅因說道賣油的娘子水梳頭自來家裡有的給人多少
這會子輪到自已用反倒各處尋去說畢長嘆寶釵笑道這東
西雖然值錢總不過是藥原該濟衆散人纔是偺們比不得那
没見世面的人家得了這個就珍藏密斂的王夫人點頭道你
這話也是一時寶釵去後因見無別人在室遂喚周瑞家的問

前日園中搜檢的事情可得下落周瑞家的是巳和鳳姐商議停妥一字不隱遂回明王夫人王夫人吃了一驚想到司棋係迎春丫頭乃係那邊的人只得令人去回邢氏周瑞家的回道前日那邊太太嗔着王善保家的多事打了幾個嘴巴子如今他也裝病在家不肯出頭了況且又是他外孫女兒自巳打了嘴他只好粧個忘了日久平服了再說如今我們過去回時恐怕又多心倒像偺們多事是的不如直把司棋帶過去一並連贜証與那邊太太瞧了不過打一頓配了人再指個丫頭來豈不省事如今白告訴去那邊太太再推三阻四的又說旣這樣你太太就該料理又來說什麼呢豈不倒躭擱了倘或那丫頭

瞅空兒尋了死反不好了如今看了兩三天都有些偷懶倘一時不到豈不倒弄出事來王夫人想了一想說這也倒是快辦了這一件再辦咱們家的那些妖精周瑞家的聽說會齊了那邊幾個媳婦先到迎春房裡回明迎春迎春聽了含淚似有不捨之意因前夜之事丫頭們悄悄說了原故雖數年之情難捨但事關風化亦無可如何了那司棋也曾求了迎春實指望能救只是迎春語言遲慢耳軟心活是不能作主的司棋見了這般知不能免因跪著哭道姑娘好狠心哄了我這兩日如今怎麽連一句話也沒有周瑞家的說道你還要姑娘留你不成便留下你也難見園裡的人了依我們的好話快快收了這樣子

倒是人不知鬼不覺的去罷大家體面些迎春手裡拿着一本
書正看呢聽了這話書也不看話也不答只管扭着身子呆呆
的坐着周瑞家的又催道這麼大女孩兒自己作的還不知道
把姑娘都帶的不好了你還敢緊着纏磨他迎春聽了方發話
道你瞧入畫也是幾年的怎麽說去就去了自然不止你兩個
想這園裡凡大的都要去呢依我說將來總有一散不如各人
去罷周瑞家的道所以到底是姑娘明白明兒還有打發的人
呢你放心罷司棋無法只得含淚給迎春磕頭和衆人告別又
向迎春耳邊說好歹打聽我受罪替我說個情兒就是主僕一
場迎春亦含淚答應放心于是周瑞家的等人帶了司棋出去

又有兩個婆子將司棋所有的東西都與他拿着走了沒幾步只見後頭繡橘趕來一面也擦着淚一面遞給司棋一個絹包說這是姑娘給你的主僕一塲如今一旦分離這個給你做個念心兒罷司棋接了不覺更哭起來了又和繡橘哭了一回周瑞家的不耐煩只管催促二人只得散了司棋因又哭告道嬸子大娘們好歹畧徇個情兒如今且歇一歇讓我到相好姊妹跟前辭一辭也是這幾年我們相好一塲周瑞家的等人皆各有事做這些事便是不得已了况且又深恨他們素日大樣如今那裡工夫聽他的話因冷笑道我勸你去罷別拉拉扯扯的了我們還有正經事呢誰是你一個衣胞裡爬出來的辭他們

一

做什麼你不過挨一會是一會難道算了不成依我說快去罷一面說一面總不住脚直帶着出後角門去司棋無奈又不敢再說只得跟着出來可巧正值寶玉從外頭進來一見帶了司棋出去又見後面抱着許多東西料着此去再不能來了因聽見上夜的事並晴雯的病也因那日加重細問晴雯又不說是爲何今見司棋亦走不覺如喪魂魄因忙攔住問道那裡去周瑞家的等皆知寶玉素昔行爲又恐嘮叨誤事因笑道不干你事快念書去罷寶玉笑道姐姐們且站一站我有道理周瑞家的便道太太吩咐不許少捱時刻又有什麼道理我們只知道太太的話管不得許多司棋見了寶玉因拉住哭道他們做不

得主好歹求求太太去寶玉不禁也傷心含淚說道我不知你做了什麼大事晴雯也氣病着如今你又要去了這却怎麼着好周瑞家的發躁向司棋道你如今不是副小姐了要不聽說我就打得你了別想往日有姑娘護着任你們作耗越說着還不好生走一個小爺見了面也拉拉扯扯的什麼意思那幾個婦人不由分說拉着司棋便出去了寶玉又恐他們去告舌恨的只瞪着他們看走遠了方指着恨道奇怪奇怪怎麼這些人只一嫁了漢子染了男人的氣味就這樣混賬起來比男人更可殺了守園門的婆子聽了也不禁好笑起來因問道這樣說凡女兒各各是好的了女人個個是壞的了寶玉發狠道不錯

不錯正說著只見幾個老婆子走來忙說道你們小心傳齊了伺候著此刻太太親自到園裡查人呢又吩咐快叫怡紅院晴雯姑娘的哥嫂來在這裡等着領出他妹子去因又笑道阿彌陀佛今日天睜了眼把這個禍害妖精退送了大家清淨些寶玉一聞得王夫人進來親查便料道晴雯也保不住了早飛也是的趕了去所以後來趣愿之話竟未聽見寶玉及到了怡紅院只見一羣人在那裡王夫人在屋裡坐著一臉怒色見寶玉也不理晴雯四五日水米不曾沾牙如今現打炕上拉下來蓬頭垢面的兩個女人攙架起來去了王夫人吩咐把他貼身的衣服撂出去餘者留下給好的丫頭們穿又命把這裡所有的

丫頭們都叫來一一過目原來王夫人惟怕丫頭們教壞了寶玉乃從襲人起以至于極小的粗活小丫頭們個個親自看了一遍因問誰是和寶玉一日的生日本人不敢答言老嬤嬤指道這一個蕙香又叫做四兒的是同寶玉一日生日的王夫人細看了一看雖比不上晴雯一半却有幾分水秀視其行止聰明皆露在外面且也打扮的不同王夫人冷笑道這也是個沒廉恥的貨他背地裡說的同日生日就是夫妻這可是你說的打諒我隔的遠都不知道呢可知我身子雖不大來我的心耳神意時時都在這裡難道我統共一個寶玉就白放心憑你們勾引壞了不成這個四兒見王夫人說着他素日和寶玉的私

語不禁紅了臉低頭垂淚王夫人卽命也快把他家人叫來領出去配人又問那芳官呢芳官只得過來王夫人道唱戲的女孩子自然更是狐狸精了上次放你們你們又不願去可就該安分守己纔是你就成精鼓搗起來調唆寳玉無所不爲芳官等辯道並不敢調唆什麽了王夫人笑道你還强嘴你連你乾娘都壓倒了豈止別人因喝命喚他乾娘來領去就賞他外頭找個女婿罷他的東西一槩給他吩咐上年凡有姑娘分的唱戲女孩子們一槩不許留在園裡都令其各人乾娘帶出自行聘嫁一語傳出這些乾娘皆感恩趁願不盡都約齊給王夫人磕頭領去王夫人又滿屋裡搜檢寳玉之物凡略有眼生之物

一併命收倦起來等到自已房裡去了因說這纔乾淨省得傍人口舌又吩咐襲人麝月等人你們小心往後再有一點分外之事我一槩不饒因叫人查看了今年不宜遷挪暫且挨過今年明年一並給我仍舊搬出去纔心淨說畢茶也不吃遂帶領衆人又往别處去閱人暫且說不到後文如今且說寶玉只道王夫人不過來搜檢搜檢無甚大事誰知竟這樣雷嗔電怒的來了所責之事皆係平日私語一字不爽料必不能挽囘的雖心下恨不能一死但王夫人盛怒之際自不敢多言一直跟送王夫人到沁芳亭王夫人命囘去好生念念那書仔細明兒問你纔已發下狠了寶玉聽如此說纔囘來一路打算誰這樣犯

舌况這裡事也無人知道如何就都說著了一面想一面進來只見襲人在那裡垂淚且去了第一等的人豈不傷心便倒在床上大哭起來襲人知他心裡别的猶可獨有晴雯是第一件大事乃勸道哭也不中用你起來我告訴你晴雯已經好了他這一家去倒心淨養幾天你果然捨不得他等太太氣消了你再求老太太慢慢的叫進來也不難太太不過偶然聽了别人的閑言在氣頭上罷了寶玉道我究竟不知晴雯犯了什麽迷天大罪襲人道太太只嫌他生的太好了未免輕狂些太太是深知這樣美人是的人心裡是不能安靜的所以狠嫌他像我們這粗粗笨笨的倒好寶玉道美人是的心裡就不安靜麽你

那裡知道古來美人安靜的多着呢這也罷了偺們私自頑話怎麼也知道了又沒外人走風這可奇怪了襲人道你有什麼忌諱的一時高興你就不管有人沒人了我也曾使過眼色也會遞過暗號被那人知道了你還不覺寳玉道怎麼人人的不是太太都知道了單不挑出你和麝月秋紋來襲人聽了這話心内一動低頭半日無可回答因便笑道正是呢若論我們也有頑笑不留心的去處怎麼太太竟忘了想是還有別的事等完了再發放我們也未可知寳玉笑道你是頭一個出了名的至善至賢的人他兩個又是你陶冶教育的焉得有什麼該罰之處只是芳官尚小過於伶俐些未免倚強壓倒了人惹人厭

四兒是我悞了他還是那年我和你拌嘴的那日起叫上來做細活的衆人見我待他好未免奪了地位也是有的故有今日只是晴雯也是和你們一樣從小兒在老太太屋裡過來的雖生的比人强些也没什麼妨碍着誰的去處就只是他的性情爽利口角鋒芒竟也没見他得罪了那一個可是你說的想是他過於生得好了反被這個好帶累了說畢復又哭起來襲人細揣此話只是寶玉有疑他之意竟不好再勸因嘆道天知道罷了此時也查不出人來了白哭一會子也無益了寶玉冷笑道原是想他自幼嬌生慣養的何嘗受過一日委屈如今是一盆纔透出嫩箭的蘭花送到猪圈裡去一般况又是一身重病

裡頭一肚子悶氣他又没有親爹熱娘只有一個醉泥鰌姑舅哥哥他這一去那裡還等得一月半月再不能見一面兩面的了說着越發心痛起來襲人笑道可是你自許州官放火不許百姓點燈我們偶說一句妨碍的話你就說不吉利你如今好好的咒他就該的了寶玉道我不是妄口咒人今年春天已有兆頭的襲人忙問何兆寶玉道這堦下好好的一株海棠花竟無故死了半邊我就知道有壞事果然應在他身上襲人聽了又笑起來說我要不說又掌不住你也太婆婆媽媽的了這樣的話怎麼是你讀書的人說的寶玉嘆道你們那裡知道不但草木凡天下有情有理的東西也和人一樣得了知己便極有

靈驗的若用大題目比就像孔子廟前檜樹坟前的蓍草諸葛祠前的栢樹岳武穆坟前的松樹這都是堂堂正大之氣千古不磨之物世亂他就枯乾了世治他就茂盛了凡千年枯了又生的幾次這不是應兆麽若是小題比就像楊太真沈香亭的木芍藥端正樓的相思樹王昭君坟上的長青草難道不也有靈驗所以這海棠亦是應著人生的襲人聽了這篇痴話又可笑又可嘆因笑道眞眞的這話越發說上我的氣來了那晴雯是個什麽東西就費這樣心思比出這些正經人來還有一說他總好也越不過我的次序去就是這海棠也該先來比我也還輪不到他想是我要死的了寶玉聽說忙掩他的嘴勸道這

是何苦一個未是你又這樣起來罷了再別提這事別弄的去了三個又饒上一個襲人聽說心下暗喜道若不如此也沒個了局寶玉又道我還有一句話要和你商量不知你肯不肯現在他的東西是瞞上不瞞下悄悄的送還他去再或有偺們素日積攢下的錢拿幾吊出去給他養病也是你姊妹好了一場襲人聽了笑道你太把我看得忒小器又沒人心了這話還等你說我纔把他的衣裳各物已打點下了放在那裡如今白日裡人多眼雜又恐生事且等到晚上悄悄的叫宋媽給他拿去我還有攢下的幾吊錢也給他去寶玉聽了點點頭兒襲人笑道我原是久已出名的賢人連這一點子好名還不會買去不

戒寶玉聽了他方纔說的又陪笑撫慰他怕他寒了心晚間果遣宋媽送去寶玉將一切人穩住便獨自得便到園子後角門央一個老婆子帶他到晴雯家去先這婆子百般不肯只說怕人知道回了太太我還吃飯不吃飯無奈寶玉死活央告又許他些錢那個婆子方帶了他去却說這晴雯當日係賴大買的還有個姑舅哥哥叫做吳貴人都叫他貴兒那時晴雯纔得十歲時常頻嬤嬤帶進來賈母見了喜歡故此賴嬤嬤就孝敬了賈母過了幾年賴大又給他姑舅哥哥娶了一房媳婦誰知貴兒一爲胆小老寔那媳婦却倒伶俐又兼有幾分姿色看着貴兒無能爲便每日家打扮的妖妖調調兩隻眼兒水汪汪的招

惹的賴大家人如蠅逐臭漸漸做出些風流勾當來那時晴雯已在寶玉屋裡他便央及了晴雯轉求鳳姐合賴大家的要過來目今兩口兒就在園子後角門外居住伺候園中買辦雜差這晴雯一時被攆出來住在他家那媳婦那裡有心腸照管吃了飯便自去串門子只剩下晴雯一人在外間屋內爬著寶玉命那婆子在外瞭望他獨掀起布簾進來一眼就看見晴雯睡在一領蘆席上幸而被褥還是舊日鋪蓋的心內不知自己怎麼纔好因上來含淚伸手輕輕拉他悄喚兩聲當下晴雯又因着了風又受了哥嫂的歹話病上加病嗽了一日纔矇矓睡了忽聞有人喚他強展雙眸一見是寶玉又驚又喜又悲又痛一

把死攥住他的手哽咽了半日方說道我只道不得見你了接著便嗽個不住寶玉也只有哽咽之分晴雯道阿彌陀佛你來得好且把那茶倒半碗我喝渴了半日叫半個人也叫不着寶玉聽說忙拭淚問茶在那裡晴雯道在爐台上寶玉看時雖有個黑煤烏嘴的吊子也不象個茶壺只得桌上去拿一個碗未到手內先聞得油羶之氣寶玉只得拿了來先拿些水洗了兩次復用自已的絹子拭了聞了聞還有些氣味沒奈何提起壺來斟了半碗看時絳紅的也不大像茶晴雯扶枕道快給我喝一口罷這就是茶了那裡比得偺們的茶呢寶玉聽說先自已嘗了一嘗並無茶味鹹澀不堪只得遞給晴雯只見晴雯如得

了甘露一般一氣都灌下去了寶玉看着眼中淚直流下來連自巳的身子都不知為何物了一面問道你有什麼說的趁著沒人告訴我晴雯嗚咽道有什麼可說的不過是挨一刻是一刻挨一日是一日我巳知橫竪不過三五日的光景我就好回去了只是一件我死也不甘心我雖生得比別人好些並沒有私情勾引你怎麼一口死咬定了我是個狐狸精我今兒旣擔了虛名况且沒了遠限不是我說一句後悔的話早知如此我當日說到這裡氣往上咽便說不出來兩手巳經氷涼寶玉又痛又急又害怕便歪在席上一隻手攥著他的手一隻手輕輕的給他搥打着又不敢大聲的叫眞眞萬箭攢心兩三句話時

晴雯纔哭出來寶玉拉着他的手只覺瘦如枯柴腕上猶戴著四個銀鐲因哭道除下來等好了再戴上去罷又說這一病好了又傷好些晴雯拭淚把那手用力拳回擱在口邊狠命一咬只聽咯吱一聲把兩根葱管一般的指甲齊根咬下拉了寶玉的手將指甲擱在他手裡又回手扎掙着連揪帶脫在被窩內將貼身穿着的一件舊紅綾小襖兒脫下遞給寶玉不想虛弱透了的人那裡禁得這麼抖摟早喘成一處了寶玉見他這般已經會意連忙解開外衣將自己的襖兒褪下來蓋在他身上却把這件穿上不及扣鈕子只用外頭衣裳掩了剛繫腰時只見晴雯睁眼道你扶起我來坐坐寶玉只得扶他那裡扶得起

好容易欠起半身晴雯伸手把寶玉的袄兒往自已身上拉寶玉連忙給他披上拖着肐膊伸上袖子輕輕放倒然後將他的指甲裝在荷包裡晴雯哭道你去罷這裡腌臢你那裡受得你的身子要緊今日這一來我就死了也不枉擔了虛名一語未完只見他嫂子笑嘻嘻掀簾進來道好呀你兩個的話我已都聽見了又向寶玉道你一個做主子的跑到下人房裡來做什麽看着我年輕長的俊你敢只是來調戲我麽寶玉聽見嚇得忙陪笑央及道好姐姐快別大聲的他伏侍我一場我私自來瞧瞧他那媳婦兒點着頭兒笑道怨不得人家都說你有情有義兒的便一手拉了寶玉進裡間來笑道你要不叫我嚷這也

容易你只是依我一件事說着便自巳坐在炕沿上把寶玉拉在懷中緊緊的將兩條腿夾住寶玉那裡見過這個心內早突突的跳起來了急得滿面紅脹身上亂戰又羞又愧又怕又惱只說好姐姐別鬧那媳婦乜斜了眼兒笑道呸成日家聽見你在女孩兒們身上做工夫怎麽今兒個就發起赸來了寶玉紅了臉笑道姐姐撒開手有話偺們慢慢兒的說外頭有老媽媽聽見什麽意思呢那媳婦那裡肯放笑道我早進來了已經叫那老婆子去到園門口兒等着呢我等什麽兒是的今日纔等着你了你要不依我我就嚷起來叫裡頭太太聽見了我看你怎麽樣你這麽個人只這麽大膽子兒我剛纔進來了好一會

子在窗下細聽屋裡只你兩個人我只道有些個體已話兒這麽看起來你們兩個人竟還是各不相擾兒呢我可不能像他那没傻說着就要動手寶玉急的死往外拽正鬧著只聽窗外有人問道晴雯姐姐在這裡住呢不是那媳婦子也嚇了一跳連忙放了寶玉這寶玉已經嚇怔了聽不出聲音外邊晴雯聽見他嫂子纏磨寶玉又急又臊又氣一陣虛火上攻早昏暈過去那媳婦連忙答應着出來看不是別人却是柳五兒和他母親兩個抱著一個包袱柳家的拿着幾吊錢悄悄的問那媳婦道這是裡頭襲姑娘叫拿出來給你們姑娘的他在那屋裡呢那媳婦兒笑道就是這個屋子那裡還有屋子那柳家的領着

五兒剛進門來只見一個人影兒往屋裡一閃柳家的素知這
媳婦子不妥只打諒是他的私人看見晴雯睡着了連忙放下
帶着五兒便往外走誰知五兒眼尖早已見是寶玉便問他母
親道頭裡不是襲人姐姐那裏悄悄兒的找寶二爺呢嗎柳家
的道噯喲可是忘了方纔老宋媽說見寶二爺出角門來了門
上還有人等着要關園門呢因回頭問那媳婦兒那媳婦兒自
已心虛便道寶二爺那裡肯到我們這屋裡來柳家的聽說便
要走這寶玉一則怕關了門二則怕那媳婦子進來又纏也顧
不得什麼了連忙掀了簾子出來道柳嫂子你等等我一路見
走柳家的聽了倒唬了一大跳說我的爺你怎麼跑了這裡來

了那寶玉也不答言一直飛走那五兒道媽媽你快叫住寶二爺不用忙留神冒冒失失被人碰見倒不好況且纔出來時襲人姐姐已經打發人留下門了說着趕忙同他媽來趕寶玉這裡晴雯的嫂子乾瞅着把個妙人兒走了却說寶玉跑進角門纔把心放下來還是突突亂跳又怕五兒關在外頭眼巴巴瞅着他母女也進來了遠遠聽見裡邊嬤嬤們正查人若再遲一步就關了園門了寶玉進入園中且喜無人知道到了自己房裡告訴襲人只說在薛姨媽家去的也就罷了一時鋪床襲人不得不問今日怎麽睡寶玉道不管怎麽睡罷了原來這一二年來襲人因王夫人看重了他越發自要尊重凡背人之處或

夜晚之間總不與寶玉狹眠較先小時反倒疏遠了雖無大事辦理然一應針線並寶玉及諸小丫頭出入銀錢衣履什物等事也甚煩瑣且有吐血之症故近來夜間總不與寶玉同房寶玉夜間膽小醒了便要喚人因晴雯睡臥警醒故夜間一應茶水起坐呼喚之事悉皆委他一人所以寶玉外床只是晴雯睡着他今去了襲人只得將自己鋪蓋搬來鋪設床外寶玉發了一晚上的獃襲人催他睡下然後自睡只聽寶玉在枕上長吁短嘆覆去翻來直至三更已後方漸漸安頓了襲人方放心也就矇矓睡着沒半盞茶時只聽寶玉叫晴雯襲人忙連聲答應問做什麽寶玉因要茶吃襲人倒了茶來寶玉乃歎道我近來

叫慣了他卻忘了是你襲人笑道他乍來你也曾睡夢中叫我巳後纔改了的說着大家又睡下寶玉又翻轉了一個更次至五更方睡去時只見晴雯從外走來仍是往日行景進來向寶玉道你們好生過罷我從此就別過了說畢翻身就走寶玉忙叫時又將襲人叫醒襲人還只當他慣了口亂叫卻見寶玉哭了說道晴雯死了襲人笑道這是那裡的話叫人聽着什麼意思寶玉那裡肯聽恨不得一時亮了就遣人去問信及至亮時就有王夫人房裡小丫頭叫開前角門傳王夫人的話卽時叫起寶玉快洗臉換了衣裳來因今兒有人請老爺賞秋菊老爺因喜歡他前兒做的詩好故此要帶了他們去這都是太太的

話你們快告訴去立逼他快來老爺在上屋裡等他們吃麵茶呢環哥兒早來了快快兒的去罷我去叫蘭哥兒去了裡面的婆子聽一句應一句一面扣着鈕子一面開門襲人聽得叩門便知有事一面命人開時自已已起來了聽得這話忙催人來舀了洗臉水催寶玉起來梳洗他自去取衣因思跟賈政出門便不肯拿出十分出色的新鮮衣服來只揀那三等成色的來寶玉此時已無法只得忙忙前來果然賈政在那裡吃茶十分喜悅寶玉請了早安賈環賈蘭二人也都見過賈政命坐吃茶向環蘭二人道寶玉讀書不及你兩個論題聯和詩這種聰明你們皆不及他今日此去未免叫你們做詩寶玉須隨便助他

們兩個王夫人自來不曾聽見這等考語真是意外之喜一時候他父子去了方欲過賈母那邊來時就有芳官等三個乾娘走來回說芳官自前日蒙太太的恩典賞出來了他就瘋了是的茶飯都不吃勾引上藕官蕊官三個人尋死覓活只要鉸了頭髮做尼姑去我只當是小孩子家一時出去不慣也是有的不過隔兩日就好了誰知越鬧越凶打罵著也不怕實在沒法所以來求太太或是依他們去做尼姑去或教導他們一頓賞給別人做女孩兒去罷我們沒這福王夫人聽了道胡說那裡由得他們起來佛門也是輕易進去的麼每人打一頓給他們看還鬧不鬧當下因八月十五日各廟內上供去皆有各廟內

的尼姑來送供尖因曾留下水月庵的智通與地藏庵的圓信住下未回聽得此信就想拐兩個女孩子去做活使喚都向王夫人說府上到底是善人家因太太好善所以感應得這些小姑娘們皆如此雖然說佛門容易難上也要知道佛法平等我佛立願原度一切衆生如今兩三個姑娘既然無父母家鄉又遠他們既經了這富貴又想從小命苦入了風流行次將來知道終身怎麽樣所以苦海回頭立意出家修修來世也是他們的高意太太倒不要阻了善念王夫人原是個善人起先聽見這話諒係小孩子不遂心的話將來熬不得清凈反致獲罪今聽了這兩個拐子的話大近情理且近日家中多故又有邢夫

人遣人過來知會明日接迎春家去住兩日以俻人家相看且又有官媒來求說探春等心緒正煩那裡着意在這些小事既聽此言便笑答道你兩個既這等說你們就帶了做徒弟去如何二姑子聽了念一聲佛道善哉善哉若如此可是老人家的陰功不小說畢便稽首拜謝王夫人道既這樣你們問他去若果真心即上來當着我拜了師父去罷這三個女人聽了出去果然將他三人帶來王夫人問之再三他三人已立定主意遂與兩個姑子叩了頭又拜辭了王夫人王夫人見他們意皆決斷知不可強了反倒傷心可憐忙命人來取了些東西來賞了他們又送了兩個姑子些禮物從此芳官跟了水月庵的智通

蕊官藕官二人跟了地藏庵圓信各自出家去了要知後事下回分解

紅樓夢第七十七囘終

紅樓夢第七十八回

老學士閒徵姽嫿詞　癡公子杜撰芙蓉誄

話說兩個尼姑領了芳官等去後王夫人便往賈母處來見賈母喜歡便趁便回道寶玉屋裏有個晴雯那個丫頭也大了而且一年之間病不離身我常見他比別人分外淘氣也懶前日又病倒了十幾天叫大夫瞧說是女兒癆所以我就赶着叫他下去了若養好了也不用叫他進來就賞他家配人去也罷了再那幾個學戲的女孩子我也做主放了一則他們都會戲口裏沒輕沒重只會混說女孩兒們聽了如何使得二則他們唱會子戲白放了他們也是應該的况丫頭們也太多若說不彀

使再挑上幾個來也是一樣賈母聽了點頭道這是正理我也正想着如此况晴雯這丫頭我看他甚好言談針線都不及他將來還可以給寶玉使喚的誰知變了王夫人笑道老太太挑中的人原不錯只是他命裏没造化所以得了這個病俗語又說女大十八變况且有本事的人未免就有些調歪老太太還有什麽不曾經歷過的三年前我也就留心這件事先只取中了他我留心看了去他色色比人强只是不大沉重知大體莫若襲人第一雖說賢妻美妾也要性情和順舉止沉重的更好些襲人的模樣雖比晴雯次一等然放在房裏也算是一二等的况且行事大方心地老實這幾年從未同着寶玉淘氣凡寶

玉十分胡鬧的事他只有死勸的因此品擇了二年一點不錯了我悄悄的把他丫頭的月錢止住我的月分銀子裡批出二兩銀子來給他不過使他自已知道越發小心效好之意且沒有明說一則寶玉年紀尚小老爺知道了又恐就耽悞了書二則寶玉自以爲自已跟前的人不敢勸他說他反倒縱性起來所以直到今日纔回明老太太賈母聽了笑道原來這樣如此更好了襲人本來從小兒不言不語我只說是沒嘴的葫蘆既是你深知豈有大錯悞的王夫人又回今日賈政如何誇獎如何帶他們進去賈母聽了更加喜悅一時只見迎春粧扮了前來告辭過去鳳姐也來請早安伺候早飯又說笑一回賈母歇

晌王夫人便與了鳳姐問他丸藥可曾配來鳳姐道還不曾呢如今還是吃湯藥太太只管放心我已大好了王夫人見他精神復初也就信了因告訴攆逐晴雯等事又說寶丫頭怎麼私自回家去了你們都不知道我前兒順路都查了一查誰知蘭小子的這一個新進來的奶子也十分的妖調也不喜歡他我說給你大嫂子了好不好叫他各自去罷我因問你大嫂子寶丫頭出去難道你們不知道嗎他說是告訴了他了不兩三日等姨媽病好了就進來姨媽究竟沒什麼大病不過咳嗽腰疼年年是如此的他這去的必有原故不是有人得罪了他了那孩子心重親戚們住一場別得罪了人反不好了鳳姐笑道誰

可好好的得罪着他王夫人道别是寶玉有嘴無心從來沒個忌諱高了興信嘴胡說也是有的鳳姐笑道這可是太太過於操心了若說他出去幹正經事說正經話去却像個傻子若只叫他進來在這些姊妹跟前以至於大小的丫頭跟前最有儘讓又恐怕得罪了人那是再不得有人惱他的我想薛妹妹此去必是為前夜搜檢衆丫頭的原故他自然為信不及園裡的人他又是親戚現也有丫頭老婆在內我們又不好去搜檢他恐我們疑他所以多了這個心自已迴避了也是應該避嫌疑的王夫人聽了這話不錯自已遂低頭一想便命人去請了寶釵來分晰前日的事以解他的疑心又仍命他進來照舊居住寶

釵陪笑道我原要早出去的因姨媽有許多大事所以不便來說可巧前日媽媽又不好了家裡兩個靠得的女人又病所以我趁便去了姨媽今日既已知道了我正好回明就從今日辭了好搬東西王夫人鳳姐都笑道你太固執了正經再搬進來爲是休爲沒要緊的事反疎遠了親戚寶釵笑道這話說的太重了並沒爲什麼事要出去我爲的是媽媽近來神思比先大減而且夜晚沒有得靠的人統共只我一個人二則如今我哥哥眼看娶嫂子多少針線活計並家裡一切動用器皿尚有未齊備的我也須得幫着媽媽去料理料理姨媽和鳳姐姐都知道我們家的事不是我撒謊再者自我在園裡東南上小角門

子就常開着原是為我走的保不住出入的人圖省走路也從那裡走又沒個人盤查設若從那裡弄出事來豈不兩碍而且我進園裡來睡原不是什麽大事因前幾年年紀都小且家裡沒事在外頭不如進來姊妹們在一處頑笑作針線都比在外頭一人悶坐好些如今彼此都大了况姨娘這邊歷年皆遇不遂心之事所以那園子裡倘有一時照顧不到的皆有關係惟有少幾個人就可以少操些心了所以今日不但我決意辭去此外還要勸姨娘如今該减省的就减省些也不為失了大家的體統據我看園裡的這一項費用也竟可以免的說不得當日的話姨娘深知我家的難道我家當日也是這樣零落不成

鳳姐聽了這篇話便向王夫人笑道這話依我竟不必彊他王夫人點頭道我也無可回答只好隨你的便罷了說話之間只見寶玉已回來了因說老爺還未散恐天黑了所以先叫我們回來了王夫人忙問今日可丟了醜了沒有寶玉笑道不但不丟醜拐了許多東西來接着就有老婆子們從二門上小厮手內接進東西來王夫人一看時只見扇子三把扇墜三個筆墨共六匣香珠三串玉縧環三個寶玉說道這是梅翰林送的那是楊侍郎送的這是李員外送的每人一分說着又向懷中取出一個檀香小護身佛來說這是慶國公單給我的王夫人又問在席何人做何詩詞說畢只將寶玉一分令人拿着同寶玉

環蘭前來見賈母賈母看了喜歡不盡不免又問些話無奈寶玉一心記着晴雯答應完了便說騎馬顛了骨頭疼賈母便說快回房去換了衣服疎散疎散就好了不許睡寶玉聽了便忙進園來當下麝月秋紋已帶了兩個丫頭來等候見寶玉辭了賈母出來秋紋便將墨筆等物拿着隨寶玉進園來寶玉滿口裡說好熱一壁走一面便摘冠解帶將外面的大衣服都脫下來麝月拿著只穿着一件松花綾子夾襖襟內露出血點般大紅褲子來秋紋見這條紅褲是晴雯針線因嘆道真是物在人亡了麝月將秋紋拉了一把笑道這褲子配著松花色襖兒石青靴子越顯出靛青的頭髮雪白的臉來了寶玉在前只粧沒聽

見又走了兩步便止步道我要走一走這怎麼好麝月道大白日裡還怕什麼還怕丟了你不成因命兩個小丫頭跟著我們送了這些東西去再來寶玉道好姐姐等一等我再去麝月道我們去了就來兩個人手裡都有東西倒像擺執事的一個捧着文房四寶一個捧着冠袍帶履成個什麼樣子寶玉聽了正中心懷便讓他二人去了他便帶了兩個小丫頭到一塊山子石後頭悄問他二人道自我去了你襲人姐姐打發人去瞧晴雯姐姐沒有這一個答道打發宋媽瞧去了寶玉道回來說什麼小丫頭道回來說晴雯姐姐直着脖子叫了一夜今日早起就閉了眼住了口世事不知只有倒氣的分兒了寶玉忙道一

夜呌的是誰小丫頭道一夜呌的是娘寶玉拭淚道還呌誰小丫頭說沒有聽見呌別人了寶玉道你糊塗想必沒有聽真傍邊那一個小丫頭最伶俐聽寶玉如此說便上來說真個他糊塗又向寶玉說不但我聽的真切我還親自偷着看去來着寶玉聽說忙問怎麽又親自看去小丫頭道我想晴雯姐姐素日和別人不同待我們極好如今他雖受了委屈出去我們不能別的法子救他只親去瞧瞧也不枉素日疼我們一塲就是人知道了回了太太打我們一頓也是願受的所以我拚着一頓打偷着出去瞧了一瞧誰知他平生為人聰明至死不變見我去了便睁開眼拉我的手問寶玉那去了我告訴他了他嘆了

寫致根結到芙蓉要丟姑娘又說狐媚子

一口氣說不能見了我就說姐姐何不等一等他回來見一面他就笑道你們不知道我不是死如今天上少了一個花神玉皇爺叫我去管花兒我如今在未正二刻就上任去了寶玉須得未正三刻纔到家只少一刻兒的工夫不能見面世上凡有該死的人閻王勾取了去是差些個小鬼來拿他的魂兒要遲延一時半刻不過燒些紙澆些漿飯那鬼只顧搶錢去了該死的人就可挨磨些工夫我這如今是天上的神仙來請那裏捱得時刻呢我聽了這話竟不大信及進來到屋裏留神看時辰表果然是未正二刻他嚥了氣正三刻上就有人來叫我們說你來了寶玉忙道你不認得字所以不知道這原是有的不但

花有一花神還有總花神但他不知做總花神去了還是單管一樣花神這丫頭聽了一時謅不來恰好這是八月時節園中池上芙蓉正開這丫頭便見景生情忙答道我已曾問他是管什麼花的神告訴我們日後也好供養他說你只可告訴寶玉一人除他之外不可洩了天機就告訴我說他就是專管芙蓉花的寶玉聽了這話不但不爲怪亦且去悲生喜便回過頭來看着那芙蓉笑道此花也須得這樣一個人去主管我就料定他那樣的人必有一番事業雖然超生苦海從此再不能相見了免不得傷感思念因又想雖然臨終未見如今且去靈前一拜也算盡這五六年的情意想畢忙至屋裡正值麝月秋紋

我來寶玉又自穿戴了只說去看黛玉遂一人出園往前次看望之處來意爲停柩在內誰知他哥嫂見他一嚥氣便回了進去希圖早些得幾兩發送例銀王夫人聞知便命賞了十兩銀子又命即刻送到外頭焚化了罷女子癆死的斷不可留他哥嫂聽了這話一面得銀一面催人立刻入殮抬往城外化人廠上去了剩的衣裳簪環約有三四百金之數他哥嫂自收了爲後日之計二人將門鎖上一同送殯去了寶玉走來撲了一個空站了半天並無別法只得復身進入園中及回至房中甚覺無味因順路來找黛玉不在房裡問其何往丫環們回說往寶姑娘那裡去了寶玉又至蘅蕪苑中只見寂靜無人房內搬出

空空落落不覺吃一大驚纔想起前日髣髴聽見寶釵要搬出去只因這兩日工課忙就混忘了這時看見如此纔知道果然搬出怔了半天因轉念一想不如還是和襲人厮混再與黛玉相伴只這兩三個人只怕還是同死同歸想畢仍往瀟湘館來偏黛玉還未回來正在不知所之忽見王夫人的丫頭進來找他說老爺回來了找你呢又得了好題目了快走快走寶玉聽了只得跟了出來到王夫人屋裡他父親已出去了王夫人命人送寶玉至書房裡彼時賈政正與衆幕友們談論尋書之勝又說臨散時忽談及一事最是千古佳談風流雋逸忠義感慨八字皆備倒是個好題目大家要做一首輓詞衆幕賓聽了都

請教係何等妙事賈政乃道當日曾有一位王爵封曰恒王出鎮青州這恒王最喜女色且公餘好武因選了許多美女日習武事令衆美女學習戰攻鬥伐之事內中有個姓林行四的姿色既佳且武藝更精皆呼爲林四娘恒王最得意遂超拔林四娘統轄諸姬又呼爲姽嫿將軍衆清客都稱妙極神奇竟以姽嫿下加將軍二字反更覺嫵媚風流真絕是奇文也想這恒王也是千古第一風流人物了賈政笑道這話自然如此但更有可奇可嘆之事衆清客都驚問道不知底下有何等奇事賈政道誰知次年便有黃巾赤眉一千流賊餘黨復又烏合搶掠山左一帶恒王意爲犬羊之輩不足大舉因輕騎進勦不意賊衆

詭譎兩戰不勝恒王遂被衆賊所戮于是青州城內文武官員各各皆謂王尚不勝你我何爲遂將有獻城之舉林四娘得聞凶信遂聚集衆女將發令說道你我皆向蒙王恩戴天履地不能報其萬一今王既殞身國患我意亦當殞身于下爾等有愿隨著的即同我前往不愿者亦早自散去衆女將聽他這樣都一齊說愿意於是林四娘帶領衆人連夜出城直殺至賊營裡頭衆賊不防也被斬殺了幾個首賊後來大家見是不過幾個女人料不能濟事遂回戈倒兵奮力一陣把林四娘等一個不曾留下倒作成了這林四娘的一片忠心之志後來報至都中天子百官無不歎息想其朝中自然又有人去勦滅天兵一到化

爲烏有不必深論只就林四娘一節衆位聽了可羨不可羨衆幕友都嘆道寔在可羨可奇寔是個妙題原該大家輓一輓纔是說着早有人取了筆硯按賈政口中之言稍加改易了幾個字便成了一篇短序遞給賈政看了賈政道不過如此他們那裡已有原序昨日內又奉恩旨着察核前代以來應加褒獎而遺落未經奏請各項人等無論僧尼乞丐女婦人等有一事可嘉即行彙送履歷至禮部備請恩獎所以他這原序也送往禮部去了大家聽了這新聞所以都要做一首姽嫿詞以志其忠義衆人聽了都又笑道這原該如此只是更可羨者本朝皆係千古未有之曠典可謂聖朝無闕事了賈政點頭道正是說話

間寶玉賈環賈蘭俱起身來看了題目賈政命他三人各弔一首誰先做成者賞佳者額外加賞賈環賈蘭二人近日當着許多人皆做過幾首了胆量愈壯今看了題目遂自去思索一時賈蘭先有了賈環生恐落後也就有了二人皆已錄出寶玉尚自出神賈政與衆人且看他二人的二首賈蘭的是一首七言絕記寫道是

姽嫿將軍林四娘　玉爲肌骨鐵爲腸

損軀自報恒王後　此日青州土尚香

衆幕宾看了便皆上讚小哥兒十三歲的人就如此可知家學淵深真不誣矣賈政笑道稚子口角也還難爲他又看賈環的

是首五言律寫道是

紅粉不知愁　將軍意未休

掩啼離繡幕　抱恨出青州

自謂酬王德　詎能復寇仇

好題忠義墓　千古獨風流

衆人道更佳到底大幾歲年紀立意又自不同賈政道倒還不甚大錯終不懇切衆人道這就罷了三爺纔大不多幾歲俱在未冠之時如此用心做去再過幾年怕不是大阮小阮了麽賈政笑道過獎了只是不肯讀書的過失因問寶玉衆人道二爺細心鏤刻定又是風流悲感不同此等的了寶玉笑道這個題

目似不稱近體須得古體或歌或行長篇一首方能懇切衆人聽了都站起身來點頭拍手道我說他立意不同每一題到手必先度其體格宜與不宜這便是老手妙法這題目名曰姽嫿詞且既有了序此必是長篇歌行方合體式或擬溫八叉擊甌歌或擬李長吉會稽歌或擬白樂天長恨歌或擬咏古詞半叙半咏流利飄逸始能盡妙賈政聽說也合了主意遂自提筆向紙上要寫又向寶玉笑道如此甚好你念我寫若不好了我搥你的肉誰許你先大言不慚的寶玉只得念了一句道

恒王好武兼好色

賈政寫了看時摇頭道粗鄙一幕友道要這樣方古究竟不粗

且看他底下的賈政道姑存之寶玉又道

遂教美女習騎射　穠歌艷舞不成歡

列陣挽戈爲自得

賈政寫出衆人都道只這第三句便古樸老健極妙這第四句平敘也最得體賈政道休謬加獎譽且看轉的如何寶玉念道

眼前不見塵沙起　將軍俏影紅燈裏

衆人聽了這兩句便都叫妙好個不見塵沙起又讀了一句俏影紅燈裏用字用句皆入神化了寶玉道

叱咤時聞口舌香　霜矛雪劍嬌難舉

衆人聽了更拍手笑道越發畫出來了當日敢是寶公也在坐

見其嬌而且聞其香不然何體貼至此寶玉笑道閨閣習武任其勇悍怎似男人不問而可知嬌怯之形了賈政道還不快續道又有你說嘴的了寶玉只得又想了一想念道

丁香結子芙蓉絲

衆人都道轉韻更妙這纔流利飄逸而且這句子也綺靡秀媚得妙賈政寫了道這一句不好已有過了口舌香嬌難舉何必又如此這是力量不加故又弄出這些堆砌貨來唐塞寶玉笑道長歌也須得要些詞藻點綴點綴不然便覺蕭索賈政道你只顧說那些這一句底下如何轉至武事呢若再多說兩句豈不蛇足了寶玉道如此底下一句兜轉煞住想也是得賈政

冷笑道你有多大本領上頭說了一句大開門的散話如今又要一句連轉帶煞豈不心有餘而力不足呢寶玉聽了垂頭想了一想說了一句道

不繫明珠繫寶刀　讀之令人毛骨悚然

忙問這一句可還使得衆人拍案叫絕賈政笑道且放着再續寶玉道使得我便一氣聯下去了若使不得索性塗了我再想別的意思出來再另措詞賈政聽了便喝道多話不好了再做便做十篇百篇還怕辛苦了不成寶玉聽了只得想了一會便念道

戰罷夜闌心力怯　脂痕粉漬污鮫綃

賈政道這又是一段了底下怎麼樣寶玉道

明作流寇走山東　強吞虎豹勢如蜂

衆人道好個走字便見得高低了且通句轉的也不板寶玉又念道

王率天兵思剿滅　一戰再戰不成功

腥風吹折隴中麥　日照旌旗虎帳空

青山寂寂水澌澌　正是恒王戰死時

雨淋白骨血染草　月冷黃昏鬼守尸

衆人都道妙極妙極佈置叙事詞藻無不盡美且看如何至四娘必另有妙轉奇句寶玉又念道

紛紛將士只保身　青州眼見皆灰塵

不期忠義明閨閣　憤起恒王得意人

衆人都道鋪叙得委婉賈政道太多了底下只怕累贅呢寶玉又道

恒王得意數誰行　姽嫿將軍林四娘

號令秦姬驅趙女　濃桃艷李臨疆場

綉鞍有淚春愁重　鐵甲無聲夜氣凉

勝負自難先預定　誓盟生死報前王

賊勢猖獗不可敵　柳折花殘血凝碧

馬踐胭脂骨髓香　魂依城郭家鄉隔

星馳將報入京師　誰家兒女不傷悲
天子驚慌愁失守　此時文武皆垂首
何事文武立朝綱　不及閨中林四娘
我爲四娘長嘆息　歌成餘意尚徬徨

念畢衆人都大讚不止又從頭看了一遍賈政笑道雖說幾句到底不大懇切因說去罷三人如放了赦的一般一齊出來各自回房衆人皆無別話不過至晚安歇而已獨有寶玉一心悽楚回至園中猛見池上芙蓉想起小丫環說晴雯做了芙蓉之神不覺又喜歡起來乃看着芙蓉嗟嘆了一會忽又想起死後並未至靈前一祭如今何不在芙蓉前一祭豈不盡了禮想畢

便欲行禮忽又止道雖如此亦不可太草率了須得衣冠整齊奠儀周備方爲誠敬想了一想古人云潢汙行潦荇藻蘋蘩之賤可以羞王公薦鬼神原不在物之貴賤只在心之誠敬而已然非自作一篇誄文這一段悽慘酸楚竟無處可以發洩了因用晴雯素日所喜之冰鮫縠一幅楷字寫成名曰芙蓉女兒誄前序後歌又備了晴雯素喜的四樣吃食于是黃昏人靜之時命那小丫頭捧至芙蓉前先行禮畢將那誄文即掛于芙蓉枝上乃泣涕念曰

維太平不易之元蓉桂競芳之月無可奈何之日怡紅院濁玉謹以羣花之蕊冰鮫之縠沁芳之泉楓露之茗四者

雖微聊以達誠申信乃致祭於白帝宮中撫司秋艷芙蓉女兒之前曰竊思女兒自臨人世迄今凡十有六載其先之鄉籍姓氏湮淪而莫能考者久矣而玉得於衾枕櫛沐之間棲息宴遊之夕親暱狎褻相與共處者僅五年八月有奇憶女曩生之昔其爲質則金玉不足喻其貴其爲體則冰雪不足喻其潔其爲神則星日不足喻其精其爲貌則花月不足喻其色姊娣悉慕媖嫻嫗媪咸仰慧德孰料鳩鴆惡其高鷹鷙翻遭罦罬薋葹妒其臭茝蘭竟被芟鉏花原自怯豈奈狂飈柳本多愁何禁驟雨偶遭蠱蠆之讒遂抱膏肓之疚故櫻唇紅褪韻吐呻吟杏臉香枯色陳顑

頷謠諑詬出自屏帷荊棘蓬榛蔓延牕戶旣懷幽沉於
不盡復含罔屈於無窮高標見嫉閨闈恨比長沙貞烈遭
危巾幗慘於雁塞自蓄辛酸誰憐夭折仙雲旣散芳趾難
尋洲迷聚窟何來郤死之香海失靈槎不獲回生之藥眉
黛烟青昨猶我畫指環玉冷今倩誰溫鼎爐之剩藥猶存
襟淚之餘痕尚漬鏡分鸞影愁開麝月之奩梳化龍飛哀
折檀雲之齒委金鈿于草莽拾翠盒于塵埃樓空鳷鵲從
懸七夕之針帶斷鴛鴦誰續九絲之縷況乃金天屬節白
帝司時孤衾有夢空室無人桐階月暗芳魂與倩影同消
蓉帳香殘嬌喘共細腰俱絕連天衰草豈獨蒹葭匝地悲

聲無非蟋蟀露堦晚砌穿簾不度寒砧雨荔秋垣隔院希聞怨笛芳名未泯簷前鸚鵡猶呼艷質將亡檻外海棠預萎捉迷屏後蓮瓣無聲鬬草庭前蘭芳枉待拋殘繡線銀箋綵袖誰裁褶斷冰絲金斗御香未熨昨承嚴命既趨車而遠陟芳園今犯慈威復拄杖而遺拋孤柩及聞蕙棺被燹頓違共穴之情石槨成災愧逮同灰之誚爾乃西風古寺淹滯青燐落日荒坵零星白骨楸榆颯颯蓬艾蕭蕭隔霧壙以啼猿遶烟塍而泣鬼豈道紅綃帳裡公子情深始信黃土隴中女兒命薄汝南斑斑淚血灑向西風梓澤默默餘衷訴凴冷月嗚呼固鬼蜮之為災豈神靈之有妬毀

詖奴之口討豈從寬剖悍婦之心忿猶未釋在卿之塵緣雖淺而玉之鄙意尤深因蓄惓惓之思不禁諄諄之問始知上帝垂旌花宮待詔生儕蘭蕙死轄芙蓉聽小婢之言似涉無稽據濁玉之思深爲有據何也昔葉法善攝魂以撰碑李長吉被詔而爲記事雖殊其理則一也故相物以配才苟非其人惡乃濫乎始信上帝委托權衡可謂至洽至協庶不負其所秉賦也因希其不昧之靈或陟降於玆特不揣鄙俗之詞有汚慧聽乃歌而招之曰天何如是之蒼蒼兮乘玉虬以遊乎穹窿耶地何如是之茫茫兮駕瑤象以降乎泉壤耶望繖蓋之陸離兮抑箕尾之光耶列羽

葆而爲前導兮衛危虚於傍耶驅豐隆以爲庇從兮望舒月以臨耶聽車軌而伊軋兮御鸞鷖以征耶聞馥郁而飄然兮紉蘅杜以爲佩耶斕裙裾之爍爍兮鏤明月以爲璫耶藉葳蕤而成壇畤兮檠蓮焰以燭蘭膏耶文瓟瓠以爲觶斝兮灑醽醁以浮桂醑耶瞻雲氣而凝睟兮彷彿有所覘耶俯波痕而屬耳兮恍惚有所聞耶期汗漫而無際兮捐棄予於塵埃耶倩風廉之爲余驅車兮冀聯轡而攜歸耶余中心爲之慨然兮徒噭噭而何爲耶卿偃然而長寢兮豈天運之變於斯耶既窀穸且安穩兮反其真而又奚化耶余猶桎梏而懸附兮靈格余以嗟來耶來兮止兮卿

其來耶若夫鴻濛而居寂靜以處雖臨于茲余亦莫覩搴烟蘿而爲步障列蒼蒲而森行伍警柳眼之貪眠釋蓮心之味苦素女約于桂岩宓妃迎於蘭渚弄玉吹笙寒簧擊敔徵嵩嶽之妃啟驪山之姥龜呈洛浦之靈獸作咸池之舞潛赤水兮龍吟集珠林兮鳳翥爰格爰誠匪簠匪筥發軔乎霞城還旌乎元圃旣顯微而若通復氤氳而倏阻離合兮烟雲空濛兮霧雨塵霾斂兮星高溪山麗兮月午何心意之怦怦若寤寐之栩栩余乃欷歔悵怏泣涕彷徨人語兮寂歷天籟兮篔簹鳥驚散而飛魚唼喋以響誌哀兮是禱成禮兮期祥嗚呼哀哉尚饗

讀畢遂焚帛奠茗依依不捨小丫鬟催至再四方纔回身忽聽山石之後有一人笑道且請留步二人聽了不覺大驚那小丫鬟回頭一看卻是個人影兒從芙蓉花裏走出來他便大叫不好有鬼晴雯真來顯魂了唬得寶玉也忙看時究竟是人是鬼下回分解

紅樓夢第七十八囘終

紅樓夢第七十九回

薛文龍悔娶河東吼　賈迎春悞嫁中山狼

說話寶玉纔祭完了晴雯只聽花陰中有個人聲倒唬了一跳細看不是别人却是黛玉滿面含笑口內說道好新奇的祭文可與曹娥碑並傳了寶玉聽了不覺紅了臉笑答道我想着世上這些祭文都過於熟爛了所以改個新樣原不過是我一時的頑意兒誰知被你聽見了有什麼大使不得的何不改削改削黛玉道原稿在那裡倒要細細的看看長篇大論不知說的是什麼只聽見中間兩句什麼紅綃帳裡公子情深黄土隴中女兒命薄這一聯意思却好只是紅綃帳裡未免俗濫些放着

現成的眞事爲什麽不用寶玉忙問什麽現成的眞事黛玉笑道偺們如今都係霞彩紗糊的窗槅何不說茜紗窗下公子多情呢寶玉聽了不禁跌脚笑道好極好極到底是你想得出說得出可知天下古今現成的好景好事儘多只是我們愚人想不出來罷但只一件雖然這一改新妙之極却是你在這裡住着還可已我實不敢的當說着又連說不敢黛玉笑道何妨我的窗即可爲你之窗何必如此分晰也太生踈了古人異姓陌路尚然肥馬輕裘敝之有憾何况偺們寶玉笑道論交道不在肥馬輕裘即黃金赤壁亦不當錙銖較量倒是這唐突閨閣上頭却萬萬使不得的如今我索性將公子女兒改去竟算是你

誄他的倒妙况且素日你又待他甚厚所以寧可棄了這一篇文章不可棄這茜紗新句莫若改作茜紗窗下小姐多情黄土隴中丫鬟薄命如此一改雖與我不涉我也愜懷黛玉笑道他又不是我的丫頭何用此話况且小姐丫鬟亦不典雅等得紫鵑死了我再如此說還不算遲呢寶玉聽了笑道這是何苦又咒他黛玉笑道是你要咒的並不是我說的寶玉道我又有了這一改恰就妥當了莫若說茜紗窗下我本無緣黄土隴中卿何薄命黛玉聽了忽然變色雖有無限狐疑外面却不肯露出反連忙含笑點頭稱妙說果然改得好再不必亂改了快去幹正經事罷剛纔太太打發人叫你說明兒一早過大舅母那邊

果應末卷之讖

去呢你二姐姐已有人家救準了所以叫你們過去呢寶玉忙道何必如此忙我身上也不大好明兒還未必能去呢黛玉道又來了我勸你把脾氣改改罷一年大二年小一面說話一面咳嗽起來寶玉忙道這裡風冷偺們只顧站着凉着呢可不是頑的快回去罷黛玉道我也家去歇息了明兒再見罷說着便自取路去了寶玉只得悶悶的轉步忽想起黛玉無人隨伴忙命小丫頭子跟送回去自已到了怡紅院中果有王夫人打發嬤嬤們來吩咐他明日一早過賈赦這邊來方纔與黛玉之言相對原來賈赦已將迎春許與孫家了這孫家乃是大同府人氏祖上係軍官出身乃當日寧榮府中之門生算來亦係至交

如今孫家只有一人在京現襲指揮之職此人名喚孫紹祖生得相貌魁梧體格健壯弓馬嫻熟應酬權變年紀未滿三十且又家資饒富現在兵部候缺題陞因未曾娶妻賈赦見是世交子侄且人品家當都相稱合遂擇為東床嬌婿亦曾回明賈母賈母心中却不大願意但想兒女之事自有天意況且他親父主張何必出頭多事因此只說知道了三字餘不多及賈政又深惡孫家雖是世交不過是他祖父當日希慕寧榮之勢有不能了結之事挽拜在門下的並非詩禮名族之裔因此倒勸諫過兩次無奈賈赦不聽也只得罷了寶玉却未曾會過這孫紹祖一面的次日只得過去聊以塞責只聽見那娶親的日子甚

近不過今年就要過門的又見邢夫人等回了賈母將迎春接出大觀園去越發掃興每每癡癡呆呆的不知作何消遣又聽說要陪四個丫頭過去更又跌足道從今後這世上又少了五個清淨人了因此天天到紫菱洲一帶地方徘徊瞻顧見其軒窗寂寞屏帳翛然不過只有幾個該班上夜的老嫗再看那岸上的蓼花葦葉也都覺搖搖落落似有追憶故人之態迥非素常逞妍鬥色可比所以情不自禁乃信口吟成一歌曰

池塘一夜秋風冷　吹散芰荷紅玉影
蓼花菱葉不勝悲　重露繁霜壓纖梗
不聞永晝敲棋聲　燕泥點點汙棋枰

古人惜別憐朋友　況我今當手足情

寶玉方纔吟罷忽聞背後有人笑道你又發什麼獃呢寶玉回頭忙看是誰原來是香菱寶玉忙轉身笑問道我的姐姐你這會子跑到這裡來做什麼許多日子也不進來逛逛香菱拍手笑嘻嘻的說道我何曾不要來如今你哥哥回來了那裡比先時自由自在的了纔剛我們太太使人找你鳳姐姐去竟沒有找着說往園子裡來了我聽見這個話我就討了這個差進來找他遇見他的丫頭說在稻香村呢如今我往稻香村去誰知又遇見了你我還要問你襲人姐姐這幾日可好怎麼忽然把個晴雯姐姐也沒了到底是什麼病二姑娘搬出去的好快你

瞧瞧這地方一時間就空落落的了寶玉只有一味答應又讓他同到怡紅院去吃茶香菱道此刻竟不能等找著璉二奶奶說完了正經話再來寶玉道什麽正經話這般忙香菱道爲你哥哥娶嫂子的話所以要緊寶玉道正是說的是那一家的好只聽見吵嚷了這半年今兒又說張家的好明兒又要李家的後兒又議論王家的好這些人家的女兒他也不知造了什麽罪叫人家好端端的議論香菱道如今定了可以不用扯扯別人家了寶玉問道定了誰家的香菱道因你哥哥上次出門時順路到了個親戚家去這門親原是老親且又和我們是同在戶部掛名行商也是數一數二的大門戶前日說起來時你們

兩府都也知道的合京城裡上至王侯下至買賣人都稱他家是桂花夏家寶玉忙笑道如何又稱爲桂花夏家香菱道本姓夏非常的富貴其餘田地不用說單有幾十頃地種著桂花凡這長安城裡城外桂花局俱是他家的連宮裡一應陳設盆景亦是他家貢奉因此纔有這個混號如今太爺也沒了只有老奶奶帶着一個親生的姑娘過活也並沒有哥兒弟兄可惜他竟一門盡絕了寶玉忙道偺們也別管他絕後不絕後只是這姑娘可好你們大爺怎麽就中意了香菱笑道一則是天緣二來是情人眼裡出西施當年時又通家來往從小兒都在一處頑過叙親是姑舅兄妹又沒嫌疑雖離了這幾年前兒一

到他家夏奶奶又是沒兒子的一見了你哥哥出落的這麼又是哭又是笑竟比見了兒子的還勝又令他兄妹相見誰知這姑娘出落的花朵似的了在家裡也讀書寫字所以你哥哥當時就一心看準了連當鋪裡老夥計們一羣人遭擾了人家三四日他們還留多住幾天好容易苦辭纔放回家你哥哥一進門就咕咕唧唧求我們太太去求親我們太太原是見過的又且門當戶對也依了和這裡姨太太鳳姑娘商議了打發人去一說就成了只是娶的日子太急所以我們忙亂的狠我也巴不得早些過來又添了一個做詩的人了寶玉冷笑道雖如此說但只我倒替你擔心慮後呢香菱道這是什麼話我倒不懂

了寶玉笑道這有什麼不懂的只怕再有個人來薛大哥就不肯疼你了香菱聽了不覺紅了臉正色道這是怎麼說素日偺們都是斯抬斯敬今日忽然提起這些事來怪不得人人都說你是個親近不得的人一面說一面轉身走了寶玉見他這樣便悵然如有所失獃獃的站了半日只得沒精打彩還入怡紅院來一夜不曾安睡種種不寧次日便懶進飲食身體發熱也因近日抄揀大觀園逐司棋別迎春悲晴雯等羞辱驚恐悲悽所致兼以風寒外感遂致成疾臥床不起賈母聽得如此天天親來看視王夫人心中自悔不合因晴雯過於逼責了他心中雖如此臉上卻不露出只吩咐衆奶娘等好生伏侍看守一日

兩次帶進醫生來胗脈下藥一月之後方纔漸漸的痊愈好生保養過百日方許動葷腥油麵方可出門行走這百日內寧門前皆不許到只在屋裡頑笑四五十天後就把他拘的火星亂迸那裡忍耐的住雖百般設法無奈賈母王夫人執意不從也只得罷了因此和些丫鬟們無所不至恣意耍笑又聽得薛蟠那裡擺酒唱戲熱鬧非常已娶親入門聞得這夏家小姐十分俊俏也略通文翰寶玉恨不得就過去一見纔好再過些時又聞得迎春出了閣寶玉思及當時姊妹耳鬢廝磨從今一別縱得相逢必不得似先前這等親熱了眼前又不能去一望真令人悽惶不盡少不得潛心忍耐暫同這些丫鬟們私鬧釋悶幸

他賈政責備逼迫讀書之難這百日內只不曾拆毀了怡紅院和這些丫頭們無法無天凡世上所無之事都頑耍出來如今且不消細說且說香菱自那日搶白了寶玉之後自爲寶玉有意唐突從此倒要遠避他些纔好因此以後連大觀園也不輕易進來了日日忙亂著薛蟠娶過親因爲得了護身符自己身上分去責任到底比這樣安靜些二則又知是個有才有貌的佳人自然是典雅和平的因此心裡盼過門的日子比薛蟠還急十倍呢好容易盼得一日娶過來他便十分殷勤小心伏侍原來這夏家小姐今年方十七歲生得亦頗有姿色亦頗識得幾個字若論心裡的邱壑涇渭頗步熙鳳的後塵只吃虧了一

件從小時父親去世的早又無同胞兄弟寡母獨守此女嬌養
溺愛不啻珍寶凡女兒一舉一動他母親皆百依百順因此未
免釀成個盜跖的情性自己尊若菩薩他人穢如糞土外具花
柳之姿內秉風雷之性在家裡和丫鬟們使性賭氣輕罵重打
的今兒出了閣自為要作當家的奶奶比不得做女兒時靦腆
溫柔須要拿出威風來纔鈐壓得住人況且見薛蟠氣質剛硬
舉止驕奢若不趁熱竈一氣炮製將來必不能自豎旗幟矣又
見有香菱這等一個才貌俱全的愛妾在室越發添了宋太祖
滅南唐之意因他家多桂花他小名就叫做金桂他在家時不
許人口中帶出金桂二字來凡有不留心誤道一字者他便定

要若打重罰纔罷他因想桂花二字是禁止不住的須得另換一名想桂花曾有廣寒嫦娥之說便將桂花改爲嫦娥花又寓自己身分如今薛蟠本是個憐新棄舊的人且是有酒膽無飯力的如今得了這一個妻子正在新鮮興頭上凡事未免儘讓他些那夏金桂見是這般形景便也試着一步緊似一步一月之中二人氣槩都還相平至兩月之後便覺薛蟠的氣槩漸次的低矮了下去一日薛蟠的酒後不知要行何事先和金桂商議金桂執意不從薛蟠便忍不住便發了幾句話賭氣自行了金桂便哭的如醉人一般茶湯不進粧起病來請醫療治醫生又說氣血相逆當進寬胸順氣之劑薛姨媽恨得罵了薛蟠一

頓說如今娶了親眼前抱兒子了還是這麽胡鬧人家鳳凰似的好容易養了一個女兒比花朶兒還輕巧原看的你是個人物纔給你做媳婦你不說收了心安分守已一心一計和和氣氣的過日子還是這麽胡鬧喝了黃湯折磨人家這會子花錢吃藥白遭心一夕話說的薛蟠後悔不迭反來安慰金桂金桂見婆婆如此說越發得了意更粧出些張致來不理薛蟠薛蟠沒了主意惟有自軟而已好容易十天半月之後纔漸漸的哄轉過金桂的心來自此便加一倍小心氣槩不免又矮了半截下來那金桂見丈夫旗纛漸倒婆婆良善也就漸漸的持戈試馬先時不過挾制薛蟠後來倚嬌作媚將及薛姨媽後將至寶

釵實釵久察其不軌之心每每隨機應變暗以言語彈壓其志金桂知其不可犯便欲尋隙苦得無隙可乘倒只好曲意俯就一日金桂無事因和香菱閑談問香菱家鄉父母香菱皆答忘記金桂便不悅說有意欺瞞了他因問香菱二字是誰起的香菱便答道姑娘起的金桂冷笑道人人都說姑娘通只這一個名字就不通香菱忙笑奶奶若說姑娘不通奶奶沒合姑娘講究過說起來咱的學問連偺們姨老爺常時還誇的呢欲知香菱說出何話且聽下回分解

紅樓夢第七十九回終

紅樓夢第八十回

美香菱屈受貪夫棒　王道士胡謅妒婦方

話說金桂聽了將脖項一扭嘴唇一撇鼻孔裡哧哧兩聲冷笑道菱角花誰見香來若是菱角香了正經那些香花放在那裡可是不通之極香菱道不獨菱花香就連荷葉蓮蓬都是有一般清香的但他原不是花香可比若靜日靜夜或清早半夜細領畧了去那一股清香比是花都好聞呢就連菱角雞頭葦葉蘆根得了風露那一股清香也是令人心神爽快的金桂道依你說這蘭花桂花倒香的不好了香菱說到熱鬧頭上忘了忌諱便接口道蘭花桂花的香又非別的香可比一句未完金

桂的丫鬟名喚寶蟾的忙指着香菱的臉說道你可要死你怎麼叫起姑娘的名字來香菱猛省了反不好意思忙陪笑說一時順了嘴奶奶別計較金桂笑道這有什麼你也太小心了但只是我想這個香字到底不妥意思要換一個字不知你服不服香菱笑道奶奶說那裡話此刻連我一身一體俱是奶奶的何得換一個名字反問我服不服叫我如何當得起奶奶說那一個字好就用那一個金桂冷笑道你雖說得是只怕姑娘多心香菱笑道奶奶原來不知當日買了我時原是老太太使喚的故此姑娘起了這個名字後來伏侍了爺就與姑娘無涉了如今又有了奶奶越發不與姑娘相干且姑娘又是極明白的

人如何惱得這些呢金桂道既這樣說香字竟不如秋字妥當菱角菱花皆盛於秋豈不比香字有來歷些香菱笑道就依奶奶這樣罷了自此後遂改了秋字寶釵亦不在意只因薛蟠是天性得隴望蜀的如今娶了金桂又見金桂的丫頭寶蟾有三分姿色舉止輕浮可愛便時常要茶要水的故意撩逗他寶蟾雖亦解事只是怕金桂不敢造次且看金桂的眼色金桂亦覺察其意想着正要擺佈香菱無處尋隙如今他既看上寶蟾我且捨出寶蟾與他他一定就和香菱疏遠了我再乘他疏遠之時擺佈了香菱那時寶蟾原是我的人也就好處了打定了主意俟機而發這日薛蟠晚間微醺又命寶蟾倒茶來吃薛蟠接

碗時故意捏他的手寶蟾又喬粧躲閃連忙縮手兩下失候豁啷一聲茶碗落地潑了一身一地的茶薛蟠不好意思佯說寶蟾不好生拿着寶蟾說姑爺不好生接金桂冷笑道兩個人的腔調兒都彀使的了別打諒誰是傻子薛蟠低頭微笑不語寶蟾紅了臉出去一時安歇之時金桂便故意的攆薛蟠別處去睡省的得了饞勞是的薛蟠只是笑金桂道要做什麼和我說別偷偷摸摸的不中用薛蟠聽了仗著酒蓋臉就勢跪在被上拉着金桂笑道好姐姐你若把寶蟾賞了我你要怎樣就怎樣你要活人腦子也弄來給你金桂笑道這話好不通你愛誰說明了就收在房裡省得別人看着不雅我可要什麼呢薛蟠得

了這話喜的稱謝不盡是夜曲盡丈夫之道竭力奉承金桂次日也不出門只在家中厮鬧越發放大了膽了至午後金桂故意出去讓個空兒與他二人薛蟠便拉拉扯扯的起來寶蟾心裡也知八九了也就半推半就正要入港誰知金桂是有心等候的料著在難分之際便叫小丫頭子捨兒過來原來這小丫頭也是金桂在家從小使喚的因他自小父母雙亡無人看管便大家叫他做小捨兒專做些粗活金桂如今有意獨喚他來吩咐道你去告訴秋菱到我屋裡將我的絹子取來不必說我說的小捨兒聽了一逕去尋着秋菱說菱姑娘奶奶的絹子忘記在屋裡了你去取了來送上去豈不好秋菱正因金桂近日

每每的挫折他不知何意百般竭力挽回聽了這話忙往房裡來取不防正遇見他二人推就之際一頭撞進去了自已倒羞的耳面通紅轉身迴避不及薛蟠自爲是過了明路的除了金桂無人可怕所以連門也不掩這會子秋菱撞來故雖不十分在意無奈寶蟾素日最是說嘴要強今既遇見秋菱便恨無地可入忙推開薛蟠一逕跑了口內還怨恨不絕說他強姦力逼薛蟠好容易哄得上手卻被秋菱打散不免一腔的興頭變做了一腔的惡怒都在秋菱身上不容分說赶出來啐了兩口罵道死娼婦你這會子做什麼來撞屍遊魂秋菱料事不好三步兩步早已跑了薛蟠再來找寶蟾已無踪跡了于是只恨的罵

秋菱至晚飯後已吃得醺醺然洗澡時不防水略熱了些燙了脚便說秋菱有意害他他赤條精光赶着秋菱踢打了兩下秋菱雖未受過這氣苦既到了此時也說不得了只好自悲自怨各自走開彼時金桂已暗和寶蟾說明今夜令薛蟠在秋菱房中去成親命秋菱過來陪自己安睡先是秋菱不肯金桂說他嫌腌臢了再必是圖安逸怕夜裡伏侍勞動又罵說你沒見世面的主子見一個愛一個把我的霸佔了去又不叫你來到底是什麼主意想必是逼死我就罷了薛蟠聽了這話又怕鬧黃了寶蟾之事忙又赶來罵秋菱不識擡舉再不去就要打了秋菱無奈只得抱了鋪蓋來金桂命他在地下鋪著睡秋菱只得

依命剛睡下便叫倒茶一時又要搥腿如是者一夜七八次總不使其安逸穩卧片時那薛蟠得了寶蟾如獲珍寶一槩都置之不顧恨得金桂暗暗的發恨道且叫你樂幾天等我慢慢的擺弄了他那時可別怨我一面隱忍一面設計擺弄秋菱半月光景忽又粧起病來只說心痛難忍四肢不能轉動療治不效衆人都說是秋菱氣的鬧了兩天忽又從金桂枕頭內抖出個紙人來上面寫着金桂的年庚八字有五根針釘在心窩並肋肢骨縫等處于是衆人當作新聞先報與薛姨媽薛姨媽先忙手忙脚的薛蟠自然更亂起來立刻要拷打衆人金桂道何必寃枉衆人大約是寶蟾的鎮魘法兒薛蟠道他這些時並沒多

空兒在你房裡何苦賴好人金桂冷笑道除了他還有誰莫不是我自已害自已不成雖有別人如何敢進我的房呢薛蟠道秋菱如今是天天跟着你他自然知道先拷問他就知道了金桂冷笑道拷問誰誰肯認依我說竟裝個不知道大家丟開手罷了橫竪治死我也沒什麼要緊樂得再娶好的若據良心上說左不是你三個多嫌我一個說著一面痛哭起來薛蟠更被這些話激怒順手抓起一根門門來一逕搶步找着秋菱不容分說便劈頭劈臉渾身打起來一口只咬定是秋菱所施秋菱叫屈薛姨媽跑來禁喝道不問明白就打起人來了這丫頭伏侍這幾年那一時不小心他豈肯如今做這沒良心的事你且

問個清渾皂白再動粗鹵金桂聽見他婆婆如此說怕薛蟠心軟意活了便潑聲浪氣大哭起來說這半個多月把我的寶蟾霸佔了去不容進我的房惟有秋菱跟着我睡我要拷問寶蟾你又護在頭裡你這會子又賭氣打他去治死我再揀富貴的標緻的娶來就是了何苦做出這些把戲來薛蟠聽了這些話越發着了急薛姨媽聽見金桂句句挾制着兒子百般惡賴的樣子十分可恨無奈兒子偏不硬氣已是被他挾制軟慣了如今又勾搭上了頭被他說霸佔了去自己還要占溫柔讓夫之禮這魘魔法究竟不知誰做的正是俗語說的好清官難斷家務事此時正是公婆難斷床幃的事了因無法只得賭氣喝薛

蟠說不爭氣的孽障狗也比你體面些誰知你三不知的把陪房丫頭也摸索上了叫老婆說霸佔了丫頭什麼臉出去見人也不知誰使的法子也不問清就打人我知道你是個得新棄舊的東西白辜負了當日的心他旣不好你也不該打我即刻叫人牙子來賣了他你就心淨了說着又命秋菱收拾了東西跟我來一面叫人去快叫個人牙子來多少賣幾兩銀子拔去肉中刺眼中釘大家過太平日子薛蟠見母親動了氣早已低了頭金桂聽了這話便隔着窗子往外哭道你老人家只管賣人不必說着一個拉着一個的我們很是那吃醋拈酸容不得下人的不成怎麼拔去肉中刺眼中釘是誰的釘誰的刺但凡

多嫌着他也不肯把我的丫鬟也收在房裡了薛姨媽聽說氣得身戰氣咽道這是誰家的規矩婆婆在這裡說話媳婦隔着窗子拌嘴虧你是舊人家的女兒滿嘴裡大呼小喊說的是什麽薛蟠急得跺脚說罷喲罷喲看人家聽見笑話金桂意謂一不做二不休越發喊起來了說我不怕人笑話你的小老婆治我害我我倒怕人笑話了再不然留下他賣了我誰還不知道薛家有錢行動拿錢墊人又有好親戚挾制着別人你不趁早施爲還等什麽嫌我不好誰叫你們瞎了眼三求四告的跑了我們家做什麽去了一面哭喊一面自己拍打薛蟠急得說又不好勸又不好打又不好央告又不好只是出入噯聲嘆氣抱怨

說運氣不好當下薛姨媽被寶釵勸進去了只命人來賣香菱寶釵笑道偺們家只知買人並不知賣人之說媽媽可是氣糊塗了倘或叫人聽見豈不笑話哥哥嫂子嫌他不好留着我使喚我正也没人呢薛姨媽道留下他還是惹氣不如打發了他干净寶釵笑道他跟着我也是一樣横竪不叫他到前頭去從此斷絶了他那裡也和賣了的一樣香菱早已跑到薛姨媽跟前痛哭哀求不願出去情愿跟姑娘薛姨媽只得罷了自此後來香菱果跟隨寶釵去了把前面路逕竟自斷絶雖然如此終不免對月傷悲挑燈自嘆雖然在薛蟠房中幾年皆因血分中有病是以並無胎孕今復加以氣怒傷肝内外折挫不堪竟釀

成干血之症日漸羸瘦飲食懶進請醫服藥不效那時金桂又吵鬧了數次薛蟠有時仗着酒膽挺撞過兩次持棍欲打那金桂便遞身叫打這邊持刀欲殺時便伸着脖項薛蟠也實不能下手只得亂了一陣罷了如今已成習慣自然反使金桂越長威風又漸次辱嗔寶蟾寶蟾比不得香菱正是個烈火干柴既和薛蟠情投意合便把金桂放在腦後近見金桂又作踐他他便不肯低服半點先是一冲一撞的拌嘴後來金桂氣急甚至于罵再至於打他雖不敢還手便也撒潑打滾尋死覓活晝則刀剪夜則繩索無所不鬧薛蟠一身難以兩顧惟徘徊觀望十分鬧得無法便出門躲着金桂不發作性氣有時喜歡便糾聚

人來鬧牌擲骰行樂又生平最喜啃骨頭每日務要殺雞鴨將肉賞人吃只單是油炸的焦骨頭下酒吃得不耐煩便肆行海罵說有別的忘八粉頭樂的我為什麼不樂薛家母女總不去理他惟暗裡落淚薛蟠亦無別法惟悔恨不該娶這攪家精都是一時沒了主意於是寧榮二府之人上上下下無有不知無有不嘆者此時寶玉已過了百日出門行走亦曾過來見過金桂舉止形容也不怪厲一般是鮮花嫩柳與衆姊妹不差上下焉得這等情性可為奇事因此心中納悶這日與王夫人請安去又正遇見迎春奶娘來家請安說起孫紹祖甚屬不端姑娘惟有背地裡淌眼淚只要接了家來散蕩兩日王夫人因說我

正要這兩日接他去只是七事八事的都不遂心所以就忘了前日寶玉去了回來也曾說過的明日是個好日子就接他去正說時賈母打發人來找寶玉說明兒一早往天齊廟還愿去寶玉如今巴不得各處去逛逛聽見如此喜的一夜不曾合眼次日一早梳洗穿戴已畢隨了兩三個老嬷嬷坐車出西城門外天齊廟燒香還愿這廟裏已于昨日預備停妥的寶玉天性怯懦不敢近猙獰神鬼之像是以忙忙的焚過紙馬錢糧便退至道院歇息一時吃飯畢衆嬷嬷和李貴等圍隨寶玉到各處頑耍了一回寶玉困倦復回至凈室安歇衆嬷嬷生恐他睡著了便請了當家的老王道士來陪他說話兒這老道士專在江

湖上賣藥弄些海上方治病射利廟外現掛着招牌丸散膏藥色色俱備亦長在寧榮二府走動慣熟都給他起了個混號喚他做王一貼言他膏藥靈驗一貼病除當下王一貼進來寶玉正歪在炕上看見王一貼進來便笑道來的好我聽見說你極會說笑話兒的說一個給我們大家聽聽王一貼笑道正是呢哥兒別睡仔細肚子裡麵觔作怪說着滿屋裡的都笑了寶玉也笑着起身整衣王一貼命徒弟們快沏好茶來焙茗道我們爺不吃你的茶坐在這屋裡還嫌膏藥氣息呢王一貼笑道不當家花拉的膏藥從不拿進屋裡來的知道二爺今日必來三五日頭裡就拿香薰了寶玉道可是呢天天只聽見說你的膏

藥好到底治什麼病王一貼道若問我的膏藥說來話長其中底細一言難盡共藥一百二十味君臣相際溫涼兼用內則調元補氣養榮衛開胃口寧神定魄去寒去暑化食化痰外則和血脉舒筋絡去死生新去風散毒其效如神貼過便知寶玉道我不信一張膏藥就治這些病我且問你倒有一種病也貼得好麼王一貼道百病千灾無不立效若不效二爺只管揪鬍子打我這老臉拆我這廟何如只說出病源來寶玉道你猜若猜得着便貼得好了王一貼聽了尋思一會笑道這倒難猜只怕膏藥有些不美了寶玉命他坐在身邊王一貼心動便笑着悄悄的說道我可猜着了想是二爺如今有了房中的事情要滋

助的藥可是不是話猶未完焙茗先喝道該死打嘴寶玉猶未解忙問他說什麼焙茗道信他胡說唬得王一貼不等再問只說二爺明說了罷寶玉道我問你可有貼女人的妒病的方子没有王一貼聽了拍手笑道這可能了不但說没有方子就是聽也没有聽見過寶玉笑道這樣還算不得什麼王一貼又忙道這貼妒的膏藥倒没經過有一種湯藥或者可醫只是慢些見不能立刻見效的寶玉道什麼湯怎麼吃法王一貼道這叫做療妒湯用極好的秋梨一個二錢冰糖一錢陳皮水三碗梨熟為度每日清晨吃這一個梨吃來吃去就好了寶玉道這也不值什麼只怕未必見效王一貼道一劑不效吃十劑今日不

效明日再吃今年不效明年再吃橫豎這三味藥都是順肺開胃不傷人的甜絲絲的又止咳嗽又好吃吃過一百歲人橫豎是要死的死了還妬什麽那時就見效了說着寶玉焙茗都大笑不止罵油嘴的牛頭王一貼道不過是閑着解午睡罷了有什麽關係說笑了你們就値錢告訴你們說連膏藥也是假的我有真藥我還吃了做神仙呢有眞的跑到這裏來混正說着吉時已到請寶玉出去奠酒焚化錢糧散福功課完畢寶玉方進城回家那時迎春已來家好半日孫家婆娘媳婦等人已待晚飯打發回家去了迎春方哭哭啼啼在王夫人房中訴委屈說孫紹祖一味好色好賭酗酒家中所有的媳婦丫頭將及淫

遍略勸過兩三次便罵我是醋汁子老婆擰出來的又說老爺曾收着五千銀子不該使了他的如今他來要了兩三次不得便指着我的臉說道你別和我充夫人娘子你老子使了我五千銀子把你準折賣給我的好不好打你一頓攆到下房裡睡去當日有你爺爺在時希冀上我們的富貴赶着相與的論理我和你父親是一輩如今壓着我的頭晚了一輩不該做了這門親倒沒的叫人看着赶勢利是的一行說一行哭的嗚嗚咽咽連王夫人並衆姊妹無不落淚王夫人只得用言解勸說巳是遇見不曉事的人可怎麼樣呢想當日你叔叔也曾勸過大老爺不叫做這門親的大老爺執意不聽一心情愿到底做不

好了我的兒這也是你的命迎春哭道我不信我的命就這麼苦從小兒沒有娘幸而過嬸娘這邊來過了幾年心淨日子如今偏又是這麼個結果王夫人一面勸一面問他隨意要在那裡安歇迎春道乍乍的離了姊妹們只是眠思夢想二則還惦記着我的屋子還得在園裡住個三五天死也甘心了不知下次來還得住不得住了呢王夫人忙勸道快休亂說年輕的长妻們鬥牙鬥齒也是泛泛人的常事何必說這些喪話仍命人忙忙的收拾紫菱洲房屋命姊妹們陪伴着解釋又吩咐寶玉不許在老太太跟前走漏一些風聲倘或老太太知道了這些事都是你說的寶玉唯唯的聽命迎春是夕仍在舊館安歇衆

姐妹丫鬟等更加親熱異常一連住了三日纔往邢夫人那邊去先辭過賈母及王夫人然後與衆姐妹分别各皆悲傷不捨還是王夫人薛姨媽等安慰勸釋方止住了過那邊去又在邢夫人處住了兩日就有孫家的人來接去迎春雖不願去無奈孫紹祖之惡勉强忍情作辭去了邢夫人本不在意也不問其夫妻和睦家務煩難只面情塞責而已要知後事下回分解

紅樓夢第八十回終